Erscheinungsjahr 2022

Autorin: Julia Herz
Autorinnenfoto: Andreas Pöcking, Erfurt
Lektorat: Anke Engelmann, Monika Hofko
Layout, Satz & Reinzeichnung: Lisa Rodin
Druck: PROOF Druck- und Medienproduktion

ISBN: 978-3-949178-19-1

Weitere Informationen unter:
www.proof-verlag.de

Julia Herz

Mama lernt fliegen

PROOF Verlag Erfurt

Für meine Familie

Nestpflege: abgehakt

To-do-Listen sind für mich überlebenswichtig. Nicht, weil ich vergesslich bin oder weil ich mich von meinen drei Kindern ablenken lasse. Vielmehr sind To-do-Listen für mich wie für andere der Gehaltsschein und das Feierabendbier zusammen. Es befriedigt mich, die einzelnen Punkte abzuhaken und am Ende des Tages zu sehen, was ich geschafft habe: *Geschirrtabs und Joghurt kaufen; Mittag vorbereiten; Wäsche aufhängen* (das vergesse ich gern, weil die Maschine im Keller steht); *Geschenk für Mattis Kita-Freund besorgen; mit Markus' Transporter zum Reifenwechsel; Wellensittich von Frieda zum Tierarzt bringen; Sport-BHs für Karla bei Tchibo besorgen*. Je mehr Häkchen abends auf meinem Zettel stehen, desto zufriedener bin ich, und ich frage mich, wer das alles hätte erledigen sollen, wenn ich nicht wäre.
Ich kann nicht genau sagen, wann es anfing, aber irgendwann verschwand meine Freude über die Häkchen. Sogar an jenem Freitag, als neben *Grünabfälle wegfahren; Wochenendeinkauf* und *Termin beim Kinderarzt vereinbaren* auch: *Die neue Unterwäsche anziehen* und *Abendessen Markus* stand …

Rabenküken & Rabenmutter

„Ja, ich weiß, dass ich eine Rabenmutter bin!", rief ich durch die geschlossene Zimmertür von Karla, die mit 14 Jahren mein ältestes und momentan schwierigstes Küken war.

„Aber es war doch abgemacht, dass Papa und ich heute Abend essen gehen und du mit Frieda und Matti zuhause bleibst", setzte ich hinterher, in der Hoffnung, ihr pubertierendes, mit Zucker und Hormonen zugesetztes Hirn würde sich an unsere Vereinbarung erinnern. Ich tappte die knarzige Holztreppe hinunter in die Küche, um mein Handy zu holen, und schaute auf das Display: 17:53 Uhr.

Mir fiel ein, dass ich noch den Ofen für meinen vorbereiteten Gemüse-Nudel-Auflauf vorheizen musste. Dann räumte ich benutzte Brettchen, Messer und Schüsseln in den Geschirrspüler und beschloss, den gleich noch anzuwerfen, dann hätte ich morgen früh mehr Ruhe, um das Frühstück vorzubereiten.

Das wäre erledigt. Aber was wollte ich eigentlich in der Küche?

Richtig, mein Handy. Ich schnappte es und tappte die Treppe wieder hinauf zu Karlas Zimmertür, die sie hartnäckig verschlossen hielt.

Ich wollte ihr beweisen, dass ich das für heute geplante Abendessen mit Markus anlässlich unseres zehnten Hochzeitstages (kaum zu glauben) vor Wochen in einem von mir neu angelegten digitalen Familienplaner eingetragen und von Karla und Markus als „Zusage" bestätigt erhalten hatte. Schließlich hatte Karla im Gegenzug unsere „Zusage" für den

Eintrag „Übernachtungsparty Charly" bekommen, wenngleich sie eine Absage sowieso nicht akzeptiert hätte.

„Karla, du hast den Termin selbst bestätigt im Planer – schon vor drei Wochen, schau!", sagte ich, immer noch geduldig und mit hochgehaltenem Handy, zu ihrer Tür. Listen und Pläne waren einfach unverzichtbar für unsere fünfköpfige Familie – auch wenn nur ich mich daran zu halten schien. Dabei war ich mir so sicher, dass mit diesem neuen Familienplaner endlich alle ihre Termine auf dem Schirm behielten. Netter Versuch, Haken dran.

„Ich hab' keinen Bock, ständig den Babysitter zu spielen!"

„Ständig?" Ich konnte mir ein Lachen gerade so verkneifen. „Außerdem setzt ihr den kleinen Mann eh nur vor die Glotze!"

„Wenn du so denkst, kannst du dir doch einen anderen Babysitter für den armen kleinen Mann suchen!", konterte Karla geschickt.

Ich versuchte es noch einmal mit Engelszungen: „Entschuldige, so habe ich das nicht gemeint. Ich weiß, dass du dich richtig gut um Matti kümmerst."

„Mann, Mama du verstehst das einfach nicht! Ich hab' auch noch ein Leben, okayyy?", rief Karla zurück.

Ich spürte, dass sich auf meinem Gesicht ein „Hä? Was hat sie denn für ein Problem?"-Gesichtsausdruck ausbreitete, und wie von selbst hob sich meine rechte Hand, und die Finger öffneten und schlossen sich wie ein Schnabel. Bla, Bla, Bla. Natürlich riss Karla genau in diesem Moment die Tür auf. Schnell nahm ich die Hand höher, damit es so aussah, als hätte ich mir gerade die Haare aus der Stirn gestrichen. Karla überzeugte mein Ablenkungsmanöver nicht. Laut und mit einem Windstoß knallte sie die Tür vor meiner Nase zu.

Kopfschüttelnd lief ich ins Badezimmer.

„Sie hat auch noch ein Leben, die Arme", äffte ich Karla nach. „Fragt vielleicht mal jemand nach *meinem* Leben?", sagte ich zu meinem Spiegelbild. Dann knallte ich die Tür zu.

„Was ist denn mit deinem Leben, Mama?", fragte Frieda hinter der schmalen Wand. Frieda, mein mittleres Kind, saß ausgerechnet jetzt auf der Toilette und hatte offenbar ein großes Geschäft zu erledigen.

„Was soll denn mit meinem Leben sein, mein Schatz?"

„Na, du hast doch gesagt, dass dich niemand nach deinem Leben fragt."

„Ach, das hab' ich doch nur gesagt, weil ich auf Karla wütend war. Es ist nichts mit meinem Leben", sagte ich und lächelte kurz hinter die Wand.

Irgendwie fühlte es sich auf einmal so an, als ob Karla nicht unrecht hätte. Auch wenn sie erst 14 Jahre war, hatte sie ihr eigenes Leben. Und sie wusste, was sie wollte und was nicht. Damit war sie schlauer als ich. Denn ich wusste gerade nicht, was richtig oder falsch, was gut oder schlecht war. Obwohl es keinen Grund für das Fragezeichen und die Leere in meinem Kopf gab. Oder?

„Du, Mama", riss Frieda mich aus meinem Gedankenspiel. Sie stand auf und zog die Klospülung.

„Ja?"

„Wusstest du eigentlich, dass Rabenmütter ganz besonders liebe Mamas sind?"

„Nein, wieso?"

„Na, die Rabenküken sind Nesthocker. Die bleiben noch

eine Weile bei ihren Eltern, weil sie am Anfang ganz klein und hilflos sind. Sie könnten nicht überleben, wenn die Rabenmutter nicht die ganze Zeit bei ihnen bleiben und sie liebhaben und füttern und warmhalten würde."

„Aha, dann bin ich ja vielleicht gar keine Rabenmutter?" Ich suchte nach den Lockenwicklern, die ich fast nie benutze.

„Doch! Deshalb ja. Verstehst du?"

Ach, Frieda! Wie gut sie immer alles durchschaute. Dabei war sie erst – oder vielmehr *schon* – elf Jahre. Sie verstand so viel, vor allem von Vögeln. Frieda liebt Vögel aller Art. Im Laufe der letzten Jahre hatte sie sieben Wellensittiche in ihrem kleinen Zimmer im Dachgeschoss versorgt. Trotz ihrer aufopferungsvollen Pflege waren sechs von ihnen gestorben. Übrig geblieben war nur Koko, und wir waren Verwalter eines Wellensittich-Friedhofs geworden, wobei Frieda die Kreuze für Bubi I, Hansi I + II, Daffy I sowie Gustav und Helga selbst gebaut hatte. Jedes Vögelchen hatte eine würdevolle Beisetzung neben unserem kleinen Kompost bekommen.

„Du bist wirklich sehr schlau Frieda, weißt du das?" Ich gab ihr einen Schmatzer auf die Stirn, die wie meine mit kleinen Sommersprossen gesprenkelt war. Sonst kommt Frieda eher nach ihrem Vater: große braune Augen mit langen Wimpern, dicke, natürlich gewellte Haare, die sie meistens zu einem Pferdeschwanz bindet, und lange dünne Beine.

„Ach die süße Friedaaa!", sagte Karla, die auf einmal mit verschränkten Armen im Türrahmen stand. Neuerdings bevorzugte sie es, enge Tops und Jeans zu tragen. Mit ihren blauen Augen, dem helleren Teint und den nicht gewellten braunen Haaren kommt sie eher nach mir, nur dass ihre Haare bis zum Hintern reichten und sie inzwischen eine fraulichere Figur hatte als ich. Ich fragte mich, wann ihre Brust gewachsen war. Letzte Nacht?

„Sie ist ja sooo schlau, die süße Frieda." Das war wieder typisch. Erst einen auf „erwachsenes Mädchen" machen und dann eingeschnappt sein wie ein Kleinkind. Mit diesem Gefühlschaos sollte einer klarkommen. Hoffentlich würde sie Frieda heute Abend nicht umbringen. So genau konnte man das bei Karlas Stimmungsschwankungen nicht wissen. Wenngleich ich aber sicher war, dass ich mich im Ernstfall auf Karla verlassen konnte. Sogar, was die Schule betraf, da lief (noch) alles rund bei ihr, da zeigte sie Ehrgeiz. Weiß gar nicht, von wem sie den hat.

„So ihr zwei, ihr verschwindet jetzt mal aus dem Bad und kümmert euch um Matti. Karla, sei so lieb und stell den Auflauf in den Ofen. Ich will nur noch schnell duschen", sagte ich in einem ruhigen, aber klaren Ton, und schob die Mädels sanft Richtung Tür.

„Was für einen Auflauf gibt es denn?", fragte Frieda.

„Nudelauflauf", antwortete ich.

„Aber ohne Würstchen?", sagte sie mit drohendem Ton.

„Natürlich ohne Würstchen", beruhigte ich sie und hörte innerlich schon Matti schimpfen: „Wo sind die Würstchen?"

Ich schaute auf die Uhr des kleinen Radios, das unter dem von Markus getischlerten Buchenholzregal angeschraubt ist: 18:10 Uhr.

Mir blieben zwanzig Minuten für Duschen, Haarewaschen und Schminken. Aber *Hektik* ist mein zweiter Vorname: Hannah-Hektik Liebig, 38 Jahre, dreifache Mutter und Hausfrau, bislang ohne Herzrhythmusstörungen.

Ausnahmsweise hätte Markus heute früher nach Hause

kommen können, auch wenn sein aktueller Auftrag wichtig war. Er sollte Teeküchen einrichten für die Mitarbeiter von *SKANDLEV*, einem Möbeldiscount aus Dänemark. Wenn es gut für ihn liefe, könnte er bald auch alle anderen Niederlassungen, die *SKANDLEV* bereits in Norddeutschland plante, mit Einbauschränken für die Verwaltung ausstatten. Ausgerechnet ein Möbelhaus mit Möbeln zu bedienen, machte Markus stolz und bestätigte mal wieder seine Meinung über Discount-Möbel.

Ich wollte mir noch die Haare auf Wickler drehen. Wahrscheinlich würde ich sie am Ende sowieso wieder zu einem zerfetzten „Vogelnest" zusammenwurschteln, aber dann hielt es besser. Karla hatte mir mal erklärt, dass dieses struppige Teil auf meinem Kopf den kreativen Namen *Messy Bun* trägt. Ich fand, bei drei zu hütenden Küken stand es mir zu, weiterhin *Vogelnest* zu sagen. Abgesehen davon passt der Begriff besser zu meinen Haaren: bräunlich, etwas strohig und gesplisst. Dagegen half auch das teure Bio-Shampoo nicht, das ich mir jetzt auf dem Kopf verteilte, als stünde ich unter Strom.

In einem Affenzahn seifte ich meine viel zu kleinen weichen Brüste und den verhältnismäßig viel zu großen weichen Bauch ein, rasierte mir die akzeptablen Beine und brauste alles wieder ab. Natürlich hatte ich vergessen, mein Handtuch neben die Dusche zu legen, sodass ich pitschnass aus der Duschkabine schlich und nach dem erstbesten griff. Es war das Schwarze von Karla. Hoffentlich war sie es nicht, die gerade die Treppe hochkam. Konnte man nicht fünf Minuten etwas allein machen in diesem Haus? Wie immer zählte ich innerlich mit, denn spätestens bei Stufe Nummer zwölf würde es wieder zu hören sein: *knaaarzz, quieetsch*. Und weil die aus den 1930-er Jahren stammende Holztreppe unseres Hauses in einem großen Vorort südlich von Berlin genau vierzehn Stufen vom Erdgeschoss bis in die erste Etage hatte, kam es ab Stufe zwölf auf die nächsten sieben Sekunden an: Waren die Schritte nach drei bis vier Sekunden nicht mehr zu hören, waren die dazugehörenden Beine dahin gelaufen, wo sie hingehörten – in Mattis Zimmer. Waren die Schritte nach fünf bis sechs Sekunden nicht mehr zu hören, hatten sie sich auch nicht verirrt, denn etwa dann würden sie Karlas Zimmer erreicht haben. Hörte ich nach sieben Sekunden noch immer Schritte, musste ich, wenn ich nackt war, spätestens jetzt etwas überwerfen. Denn dann gab es kein anderes Ziel mehr als unser Badezimmer. Und da auch die Türen aus den 1930-er Jahren stammen und wie die Treppe von Markus persönlich in langatmiger Prozedur aufgearbeitet worden waren, haben alle unsere Türen ihre wunderschönen originalen Messingschlösser behalten. Und, wie könnte es anders sein, ist zwar viel Originales aus allen Jahrzehnten in diesem Haus zu finden (einschließlich Tapeten, Fliesen, Holzverkleidung und Boiler), jedoch keine hübschen Messingschlüssel. Welche anfertigen zu lassen, war mir bis jetzt zu umständlich gewesen. Und anfangs hatte es mich nicht gestört, wenn meine Kinder ungebeten ins Bad kamen, um ihrer nackten Mutter unverschämte Fragen zu stellen.

So klein waren sie heute aber nicht mehr. Nicht mal mehr Matti, der vor vier Jahren noch dazugekommen war, weil ich und Markus fanden, dass Karla und Frieda viel zu schnell groß wurden. Im Moment jedoch wusste ich nicht, was mich mehr störte: die Tatsache, dass meine Kinder, ohne mich um

Erlaubnis zu bitten, einfach groß geworden waren und mir damit das Gefühl gaben, eine alte Schachtel zu werden. Oder dass sie immer noch zu klein waren, um endlich auszuziehen.

Nach sechs Sekunden riss Matti die Tür auf und sagte mit trotziger Stimme: „Mama, Karla hat mich gehauen! Und ich muss mal." Dabei legte Matti seinen Unschuldshundeblick auf und fummelte sich am Schniedel. Als er jedoch bemerkte, dass ich nicht angezogen war, grinste er frech, sagte nur noch: „Iiieee, du bist ja nackig!", und rannte davon.

Gott sei Dank hat unser Haus drei Toiletten, auch wenn es mich wahnsinnig macht, alle drei putzen zu müssen. Und dennoch – ich liebe unser Haus und den Garten und die Kinder. Deshalb wollte ich nach Mattis Geburt auch nicht mehr in den Verlag zurück, sondern nur noch frei und von zuhause als Lektorin arbeiten. Zwischen Broteschmieren, Wäschewaschen, Einkaufen, Rasenmähen, Spielplatz und Hausaufgabenbetreuung fand ich aber auf einmal keine Lücke mehr zum Arbeiten in meinem gut durchdachten Haushaltsplan und nahm schließlich keine Aufträge mehr an.

Die Bücher, die immer eine wichtige Rolle in meinem Leben gespielt hatten, rückten in weite Ferne. So wie mein Kindheitstraum vom eigenen Buchladen, wenngleich ich noch immer gerne die Immobilienanzeigen für Geschäftsräume durchforste und mir vorstelle, wie mein Laden eingerichtet wäre ...

Dicke Luft im Vogelnest

„So Mädels, Matti, wenn ihr wollt, könnt ihr schon mit dem Essen anfangen“, rief ich, fast fertig gestylt, nur die Haarwickler wollte ich bis zum letzten Moment drinlassen. Klischeehafter ging es kaum. Ich, geschminkt, mit Lockenwicklern auf dem Kopf, im schwarzen, knielangen Kleid (darunter trug ich die neue, schrecklich juckende Spitzenwäsche) und mit der Kochschürze darüber, rief, vor dem Herd stehend, meine Kinder zum Abendessen.

„Wie siehst du denn aus?“ Karla betrat die Küche und verzog das Gesicht, als stünde gerade Donald Trump im String-Tanga vor ihr.

Ich reagierte lieber gar nicht auf ihre Frage. Im Moment war es einfach am sichersten, so wenig wie möglich mit Karla zu sprechen.

Ich reichte ihr einen Teller. Zögernd nahm sie ihn mir ab, und am liebsten hätte ich ihr gesagt, dass ihr das kritische Doppelkinn, das sie gerade formte, überhaupt nicht stand.

Karla schaufelte sich eine großzügige Portion Auflauf auf den Teller und schlurfte wieder auf ihr Zimmer zurück. Frieda und Matti saßen am Küchentisch und warteten darauf, dass ich ihre Teller füllte. Als ich ihr leises Schmatzen vernahm, machte ich mich wieder auf den Weg hoch ins Bad, um die Wickler rauszunehmen. In dem Moment hörte ich, wie draußen die Schiebetür eines Autos geschlossen wurde, und hastete die Treppe wieder hinunter. Wie immer übersprang ich Stufe zwölf und fünf – eine Macke, die ich hoffentlich loswerden würde, wenn unser Nachwuchs aus dem Haus war und es mir dann egal sein konnte, ob ich durch das besonders laute Knarzen von Stufe zwölf und fünf ein Kind aufweckte.

Ich riss die Haustür auf und sah wenig begeistert auf den dunkelblauen VW-Bus mit der Aufschrift Tischlerei Liebig & van de Hoefs. Warum musste Markus ausgerechnet heute mit dem verdreckten Werkstatt-Transporter nach Hause kommen?

„Och Mensch! Warum bist du denn nicht mit unserem Auto gekommen?", rief ich zu Markus.

Er schien andere Sorgen zu haben. Ich bekam nur seinen in eine braune Arbeitshose verpackten (zugegeben, immer noch sehr knackigen) Hintern zu sehen. Gebückt kramte er im Handschuhfach. Ein Blumenstrauß für mich würde da allerdings nicht reingepasst haben. Aber vielleicht eine Schmuckschachtel?

„Sag mal, weißt du zufällig, wo meine Hausschlüssel stecken? Ich hab' die gestern schon nicht gefunden", hörte ich meinen Mann etwas knödelig, aber entspannt fragen.

Schlüssel? Wollte der mich veräppeln?

„Nein, weiß ich nicht, aber weißt du vielleicht, wie spät es ist?", fragte ich zurück und lehnte mich mit verschränkten Armen in den Türrahmen.

Immer noch gebückt, drehte Markus seinen mit unverschämt dickem dunkelbraunen und leicht gewellten Deckhaar ausgestatteten Kopf zu mir. Und als wäre ihm beim Anblick meines eleganten Outfits eine Erleuchtung gekommen, richtete er sich blitzartig auf und rammte sich den Schädel am Türrahmen. Es gab eben doch einen gerechten Gott!

„Scheiße!", fluchte er. Mit übertrieben schmerzverzogener Mimik, die seine unter dem grau melierten Dreitagebart versteckten Zähne hell aufblitzen ließ, und beide Hände schützend auf den Kopf gelegt, lief er mir von der Einfahrt entgegen.

Wie ein kleiner Junge blickte mich mein Mann an. „Scheiße, Hanni, unser Hochzeitstag“, seufzte er und zog die Wangen noch wehleidiger nach oben. „Ich hab's nicht vergessen! Ich hab' nur nicht mehr daran gedacht.“ Er nahm die Hände von seiner ihm hoffentlich ordentlich klingelnden Birne und wollte sie mir auf die Wangen legen, doch ich wich zurück und drehte den Kopf weg.

„Hanni, ich kann verstehen, dass du wütend bist. Aber bitte, lass es mich erklären!“

„Du brauchst mir nichts zu erklären. Und wie kommst du darauf, dass ich wütend bin?“ Meine Lippen begannen zu zittern. Oh nein, bloß nicht heulen, Hannilein! Nicht deshalb! Jeder Mann vergisst mal seinen Hochzeitstag. Ich atmete tief durch und versuchte, gefasst zu bleiben.

„Hanni, du siehst wunderschön aus, bis auf …“, stotterte er und schaute fragend auf meine eingedrehten Haare. Es tut mir so leid, aber ...“

„Schon gut, ich weiß schon, was du sagen willst!“

„Jetzt hör mir doch mal zu, Hanni!“.

Markus' Stimme wurde lauter.

„Warum? Ich weiß, dass es dieselbe Erklärung sein wird, die du immer hast. Nur nehme ich an, dass es dieses Mal ein anderer Kunde war, für dessen Schränkchen die Schräubchen nicht passten oder irgendwelche Bretter länger gesägt werden mussten.“ Tief in meinem Inneren spürte ich, dass ich ungerecht wurde, aber ich konnte nicht anders.

„Nein, Hanni, diesmal haben nicht nur ein paar Schräubchen gefehlt. Heute war die Übergabe bei *SKANDLEV*. Die Einbauregale für die Küchen mussten bis 18 Uhr angepasst und montiert sein. David und ich sind nur rotiert."

Die Übergabe? Heute schon? Das hatte ich vergessen.

„Das mag ja sein, aber von diesem Termin wusstest du doch nicht erst seit gestern! Und unser Hochzeitstag ist auch seit zehn Jahren immer am selben Tag. Wozu habe ich eigentlich unseren digitalen Familienplaner eingerichtet?" Ich versuchte leise zu bleiben. Schließlich wollte ich bei Jutta, und ihrer Vorzeige-Familie nebenan keine Schadenfreude wecken.

Als hätte er meine Gedanken gelesen, schob sich Markus vorsichtig durch die Haustür. Es sah so aus, als hätte er Angst, noch einmal etwas auf die Rübe zu bekommen. Und tatsächlich wäre ich nur allzu gern mit dem Nudelholz auf ihn losgegangen.

„Du hast recht Hanni, ich hätte unseren Hochzeitstag nicht vergessen dürfen. Ich kann verstehen, dass du enttäuscht bist." Markus hielt die Hände nach oben gerichtet, fast so, als wollte er sich vor mir und meinem imaginären Nudelholzangriff ergeben.

„Schön, dann hätten wir ja alles geklärt", sagte ich knapp und wollte beleidigt den Rückzug nach oben antreten.

Doch Markus hielt mich an der Schulter fest. „Warte Hanni, das bringt doch nichts!"

„Da hast du ausnahmsweise einmal recht, es bringt nichts, hier vor den Kindern über deine vermutlich altersbedingte Vergesslichkeit zu diskutieren!" Ich wusste, dass das kindisch war. Gut, Markus ist fünf Jahre älter als ich. Aber bei einem 43-Jährigen von Senilität zu reden, war vielleicht trotzdem übertrieben.

„Altersschwach? Was soll das denn jetzt?“ Markus versuchte zu flüstern, als er mir auf der Treppe hinterherlief. Was vermutlich umsonst war, denn auch wenn uns unsere Kinder sonst kaum zuhörten, in solchen Angelegenheiten richteten sich ihre feinen Antennen immer auf uns.

Trotzdem gingen wir weiter nach oben ins Schlafzimmer, um wenigstens so zu tun, als wären wir vernünftige Eltern, die ihre Streitereien von den Kindern fernhielten.

„Du hättest wenigstens anrufen und Bescheid geben können, dass du es nicht schaffst!“

„Ja, aber kannst du dir vielleicht vorstellen, dass ich unter Druck gestanden habe? Mensch, Hanni, ich will denen endlich meine Rechnung stellen. Wir brauchen die Kohle!“, sagte Markus genervt. „Glaubst du vielleicht, die Raten für das Haus zahlen sich von allein ab?“ Langsam, fast kapitulierend, legte er den Kopf in den Nacken und stemmte die Hände in die Hüften.

„Ja, das glaube ich. Leider bin ich auf dem Gebiet etwas schwerfällig, denn seit wir Kinder haben, dachte ich immer, Geld kommt einfach so aus dem Automaten geflogen. Und fürs Wäschewaschen, Geschirrspüler-Einräumen und Kinder-Bespaßen kann ich ja schlecht Geld verlangen!“

„Jetzt geht das wieder los“, erwiderte Markus und rollte mit den Augen. „Wir haben doch beide beschlossen, dass ich vorübergehend das Geld verdiene und du zuhause bleibst. Das wolltest du doch genauso!“

Verwirrt sah mich Markus mit seinen Rehaugen an. Bevor er noch etwas sagen konnte, riss ich die Schlafzimmertür auf. Nicht zu fassen: drei mit braunen Wuschelhaaren versehene Kinderköpfe – einer mit halbem Messy Bun, einer mit geflochtenem Zopf und einer wild ins Gesicht frisiert – sprangen dahinter hoch.

„Habt ihr etwa gelauscht?“, fragte ich wütend.

„Nein.“

„Nein.“

„Nein“, sagten alle drei Orgelpfeifen nacheinander. Matti hatte Käse und Soße im Gesicht. Sein heute Morgen gelbes T-Shirt war von oben bis unten mit Auflauf bekleckst, aber das war mir jetzt egal.

Kurz herrschte ratlose Stille vor unserer Schlafzimmertür. Nur Karla traute sich, mit den Fingern in ihren Haaren fummelnd, zu fragen:

„Lasst ihr euch jetzt scheiden oder so?“

„Nein“, antwortete Markus und runzelte die Stirn. „Rede deinen Geschwistern nicht so einen Quatsch ein, hörst du!“

„Das ist ja mal wieder klar. Jetzt bin ich wieder an allem schuld“, wetterte Karla, stampfte in ihr Zimmer und knallte die Tür zu.

Markus wollte etwas erwidern, als Koko auf seinen Kopf flatterte.

Markus versuchte, ihn mit der Hand zu verjagen, aber das wollte Koko offensichtlich nicht. Und wer Koko schon mal auf dem Kopf sitzen hatte, weiß, dass er sich in unverschämt dickem, dunkelbraunem, gewelltem Haar besonders gut festkrallen kann.

„Frieda, wie oft haben wir dir gesagt, dass du das Vieh nicht im Haus herumfliegen lassen sollst?“, schimpfte Markus und versuchte, den Wellensittich auf seinem Kopf zu fassen.

„Warte, Papa! Du tust ihm noch weh!“, rief Frieda und stürzte auf ihren Vater zu. „Irgendjemand muss meine Tür aufgemacht haben", jammerte sie und probierte, Markus vorsichtig aus den Fängen ihres geliebten Vögelchens zu befreien.

„Ich war es nicht!", mischte sich der Zwerg ein, womit geklärt war, wer die Schuld an Kokos Freiflug trug.

Ich konnte es zwar nicht sehen, aber nach Markus' Schweigen und seinen geblähten Nasenflügeln zu urteilen, könnte Koko noch einen warmen Angstschiss auf seinem zerzausten Haupt abgesetzt haben, bevor er weiterflog. Markus atmete tief durch, zog ein Taschentuch aus seiner Arbeitshose und wischte sich über den Kopf und die Hände. Mit einem eindringlichen Blick gab er den Kindern zu verstehen, dass sie jetzt besser das Zimmer verlassen sollten, und artig wie nie, taten sie sofort, was von ihnen verlangt wurde. Sie schlossen sogar die Tür hinter sich.

Seufzend setzte sich Markus auf unser Bett.

„Was willst du denn jetzt noch von mir hören, Hanni?"

Mit verschränkten Armen stand ich vor ihm und schaute ihn eindringlich an. „Nichts. Ich will nichts von dir hören", antwortete ich ihm schnippisch. Dann drehte ich mich etwas zu hektisch um und konnte gerade noch verhindern, mit meiner Nase vor die gerade wieder von Matti geöffnete Tür zu rammeln.

„Mama, ich geh mal kackern", sagte der Zwerg, und ich fragte mich, ob er mir das in fünf Jahren immer noch mitteilen wird.

„Das ist eine tolle Idee", stöhnte ich, verließ das Schlafzimmer und stelzte die Treppe hinunter, vorbei an den Familienfotos und den selbstgemalten Bildern der Kinder. Diesmal übertrat ich nur Stufe fünf, und zwar zum eigenen Schutz, weil Schulhefte und eine Brotdose im Weg lagen.

Ich musste hier raus, und zwar schnell, bevor ich platzte.

Hat der 'ne Meise oder was?

Ohne zu wissen, wo ich jetzt hinsollte, stampfte ich in Gummistiefeln und Regenmantel zur Garage. Heute Morgen brauchte ich die wetterfeste Montur, weshalb sie gerade griffbereit im Flur lag. Und auch wenn es jetzt nicht regnete, sondern eher nach einem lauen Frühlingsabend aussah, würde ich auf keinen Fall noch einmal ins Haus gehen, um mir andere Schuhe anzuziehen. Ich holte das Fahrrad aus der Garage und schob es aus der Einfahrt. Ohne mich noch einmal umzudrehen, stieg ich auf und fuhr Richtung Zentrum.

Ich genoss den leichten Gegenwind und machte ein paar tiefe Atemzüge. Wir wohnen im südlichen Teil, der etwas höher liegt. Stadteinwärts war das von Vorteil. Ich konnte mich einfach auf dem Kopfsteinpflaster hinunterschütteln lassen. Der Heimweg war oft nervig, vor allem wenn ich meine Fahrradtaschen mit Einkäufen vollgepackt hatte, wenn Matti neben mir auf seinem kleinen Fahrrad strampelte und ich in Dauerschleife sagen musste: „Wir haben es gleich geschafft Matti, wir sind gleich da." Aus dem Grund fuhr ich auch immer noch den Kindersitz an meinem Fahrrad spazieren. Wenn nichts mehr ging, quetschte ich Matti noch da rein.

Apropos Matti. Hoffentlich hatte er sich eben nicht zu sehr erschrocken. Vermutlich wird ihm Markus schon seine Lieblingsserie auf dem iPad angemacht haben. Und Frieda? Die konnte mit Krach und Streit überhaupt nicht umgehen. Wenn sie mit ihrer Schulfreundin im Clinch lag, konnte sie manchmal nächtelang nicht schlafen. Karla war mit Sicherheit längst im WhatsApp-Modus. Sie war dann nicht mehr ansprechbar. Und auch wenn ihre Freundinnen bei uns um die Ecke wohnen und sie sich ebenso gut hätten treffen können, mussten sie die wirklich wichtigen Dinge wie Streaming-Serien oder Choreografien aus der Jazzdance-Gruppe über WhatsApp-Sprachnachrichten bequatschen. Mir tat es immer leid, wenn die Kinder spürten, dass Markus und ich im Zwist waren – und mehr als ein harmloser Zwist war es bisher nie gewesen. So laut und deutlich wie heute hatten wir noch nie vor den Kindern gestritten.

Genervt, aber vorbildlich, hielt ich an der roten Ampel in der Ossietzkystraße an. Diese Ampel verstand es einfach, sich mit mir anzulegen. Ich hatte noch nie erlebt, dass sie grün leuchtete, wenn ich Matti morgens eilig zur Kita bringen musste oder wenn ich nachmittags völlig platt mit ihm wieder heimwollte. An dieser Ampel sah ich immer rot. Ich schaute auf die Uhr: 19:03 Uhr. Wenn ich mich beeilte, konnte ich Doro noch in ihrem Café abpassen. Freitags hatte sie immer etwas länger geöffnet. Trotz der roten Ampel beschloss ich, einfach weiterzuradeln. In meinem gelben Regenmantel konnte man mich nicht übersehen. Ich trat in die Pedale und: Man übersah mich.

Scheiße!, dachte ich, als der schwarze SUV kurz vor mir scharf abbremste. Von der Seite nahm ich noch wahr, dass er ein gelbes Kennzeichen hatte, dann riss ich den Lenker so schnell herum, dass ich das Gleichgewicht verlor und auf die Straße stürzte. Hat der 'ne Meise, oder was?, schoss mir durch den Kopf, doch ich konnte es nicht aussprechen. Alles ging so schnell und doch wie in Zeitlupe. In Schockstarre blickte ich den Typen an, der sich über mich beugte und laut fragte: „Isse

Ihne was passiert? Hallo, hören Sie mich? Tut Ihne was weh?"

„Was schreien Sie denn so laut?", blaffte ich zurück.

„Entschuldigung, ich wollte nur wissen …", stotterte er mit seinem seltsamen Akzent. Niederländisch oder skandinavisch oder so.

Langsam ratterte mein Gehirn. Ich versuchte aufzustehen.

„Warte Sie, ich helfe."

„Nein, nein, geht schon. Sie haben schon genug gemacht", murmelte ich.

„Ich? Ich glaube, Sie verwechseln gerade etwas. Sie sind bei Rot gefahren!"

„Diese Ampel ist immer rot! Es ist quasi unmöglich, diese Straße bei Grün zu überqueren!" Stöhnend richtete ich mich auf.

„Ach so, das wusste ich nicht", antwortete der Fahrer und räusperte sich. So hilflos wie er schaute, hätte er mir fast wieder leidtun können.

Als wäre ich eine Oma, wollte er mir jetzt von hinten unter beide Arme greifen und mir hochhelfen.

„Ich brauche keine Hilfe!", stöhnte ich und stand auf. Erst jetzt bemerkte ich, dass mir die komplette rechte Seite wehtat. Gott sei Dank hatte ich den Regenmantel angezogen.

„In Ihrem Panzer haben Sie wohl das Gefühl für Geschwindigkeit verloren?" Ich wusste selbst nicht genau, woher ich dieses Selbstbewusstsein nahm. Wahrscheinlich war ich so wütend auf Markus, dass dieser Typ, der nicht schlecht aussah, wie ich feststellen musste, alles vor den Bug bekam. Er war größer als ich, vollbärtig, darunter strahlten weiße Zähne, sein grau meliertes, volles Haar trug er zur Hälfte nach oben verknotet – auch so ein Messy-Bun-Träger.

„Ah wie schön. Ihne geht es besser." Sein Ton war unerhört freundlich, und er nahm mir jeglichen Wind aus meinen sturmgefüllten Segeln.

„Kann ich Sie irgendwohin fahren?"

„Nein, danke. Ich komme schon klar", sagte ich etwas freundlicher.

Ich schaute nach meinem Fahrrad, das mitten auf der Straße lag. Oh Gott, wenn ich mir vorstellte, Matti hätte mit da draufgesessen. Immer noch stand ich wie angewurzelt da und starrte auf mein Rad, um das jetzt ein anderes Auto langsam einen Bogen fuhr. Dann blieb es stehen, die Fahrerin ließ ihr Fenster herunter und fragte: „Hanni? Oh Gott. Ist dir was passiert? Kann ich helfen? Braucht ihr einen Arzt?"

Auch das noch. Es war Jutta, die mit ihrer Vorzeigefamilie direkt im Haus neben uns wohnte. „Nein, alles gut. Ich wurde nur übersehen", witzelte ich in meinem leuchtend gelben Regenmantel und winkte beiläufig.

„Sicher? Hast du Matti dabei?" Auch ihr war der rote Kindersitz aufgefallen, und als Mutter von kleinen Zwillingen musste es ihr ein Bedürfnis sein zu erfahren, ob ein Kind zu Schaden gekommen war.

„Nein, Matti ist zuhause. Ist nix passiert. Alles gut. Grüß Mirko!", sagte ich, als wäre ich tiefenentspannt.

Jutta sah mich prüfend an und erwiderte schließlich: „Okay. Dann schönen Abend noch."

„Danke, dir auch!"

„Soll ich Markus Bescheid geben? Soll er dich holen? Ich könnte so lange ..."

„Nein, nein, bloß nicht. Er würde sich völlig unnötig Sorgen machen. Ich muss außerdem weiter."

„Wo willst du denn ..."

„Tschüss Jutta, schönen Abend noch!" Ich schnitt ihr das Wort ab und legte ein freundliches Lächeln auf. Vorsichtig bückte ich mich, um mein Fahrrad aufzuheben. Endlich fuhr Juttas Fenster wieder hoch. Als sie sah, wie der SUV-Fahrer auf mich zukam, fuhr sie besonders langsam an, und ich fürchtete, dass sie den nächsten Crash verursachen würde, wenn sie ihre süße Stupsnase nicht nach vorn richtete.

Geschickt, aber lässig, hob *SUV-Man* mein Fahrrad hoch und schob es auf den Gehweg.

„Isse erst mal noch ganz okay, oder?", sagte er mit prüfendem Blick.

„Japp", sagte ich, aber ich konnte einen schmerzverzerrten Gesichtsausdruck nicht unterdrücken. Mein rechter Arm und die rechte Pobacke fingen an zu wummern, und ich wollte nicht wissen, in welchen Farben sie morgen früh leuchten würden.

„Sicher, dass ich Sie nicht mitnehmen soll?", fragte der Fahrer und zog seine markanten Augenbrauen hoch, sodass seine Stirn charmant in Falten lag. Jetzt fielen mir seine leuchtend blauen Augen auf. Ob das Kontaktlinsen waren?

„Nein", antwortete ich. „Also … nein, Sie brauchen nicht … Ich komme klar", stammelte ich. Oh Mann, hoffentlich hatte ich ihn nicht zu lange angestarrt. Was soll's? Ich war gestürzt, da kann auch mal was langsamer funktionieren.

„Ja, also. Ich muss weiter." Ich strich mir eine Haarsträhne aus dem Gesicht und blieb an etwas Stachligem hängen. Ich fragte mich, ob ich mit dem Kopf, auf dem ich ausgerechnet heute keinen Fahrradhelm trug, unglücklich gelandet war. Dann wurde mir klar, dass das Stachlige die roten Lockenwickler sein mussten. Kurz überlegte ich, eine Ohnmacht vorzutäuschen. Aber vermutlich würde damit alles nur noch schlimmer werden.

„Ähm ja, also ich muss dann mal, hab's eilig, wie Sie merken", stotterte ich. Nur weg hier!

Prüfend schaute ich an mir hinunter, aber außer den Lockenwicklern und den Gummistiefeln sah nichts danach aus, als müsste man sich um meine körperliche oder geistige Verfassung sorgen. Auch mein Fahrrad schien nichts abbekommen zu haben, nur die kleine rote Blumenvase aus Hartgummi für den Lenker, die mir Doro zum Geburtstag geschenkt hatte, war abgefallen und die Halterung kaputt. Vorsichtig hob ich sie auf und steckte sie in die Manteltasche.

SUV-Man sah meinen Blick: „Ich bezahle Ihnen den Schaden", sagte er höflich.

„Nein, nein, hat eh nur gestört, das Ding!"

„Hier, ich gebe Ihnen mal lieber meine Karte mit. Für den Fall, es doch noch was isse. Melde Sie sich!"

Komm, wir gehen einen zwitschern ...

Ich fuhr langsamer als sonst und hielt bei jeder Ampel an, auch wenn sie grün war. Etwas zittrig war ich noch, gleichzeitig brodelte in mir wieder die Wut auf Markus. Hätte er nicht unseren Hochzeitstag vergessen, wäre ich nicht Hals über Kopf mit Regenmantel und Gummistiefeln bei 20 Grad die steile Ossietzkystraße bergab gerast. Oh Mann, ich brauchte dringend Alkohol!

„Dorooo! Warte!“ Doro schloss gerade die Tür von ihrem *Pomodoro: Café & Bistro* ab, als ich mit quietschenden Handbremsen die Zielgerade erreichte.

„Hanni, was machst du denn hier?“ Doro sah mich an, als wäre ich vor ihr als Geist aus der Flasche gestiegen. „Willst du mit mir angeln gehen?“

„Hä, nein. Wieso?“

Als könnte sie nicht glauben, dass ich sie das in Anbetracht meines quietschgelben und wasserfesten Outfits tatsächlich fragte, erwiderte Doro: „Na sagen wir mal so, du siehst aus, als könntest du 'ne kleine Auszeit gebrauchen.“ Vorsichtig stieg ich von meinem Fahrrad ab und lehnte es an die Hauswand. Ohne den Blick von mir abzuwenden, schloss Doro die weiße Eingangstür mit dem Mosaikfenster aus buntem Glas wieder auf. Dahinter klimperte das Glöckchen.

„Wo ist denn die kleine Vase, die ich dir geschenkt habe?“, fragte sie mich, noch auf der Schwelle ihres liebevoll im Vintage-Stil eingerichteten Lokals.

„Ich erzähl dir alles, wenn du mir eine Cola und ein großes Glas – oder lieber eine ganze Flasche – von deinem Pinot Grigio gibst. Ich spüle auch alles wieder ab. Versprochen!" Ich schloss hinter mir die Tür und lehnte mich dagegen, um sicherzugehen, dass sie zu war und dass nichts und niemand hereinkommen konnte.

„Du kannst dich beruhigt setzen. Wir haben seit anderthalb Stunden geschlossen", sagte Doro und stellte ihren Fahrradkorb mit den Tupperdosen voller Essen auf dem weiß gekalkten Holzfußboden ab.

„Entschuldige, wenn ich dich aufhalte. Aber ich wusste gerade nicht, wohin mit mir." Ich streifte den viel zu warmen Regenmantel ab.

„Alles gut. Ich hab's nicht eilig, zuhause in die nächste Chaosbude zu stürzen. Ich ruf' nur schnell Ben an. Er soll einen von den Jungs schicken, die Sachen abzuholen."

„Machen die das einfach so?"

„Hanni, wenn es ums Essen geht, werden die Jungs zu Steinzeitwesen. Da stürzen die los, als ginge es ums Überleben. Wer zuerst da ist, hat schließlich bessere Chancen, das meiste Fleisch abzukriegen. Sie wissen ja nicht, was in den Dosen auf sie wartet."

„Was ist denn drin?"

„Indisches Gemüsecurry", sagte Doro und grinste. Sie zückte ihr Handy, um Ben anzurufen. Es musste was dran sein an dem, was sie gesagt hatte. Denn kaum waren die Worte „Essen" und „abholen" gefallen, konnte Doro auflegen. „Botschaft angekommen", sagte sie, legte ihren Arm um mich und führte mich hinüber zum Tresen mit den Glasglocken, unter denen nur noch leere Tortenplatten zu sehen waren. Doros selbstgebackene Kuchen und Torten waren einfach der Hammer. Ich setzte mich etwas umständlich auf einen der Barhocker. Mein rechter Oberschenkel wummerte mächtig, sodass ich mein Gewicht auf die linke Pobacke verlagern musste.

„Also, nun sag schon, was ist mit dem Blumenväschen passiert?“ Während ich versuchte, einen Wickler aus meinen Haaren zu fummeln, schenkte Doro Weißwein in zwei große Gläser.

„Ich bin mit dem Fahrrad gestürzt und da ist sie abgeflogen.“ Ich legte den Haarwickler auf den Tresen und suchte in meiner Manteltasche, die ich auf dem Hocker neben mir abgelegt hatte, nach der kleinen roten Vase. Mit meiner aufgeschürften rechten Hand und einem Gesicht wie Matti, wenn er eingeschnappt war, reichte ich Doro ihr zerbrochenes Geschenk über den Tresen.

„Hey, da biste aber nicht nur ein bisschen gestürzt, was?“ Doro riss die Augen auf, als sie meine zerschrammte Hand sah. „Ich hol' Verbandszeug.“

„Ach Quatsch, Händewaschen reicht“, winkte ich ab und merkte erst jetzt, den pulsierenden Schmerz an dieser Stelle. Langsam rutschte ich mit dem Po den Barhocker wieder hinunter, und ging einmal um den Tresen herum zu Doro, um mir an ihrem Spülbecken die Hände zu waschen.

Das kalte Wasser tat gut, doch danach brannte es höllisch.

„Aaautsch“, jammerte ich.

„Mensch, Kleene, was hast du denn bloß gemacht?“, fragte Doro liebevoll, und wurschtelte neben mir ihre blonden schulterlangen Haare auf dem Kopf zusammen. Alle Welt trug Messy Bun, kam mir in den Sinn und ich musste gleich wieder an *SUV-Man* denken. Doro riss ein paar Tücher von der Haushaltsrolle ab und tupfte damit vorsichtig meine Wunde trocken.

„Das ist nur passiert, weil dieser Schnösel mit seinem Panzer viel zu schnell gefahren ist!"

„Panzer?" Doros braune Augen wurden groß.

Das war das Schöne an ihr, Doro konnte und musste (sie hat drei Söhne und einen vergesslichen Mann) meistens lässig und entspannt bleiben, aber wenn es um einen Notfall in ihrer Familie oder bei mir ging, konnte sie ihren Schalter sofort auf „ernst und besorgt" umlegen.

„Willst du mir sagen, dass du vorhin fast von einem Panzer überrollt worden bist?" Doros Stimme lag immer noch in einer höheren Tonfrequenz.

„Na ja, es war kein Panzer. Es war so ein übertrieben großes SUV-Geschoss, das kein Mensch in der Stadt braucht."

„Und weiter?"

„Wie, und weiter? Ich wollte gerade über die Straße fahren, als der Heini mit seinem Panzer viel zu schnell angerast kam."

„Welche Straße?" Mist, gleich würde Doro mir den Kopf waschen.

„Die Ossietzky", antwortete ich wie beiläufig.

„Aha, alles klar", sagte Doro, und ihre Kulleraugen wurden zu kleinen Schlitzen. Doro konnte man wahrhaftig nicht in die Spießer-Schublade stecken, aber nie würde sie bei Rot über die Straße flitzen. Selbst wenn es hektisch wurde, bewahrte sie Ruhe wie ein Baum. Mich machte das manchmal wahnsinnig.

„Doro, ich schwöre dir, dass ich geguckt habe. Da war niemand und dann kam dieser Idiot völlig unkontrolliert angeschossen!"

„Hanni, muss ich dir wirklich erklären, dass man an einer roten Ampel stehen bleiben muss, eben weil so ein Panzer völlig unkontrolliert angeschossen kommen könnte?“

„Echt, Hanni? Du wurdest von einem Panzer angeschossen?“ Juri, Doros ältester Sohn, stand plötzlich vor uns und raufte sich mit der Hand durch die kinnlangen Haare. Ich würde mich nie an seinen Stimmbruch gewöhnen, wobei der im Vergleich zu einem Stimmungsbruch von Karla echt harmlos war.

„Nein, Juri, nicht angeschossen. Hanni wurde bloß von einem großen Auto fast platt gemacht, weil sie bei Rot über die Ampel gefahren ist“, sagte Mama Doro.

„Echt? Cool!“

„Ja, total cool“, sagte Doro und winkte mit der Hand vor ihrer Stirn. „Gott sei Dank wird auch dieser Junge eines Tages erwachsen sein“, murmelte sie durch ihre zusammengepressten Kiefer. Sie zeigte auf den Fahrradkorb mit den Tupperdosen. „Dort drüben steht euer Essen. Wenn du dich beeilst, ist es noch warm, bis du zuhause bist.“

„Was ist es denn?“, Juri sah aus, als hätte er die Tupperdosen am liebsten gleich aufgerissen.

„Ähm, Curry.“

„Mit Hühnchen oder mit Hackfleischbällchen?“

„Lass dich überraschen“, antwortete Doro geschickt, und ging einmal um den Tresen herum, um Juri zur Tür zu begleiten. Schon jetzt mit seinen 14 Jahren war der Bursche einen Kopf größer als seine Mutter.

„Mit Beeilen meinte ich nicht, dass du die roten Ampeln ignorierst, mein Kind. Verstanden?“, rief Doro zu Juri durch die geöffnete Tür.

„Oh Mama, du bist so peinlich!", hörte ich ihn zurückzischen, und ich wollte nicht wissen, wie rot der arme Kerl gerade geworden war.

„Ich hab' dich auch lieb, mein Schatz", setzte Doro nach und warf ihm noch ein schmatzendes Luftküsschen zu, bevor sie die Tür wieder schloss.

„Und, nun erzähl du mal in Ruhe!" Doro kam wieder zurück zu mir an den Tresen. Wir prosteten uns mit unseren Weingläsern zu und nahmen jede einen großen Schluck.

„Also, du hattest schon recht. Ich war es, die unkontrolliert bei Rot über die Ossietzky gerast ist. Ich war wütend und wollte schnell weg von daheim."

„Kenn' ich", sagte Doro. „Aber mal im Ernst. Ich dachte, Markus und du, ihr habt heute Hochzeitstag und wolltet schick essen gehen?" Sogar Doro konnte sich, im Gegensatz zu meinem Mann, an unseren Hochzeitstag erinnern.

„Ah, jetzt versteh ich auch die Cannelloni auf deinem Kopf und den heißen Fummel."

„Genau das ist es ja!", blaffte ich zurück.

„Ach nee, der Klassiker? Markus hat den Hochzeitstag vergessen, stimmt's?"

„Jaaa!"

„Ach Süße, komm mal her".

Doro nahm mich in ihre Arme, und sofort füllten sich meine Augen mit Tränen. Dieser Streit, dann noch der Unfall. Ich glaube, mir fielen tausend Tonnen schweres Leben vom Leib. Ich musste fürchterlich schluchzen und hatte Angst, Doros Shirt einzusauen. Ich fragte mich, welchen Weichspüler sie benutzte. Sie roch wie immer herrlich, meine Doro, und ich genoss ihr Mitleid in vollen Zügen.

Nur ungern wand ich mich aus ihrer Umarmung, aber schließlich bekam ich doch leichte Erstickungsangst.

„Entschuldige, ich wollte dein T-Shirt nicht nass machen."

„Schon gut, Kleene", beruhigte mich meine liebste Freundin, strich mir über die Wange und begann vorsichtig, die restlichen Lockenwickler aus meinen Haaren zu drehen.

„Weißt du, manchmal weiß ich einfach nicht, ob ich das alles noch so will", sagte ich.

„Was genau meinst du denn?"

„Alles!"

„Na, das nenne ich präzise."

„Nein, ich meine es ernst. Ich spreche von meinem ganzen Leben. Ich weiß einfach nicht mehr, ob es richtig oder falsch ist, was ich tue."

„Aber was sollte denn falsch sein an dem, was du tust? Du hast drei wundervolle Kinder, um die du dich kümmerst, schmeißt den Haushalt komplett allein und hältst deinem Mann den Rücken frei. Was bitte soll denn daran falsch sein?" Hörte ich da Ironie in Doros Stimme?

„Autsch!" Ein paar meiner Haare hatten sich auf einem Wickler verfilzt, was bedeutete, dass Doro diese Strähnen einzeln herausziehen musste. „Selber schuld, wenn du dir so einen Mist in die Haare leierst", stöhnte sie.

„Ja, ich weiß, dass du denkst, dass ich damit aussehe wie eine Hausfrau. Und Hausfrau-und-Mutter-Sein ist schließlich kein Beruf", gab ich zurück.

„Hallo? Ich weiß sehr wohl, was es bedeutet, drei Kinder zu versorgen und einen Haushalt zu schmeißen. Und ich würde nie behaupten, dass das nicht ein verdammt harter Job ist. Aber es ist eben auch manchmal ein undankbarer Job, und deshalb ist es nicht mein Ding, und wenn ich mal wieder recht haben darf – deins auch nicht“, sagte Doro etwas angesäuert. „Dass du aussiehst wie 'ne Hausfrau, stimmt allerdings!“ Jetzt grinste sie wieder versöhnlich.

„Doofe Kuh“, sagte ich scherzhaft, „mach die Dinger endlich raus!“ Wie eine Katze, die zum Schmusen auffordert, hielt ich Doro meinen in Plastikrollen gewickelten Kopf wieder vor die Nase.

„Ach Mensch, ich weiß doch auch nicht“, stöhnte ich. „Ich mache es ja eigentlich gern. Ich liebe meine Familie und das Haus. Ich bin gern für alle da. Mir reicht das. Nur ...“, kurz musste ich überlegen, „... nur ...“

„Nur was?“

„Nur weiß ich nicht, ob das jetzt alles gewesen ist oder ob da noch was kommt, verstehst du?“

„Ich weiß, was du meinst. Als Kurti damals endlich in die Kita konnte, ging es mir ähnlich. Erinnerst du dich? Da zieht man drei Kinder bis zu einem gewissen Grad an Selbstständigkeit heran, behütet und betuttelt sie, und dann gehen sie ihre eigenen Wege und sagen nicht mal ‚Danke‘. Und wir? Wir fallen erstmal in ein Loch.“ Doro trank einen großen Schluck Wein.

„Ich dachte, du hast dich gefreut, endlich wieder rauszukommen von daheim.“ Ich schnäuzte mir ausgiebig die Nase.

„Ja sicher, aber glaubst du, für mich war das keine große Umstellung? Raus von zuhause, rein in die Selbstständigkeit?“ Natürlich wusste ich das. Aber Doro hatte ihre Gefühle immer gut unter Kontrolle.

„Ich wusste immer, dass viel mehr in dir steckt“, sagte ich zu ihr und hätte sie am liebsten gleich wieder umarmt.

„Sehr gut! Meinst du nicht, dass hier gewisse Ähnlichkeiten zu erkennen sind?“

„Ja schon, aber ich weiß nicht, ob ich noch mehr Arbeit brauche.“

„Nee, aber was für dich, etwas, was nur dir gehört, in dem du aufgehen kannst! Was ist denn mit deinem alten Verlag? Kannst du nicht für die wieder arbeiten? Oder noch besser: Hattest du nicht immer von einem eigenen Buchladen geträumt?“ Doro zog fragend die Schultern hoch.

„Na, du wieder. Davon gibt es hier inzwischen Tausende. Warum sollten die Leute ausgerechnet zu mir kommen?“

„In Berlin gibt es auch tausend Cafés und Kneipen und die Leute kommen trotzdem zu mir“, konterte Doro. Sie war einfach die Schlagfertigere von uns beiden.

„Ja, du bist ja auch Doro – du hast für so was eben ein Händchen!“ Aber Doro ließ nicht locker: „Und du bist Hanni – du hast schon ganz andere Sachen gewuppt. So ein Buchladen wäre genau das Richtige für dich. Das weiß ich! Komm, Süße, lass uns verschwinden, irgendwo einen zwitschern gehen.

Der frühe Vogel hätte besser liegen bleiben sollen

Als ich am nächsten Morgen in meinem Bett aufwachte, musste ich lange überlegen, welcher Tag war. Nur langsam und schwach schlich sich die Erinnerung in meinen pochenden Schädel. Doro und ich bekamen gestern Abend noch einen Tisch bei *Pierre*. Das war Glück, denn, wie ich es geahnt hatte, hatte Markus dort nicht für unseren Hochzeitstag reserviert. Es war mindestens zehn Jahre her, dass ich nach Mitternacht betrunken nach Hause gekommen war. Müde zog ich die Decke bis zum Gesicht. Nach dem Geschmack in meinem Mund zu urteilen, hatte ich bestimmt eine Fahne. Keine Ahnung, wie spät es war, jedenfalls lag Markus nicht mehr neben mir.

Mein Handy vibrierte auf dem Fußboden. Etwas behäbig hievte ich mich erst ein Stückchen hoch und streckte meinen Arm danach aus. „Autsch!" Meine ganze rechte Seite tat fürchterlich weh. Vorsichtig schob ich mein Kurt-Cobain-Schlaf-Shirt hoch und versuchte, die Farbe des Hämatoms zu bestimmen, das sich von meinem rechten Oberschenkel über die Pobacke und dann weiter über den Unterarm erstreckte. Als hätte ich heute Nacht auf einem riesigen Stempel-Kissen geschlafen. Einen Moment lang war ich mir nicht sicher, ob ich mich übergeben musste. Ich schluckte, stöhnte und schaute auf mein Handy:

„Guten Morgen meine Liebe! Brummt dir auch die Birne? War trotzdem ein lustiger Abend gestern. Sollten wir wieder öfter machen!!!"

Oh Mann, typisch! Doro war schon in der Verfassung, Nachrichten zu tippen, und ich wusste noch nicht einmal, welcher Tag heute war. Ich wusste nur, dass ich dringend aufs Klo musste. Also verließ ich mit schmerzverzerrtem Gesicht das Bett und taumelte, innerlich über mich fluchend, Richtung Badezimmer. Wie konnte ich mich gestern Abend nur so gehen lassen? Bitte, lieber Gott, mach, dass niemand im Bad ist und blöde Fragen stellt. Bevor ich die Tür öffnete, lauschte ich im Treppenhaus, ob das Klappern von Geschirr einen harmonischen oder genervten Klang verbreitete. Etwas zweifelnd vernahm ich die Stimmen von Karla und Markus, die sich offenbar „normal" unterhielten. Dann erinnerte ich mich, dass Samstag war. Gott sei Dank! Kein Broteschmieren, kein „Aufstehen!"-Brüllen. Andererseits hielt ein Wochenende mit der Familie oft Schlimmeres bereit.

Ich konnte mir noch so viel Mühe geben, es dauerte meistens keine zehn Minuten und die Streitereien im Hause Liebig nahmen ihren Anfang, zunächst leise plätschernd, bis sie am späten Vormittag Fahrt aufnahmen und spätestens gegen Mittag, wenn alle wieder Hunger hatten, ihren Höhepunkt erreichten – weil jeder etwas anderes oder gar nichts machen wollte.

Vorsichtig öffnete ich die Badezimmertür und stellte fest, dass außer Koko, der auf dem Duschkopf saß und putzmunter sein Köpfchen auf und ab bewegte, niemand darin war. Darüber war ich so erleichtert, dass mich selbst der Anblick der Klamottenberge, die mal wieder nicht allein ihren Weg in den Wäschekorb gefunden hatten, völlig unbeeindruckt ließ.

Was ich jetzt brauchte, war Wasser. Ich schnappte meinen Zahnputzbecher und füllte ihn mehrmals. Ich trank, als hätte ich die Wüste zu Fuß durchquert. Ich duschte ausgiebig.

Danach rubbelte ich vorsichtig mit dem Handtuch über mein veilchenblaues Hinterteil und den Oberschenkel. Mir fiel der Unfall mit diesem unverschämt gut aussehenden Schnellfahrer wieder ein und dass das Ganze noch viel schlimmer hätte ausgehen können. Doch ich schob diesen Gedanken beiseite und spürte beim Eincremen, wie allmählich wieder Leben in mir aufstieg. Bäume würde ich heute nicht ausreißen, aber zumindest einen Korb Bügelwäsche abarbeiten. Denn wenn ich mich recht entsinnen konnte, stand am Samstag immer Bügeln auf meiner To-do-Liste. Und ich brauchte nach dem Absturz gestern Abend unbedingt Normalität – etwas, was ich abhaken konnte.

Leise hastete ich, mit jeweils einem Handtuch um Körper und Kopf gewickelt, zurück ins Schlafzimmer. Ich suchte nach etwas Bequemem zum Anziehen und stellte fest, dass mein schwarzes Cocktailkleid von gestern Abend nirgendwo lag. Im Bad war es auch nicht gewesen. Kurz überlegte ich, ob ich es letzte Nacht noch ganz vernünftig in die Waschküche gebracht hatte.

Ich schlüpfte in Jogginghose und Blusenshirt, bereit, mich dem Fegefeuer zu stellen, das in der Küche auf mich warten würde. Für Fälle wie diese hatte ich mir eine Strategie zurechtgelegt: Wenn mir die Kinder unangenehme Fragen stellten, würde ich sie zurückfragen, was sie heute essen wollten. Das zog immer.

Ich hatte die Tür zur Küche noch nicht richtig geöffnet, da fragte Karla von der anderen Seite: „Mama, warum lagen deine Klamotten auf der Treppe?“ Sie saß an unserem großen Esstisch, der durch die stets geöffnete Schiebetür gleich an die Küche anschließt.

Auf der Treppe? Langsam dämmerte mir, was sich nach den zwei Weinflaschen bei *Pierre* ereignet hatte. Ich hatte das dumme Schlüsselloch nicht gefunden. Nachdem ich eine Zeit lang unkontrolliert mit dem Schlüssel an der Tür gekratzt hatte, öffnete mir Markus. Ich glaube, ich wollte unten auf der Couch schlafen. Markus muss mich ins Bett getragen und mich ausgezogen haben. Ich würde schließlich niemals meine Sachen auf der Treppe liegen lassen.

„Ach, die wollte ich später mit in die Waschküche nehmen. Wieso?"

„Wir dürfen nie unsere Sachen dort liegen lassen", mischte sich Frieda ein.

„Wisst ihr schon, was ihr zum Mittag essen wollt?"

„Nudeln", rief Matti mit dumpfer Stimme hinter seiner Darth-Vader-Maske. Er kam aus dem Wohnzimmer angeflitzt.

„Mama! Weich nicht aus!", sagte Karla, der es Spaß machte, einmal den Spieß umzudrehen. Essen zog bei Karla einfach nicht mehr. Ich brauchte dringend eine neue Strategie für sie.

„Ich weiche nicht aus!", sagte ich und räumte die Frühstücksbrettchen vom Esstisch.

„Falls es dich interessiert ... Papa hat dein Kleid in die Waschmaschine gesteckt, weil es nach Döner gerochen hat und weiße Sauce drauf war", erklärte mir Karla und verschränkte die Arme vor der Brust.

Ich reagierte cool: „Ach, wie aufmerksam von ihm", doch vor meinem geistigen Auge sah ich das schöne Cocktailkleid auf Barbie-Größe zusammenschrumpfen.

Nachdem wir Pierres Bistro gestern Abend verlassen hatten, in dem Doro und ich leider mehr Wein als Wasser getrunken und vor lauter Quatschen vergessen hatten, Essen zu bestellen, waren wir noch zu „Aladin“ gegangen, der uns einen Döner mit dem letzten Fleisch von seinem Spieß spendierte. Ich esse sonst nie Döner, immer nur Falafel, und auch das kam höchstens einmal im Jahr vor. Aladin hatte sicher zu viel Sauce auf den Döner geklatscht.

„Ich schau mal kurz in die Waschküche, mein Schatz“, sagte ich zu Matti und tat völlig entspannt.

„Maamaa! Ich hab' Hunger!“, schrie er mich durch das nun von ihm geöffnete Visier seiner Maske an.

„Ist ja schon gut“, blaffte ich etwas genervt zurück. Ich hasse dieses Plastikzeug, aber ausgerechnet meine Mutter, die mir früher niemals so unpädagogisches Spielzeug gekauft hätte, überhäufte ihren bislang einzigen Enkelsohn mit derartigem Kriegskram. Markus und mir wäre es lieber, sie würde Matti auf eine ihrer häufigen Kurzreisen an die Ostsee, ans Mittelmeer oder an den Rhein mitnehmen. Jahrelang hatte meine Mutter als Vollzeit-Juristin im Leipziger Amtsgericht geschuftet, und jetzt wollte sie endlich etwas sehen von der Welt. Konnte sie ja machen, aber dann sollte sie es sich doch bitte verkneifen, danach unangemeldet mit einer großen Tasche voller Plastik-Geschenke vor unserer Haustür zu stehen.

„Maamaa! Hunger!“, erklang es jetzt wieder gedämpft hinter der schwarzen Maske. Mir wurde schwindlig. Du kommst ja nie auf die Idee, mich einzuladen, hörte ich in Gedanken die Stimme meiner Mutter. Ja, das stimmte – und ich tat das zu unser beider Sicherheit. Wie ferngesteuert holte ich die Pfanne aus dem Schrank und begann, eine Zwiebel zu schälen.

Meinen Vater interessierten unsere Auseinandersetzungen wenig. Mama und er hatten sich getrennt, als ich zehn und Saskia, meine Schwester, acht Jahre alt waren. Mein Vater versuchte, den Kontakt zu Saskia und mir zu halten, aber das Verhältnis zwischen meinen Eltern blieb immer angespannt.

Ablenkung und Trost fand ich in meinen Büchern. Astrid Lindgren, Kirsten Boie, Paul Maar – ihre Geschichten hatte ich verschlungen. Als Kind hatte ich von einem eigenen Buchladen geträumt, in dem ich mich nachts einschließen konnte. Aber Buchhändlerin als Beruf, damit hätte sich meine Mutter nie zufriedengegeben. Außerdem wäre eine solche Ausbildung nur in Leipzig möglich gewesen. Und ich musste weg – weg von meiner Mutter. So studierte ich Germanistik in Berlin und fing gleich danach als Lektorin im Hartmann Verlag an.

Bis die Kinder kamen und ich immer weniger arbeitete. Ich wollte immer Kinder, und ich wollte es besser machen als meine Mutter.

„Maaama, wann gibt's endlich Essen?", schrie mich Darth Vader an und richtete sein Leuchtschwert auf mich. Vor Schreck ließ ich das Messer fallen.

Matti erschrak kurz, ließ sich aber nicht davon abbringen, mich weiter anzuschreien:

„Ich habe Hunger!"

Ein Blick auf die Uhr am Backofen verriet, warum das kleine Monster nach Essen schrie. Es war 12:51 Uhr. Oh Gott, das arme Kind.

„Gleich, mein Schatz. In zehn Minuten ist Mami mit deinem Essen fertig, okay?"

„Und was ist mit uns?", fragte Karla vorwurfsvoll und blickte ausnahmsweise von ihrem Handy auf.

„Ich dachte eigentlich, dass ihr groß gefrühstückt habt", antwortete ich. „Wo steckt Papa eigentlich?"

Karla hob die Schultern und sagte: „Ich glaube, der wollte

nochmal in die Werkstatt, und Müsli am Samstag ist ja wohl kein richtiges Frühstück; sagst du auch immer."

Okay, nach meiner Nummer von gestern Nacht durfte ich mich nicht aufregen. Ich wollte still bis zehn zählen, um mich zu beruhigen, kam allerdings nur bis vier, weil Matti „Hunger!" schrie.

Sofort schaltete ich wieder in den Mama-Hanni-stets-zu-Diensten-Modus und machte mich ans Werk. Erst schmierte ich Karla und Matti jeweils ein Brot mit dick Nutella drauf, damit sie still waren. Matti erlaubte ich, sich nach dem Brot einen Film auf dem Tablet anzuschauen, damit ich in Ruhe das Mittagessen zubereiten konnte.

Mein Cocktailkleid, das vermutlich ohnehin nur noch ein schwarzer Lappen war, musste warten.

Da gestern Freitag gewesen war und somit Einkaufen auf meiner To-do-Liste stand, hatte ich Gott sei Dank alles vorrätig, was ich fürs Mittagessen brauchte. Organisation ist das A und O, um in diesem Haushalt zu überleben.

Nudeln würde es nicht schon wieder geben. Stattdessen schälte ich Möhren, schnitt Zwiebeln und Bio-Champignons klein und briet alles neben dem Risotto-Reis in einer Pfanne an. Ein angenehmer Duft machte sich in der Küche breit. Allmählich verschwanden auch meine Kopfschmerzen.

Ich fragte lieber keines der Kinder, ob es mir helfen würde, den Tisch zu decken, denn heute hatte ich einfach keine Kraft für Endlos-Diskussionen darüber, wer von ihnen „immer alles machen muss".

Vorsichtig schob ich mit meinem rechten Arm alles auf dem großen Esstisch, den Markus aus Eichenholz gebaut hatte, zur Seite. Bis Karla ihre Manga-Magazine, Frieda ihre Wellensittich- und Amsel-Fotos oder Darth Vader seine Waffen weggeräumt hätten, wäre mein Essen kalt geworden. Also beschloss ich, es ihnen heute gleichzutun und Dinge, die mir in den Weg kamen, einfach beiseitezuschieben. Karla, die immer noch am Esstisch saß und aufs Handy starrte, bemerkte von all dem nichts. Ich legte die rot-weiß gepunkteten Untersetzer, die Doro mir genäht hatte, und Besteck auf den Tisch und nahm für jeden ein Glas aus dem alten dunkelroten Küchenbüffet, das ich vor Jahren günstig auf dem Wochenendflohmarkt erstanden hatte. Damals war ich gerade neu in Berlin und frisch in Doros Zweier-WG gezogen. Auf dem Flohmarkt traf ich zum ersten Mal Markus. Er stand neben mir, als ich den Verkäufer nach dem Preis fragte.

„Lass dich von dem ja nicht über den Tisch ziehen!", sagte er zu mir und lächelte mich eindringlich an. Da war es um mich geschehen. Später, als Markus mir half, das Küchenbüffet in die Wohnung zu tragen, verriet er mir, dass er lange an dem schönen Stück interessiert gewesen sei, dass der Trödler aber 250 Euro verlangt hatte, weil er wusste, dass Markus es aufgemöbelt und viel teurer weiterverkauft hätte. Auf diese Weise verdiente Markus damals nebenbei gutes Geld, bis sich nur anderthalb Jahre später Karla ankündigte und für Flohmarkt-Entdeckungen keine Zeit mehr blieb. Weil Doro fast zeitgleich mit Juri schwanger wurde, kündigten wir unsere Mini-WG am Prenzlauer Berg und zogen jede jeweils mit unserem Partner zusammen. Das Küchenbüffet zog natürlich mit um.

Das Klingeln meines Handys riss mich aus meinen Gedanken. Hastig ging ich zurück in die Küche. Es war Markus.

„Hallo, mein Schatz. Na, geht's dir gut?"

„Wo bist du denn? Ich habe Mittagessen gemacht", sagte ich und versuchte, nicht allzu vorwurfsvoll zu klingen.

„Ich bin noch in der Werkstatt, David brauchte meine Hilfe. Wartet nicht mit dem Essen auf mich. Ich hol' mir was beim Inder."

„Okay", stöhnte ich.

„Ach Hanni", rief Markus ins Handy, „dein Kleid habe ich in die Waschmaschine gesteckt. Das ..."

„Ja, ich weiß", schnitt ich ihm das Wort ab. „Hat Frieda schon gesagt. Ich sehe am besten gleich nach."

„Ihr habt es gestern aber ordentlich krachen lassen, du und Doro, was?"

Ich hatte ihm also zumindest erzählt, dass ich mit Doro unterwegs war.

„Na ja, ist halt spät geworden."

„Macht doch nichts. Könnt ihr ruhig öfter machen, wenn du dich danach von mir ins Bett tragen lässt!" Das sagte er so bedeutungsvoll, dass ich überlegen musste, was er damit andeuten wollte.

Wie ein schüchternes Mädchen schlug ich die Hand vor den Mund. Hatte ich tatsächlich vergessen, dass ich mit meinem Mann geschlafen habe? Dabei kam das in letzter Zeit so selten vor, dass man eigentlich jedes Mal darauf mit Sekt anstoßen müsste.

Schnell sagte ich: „Nein lieber nicht. So kurze Nächte bekommen mir nicht. Das Essen wird kalt. Bis später."

„Ja, bis später", erwiderte Markus gut gelaunt und deutete ein schmatzendes Küsschen an.

Na toll, Hanni. Dein Mann baut Mist und am Ende belohnst du ihn noch dafür.

Schnatterente hat mir heute noch gefehlt

Oh Gott, mein Kleid! Der Gedanke riss mich aus dem Halbschlaf. Ich war so erledigt gewesen, dass ich, nach dem Mittagessen, Matti gezwungen hatte, mit mir ein Schläfchen zu machen. Vorsichtig ließ ich mich aus dem Bett gleiten und ging leise vom Schlafzimmer in den Waschkeller. Stufe fünf und zwölf überstieg ich natürlich geschickt.

Das Kleid konnte ich vergessen. Ein einziger zerknitterter Wulst, der auch nach dem Auffalten nicht größer werden wollte als das Kleid einer Babypuppe. Als ich auf die Einstellung der Waschmaschine schaute, wurde mir auch klar, woran es lag. Der Programmregler war auf Hygienewäsche gestellt. Da hatte Markus es aber gut gemeint. Ich brachte das Kleid hinaus zur Mülltonne. Ich brauchte sowieso dringend frische Luft.

Es war ein herrlicher Frühlingstag. Kurz blieb ich an der Mülltonne stehen, um genussvoll dem Zwitschern der Vögel und dem sanften Rauschen des Windes zu lauschen. Herrlich. Doch meine idyllische Pause dauerte nicht lange.

„Hallo, Hanni!"

„Oh, hallo, Jutta!"

„Na, alles in Ordnung mit dir? Was ist denn gestern passiert auf der Ossietzky? Hat der dich angefahren? Sah echt gruselig aus, wie dein Fahrrad auf der Straße lag."

„Nein, nein, war nicht schlimm. Ich bin mit dem Rad ins Schleudern geraten, und der Mann fuhr zufällig an mir vorbei, um mir zu helfen", murmelte ich.

Ich hatte jetzt echt keinen Bock auf Konversation mit Jutta, die Markus und ich auch gerne *Schnatterente* nannten.

„Und warum die Lockenwickler?“, fragte sie lachend.

„Ha, ha, ja die Lockenwickler – welche Lockenwickler?“ Ich stellte mich dumm. Mir fiel einfach keine gute Ausrede ein.

„Na, die Lockenwickler, die du gestern Abend auf dem Kopf hattest. Ich hatte mich nur gewundert, weil du doch nie ohne Helm fährst“, sagte Jutta, und zwar so schnell, dass ich Angst hatte, sie könnte sich an ihren eigenen Worten verschlucken.

„Ach ja die, äh, also, na ja ...“, stotterte ich. „Ich hatte gestern Abend ein wichtiges Treffen und, wie immer, zu wenig Zeit zum Aufhübschen, weißt du? Ich hatte die Wickler etwas zu spät eingedreht und wollte sie erst bei einer Kollegin, mit der ich verabredet war, also für dieses Treffen verabredet war, rausmachen. Ich ... ich dachte, ich fahre schnell, dann würde mich niemand sehen.“ Ich ärgerte mich, denn ich war Jutta keine Erklärung schuldig.

Wie immer sah sie blendend aus. Enge Jeans, weißes Shirt, leicht gebräunter Teint, lange, gepflegte Haare, perfekt lackierte Fingernägel. Ich fragte mich, wann sie das macht, Friseur, Sport, Nägel lackieren ...

„Ach so, na du bist ja mutig.“ Sie legte die Hand auf ihr Dekolleté.

Mutig. Ich? Dass ich nicht lache!

„Na ja, es war ja nicht weit, und wenn es nicht wichtig gewesen wäre, hätte ich auch nicht so einen Aufriss um meine Haare betrieben.“ Ich wollte mir auf die Zunge beißen, denn es war klar, dass Jutta nicht aufhören würde, Fragen zu stellen.

„Was war das denn für ein wichtiges Treffen, wenn ich fragen darf?“

Darfst du nicht! Hatte die nichts anderes zu tun? „Äh, ach, nur so ein Empfang im Verlag, für den ich früher gearbeitet habe", stammelte ich. Was redete ich denn da?

„Ach. Echt? Arbeitest du wieder?"

„Nein, also na ja, ich weiß noch nicht. Deshalb bin ich ja hin, um die Leute zu sehen."

„Klingt toll! Hätte mir Markus gestern auch sagen können", sagte sie wie beiläufig.

Ich dachte, ich höre nicht richtig. „Wieso gestern? Also, ich meine, wieso sollte dir Markus gestern von meinem Treffen erzählen?" Äußerlich war ich gefasst, innerlich wuchs vor meinen Augen das Bild von „Chucky, der Mörderpuppe", wie sie mit ihren putzigen Händchen die Waffe zückt.

„Na, gestern Nachmittag, als er bei uns war", antwortete Jutta mit ihrem typischen „Das wusstest du nicht?"-Blick. Jutta wusste immer alles. „Wegen der Küche", ergänzte sie betont. „Ich hatte ihn gefragt, ob ihr Lust hättet, später zu uns zum Grillen zu kommen. Und er wollte dich fragen. Na ja, geht mich auch nichts an", sagte sie mit falscher Zurückhaltung.

„Ach so, gestern!" Ich tat so, als wäre mir alles wieder eingefallen. „Ja, das hat er mir erzählt. Markus hat im Moment so viel um die Ohren, dass er mein Treffen fast vergessen hätte", sagte ich locker.

„Ja, ich weiß. Er hatte mir von seinem *SKANDLEV*-Auftrag erzählt. Deshalb fand ich es ja auch total süß von ihm, dass er gestern extra wegen uns noch bis Bernau gefahren ist, um die fehlenden Teile für die Einbauschränke zu besorgen." Jutta schwärmte, wie sie es sonst nur von ihren Vorzeigekindern tat.

„Na ja, ihr seid ja auch unsere Nachbarn, da kann man so was schon machen", erwiderte ich verlogen, und hoffte für

Jutta, dass sie jetzt den Schnabel hielt.

Ich knallte den Deckel der Mülltonne so laut zu, dass ich selbst erschrak. Unsicher schaute mich Jutta aus ihren getuschten Kulleraugen an, die ich ihr am liebsten ausgekratzt hätte. „Bis später dann“, rief ich ihr zu, wandte mich ab und wollte ins Haus gehen. Dummerweise verfehlte ich den Absatz vom Eingang. Mit zur Seite gespreizten Armen und in gebückter Haltung stürzte ich holterdiepolter in den Flur und konnte mich drinnen am Telefonschränkchen gerade noch abfangen. Hoffentlich hatte Jutta das nicht gesehen.

Drin stand Karla und lachte. „Mama, hast du schon wieder getrunken oder was?“

„Ha, ha. Könntest mich ja fragen, ob ich mir wehgetan habe.“

„Na, das sehe ich auch so“, antwortete sie. „Alles klar?“, fragte sie noch aus Höflichkeit hinterher.

„Ja, alles klar. Danke der Nachfrage“, antwortete ich mit knirschenden Zähnen.

„Mann ey, diese Stimmung hier ist echt nicht mehr auszuhalten. Ich mach los.“

„Wohin denn?“

„Zu Charly, wir wollen noch lernen und uns später einen Film ansehen.“

„Wann bist du wieder da?“

„Na, wie immer. Gegen 22 Uhr.“

„Willst du mich auf dem Arm nehmen? Du bist spätestens halb neun zurück. Sonst hole ich dich persönlich bei ihr ab!“

„Oh, Mama! Kriegst du deine Tage, oder was?!“, zickte mich Karla an.

„Hä? Was soll denn diese Frage jetzt?“

Meine Stimme wurde höher.

„Ey, du bist so was von unentspannt", sagte Karla übertrieben lässig. Sie musste es ja wissen.

„Ey, du bist so was von vorlaut! Und, ey, deshalb habe ich gerade beschlossen, dass du schon um 19:30 Uhr zurück sein wirst", erwiderte ich.

„Du bist so was von voll fies! Wenn du ein Problem mit Papa hast, dann lass es an ihm aus und nicht an uns!", schrie Karla, als die Haustür schon offenstand.

„19:30 Uhr, verstanden?", rief ich ihr nach.

„Hallo Karla!", hörte ich Juttas Stimme.

„Hallo, Jutta!" Karla sprach plötzlich wieder wie mit Engelszungen.

Ja, ja, Jutta, freu dich nur – auch deine Kinder werden in die Pubertät kommen, dachte ich gehässig, als ich mich mit schmerzverzerrtem Gesicht in die Küche schleppte, um mir einen Tee zu kochen.

Wieso hatte mir Markus nicht erzählt, dass er gestern bei den Sommers drüben gewesen war? Sein Auto musste hinter dem Haus gestanden haben. „Bei *SKANDLEV* nur am Rotieren gewesen" – dass ich nicht lache. Ein verlogener Versuch, sich dafür zu entschuldigen, dass er unseren zehnten Hochzeitstag vergessen hatte.

Seufzend ließ ich mich am Esstisch nieder.

Irgendetwas musste ich ändern. Ich brauchte dringend Anerkennung! Eine kleine Herausforderung, bei der ich meine Kinder nicht zu sehr vernachlässigen müsste.

Mir blieb also zunächst nur eine Möglichkeit, um schnellstmöglich etwas zu ändern. Entschlossen öffnete ich den Deckel des Laptops.

Bei dem piept's doch!

Fünf Minuten später hatte ich Hartmann am Telefon. Ich hätte nicht gedacht, dass er so schnell auf die E-Mail reagieren würde, die ich ihm eben erst geschickt hatte. Schon gar nicht am Samstag.

„Hallo, Frau Liebig, schön, dass Sie sich melden. Wie geht's denn so? Was machen die Kinder?“

„Danke, Herr Hartmann, es geht mir gut. Den Kindern auch. Schön, dass Sie sich so schnell gemeldet haben.“

„Ach Frau Liebig. Sie wissen doch, der frühe Vogel fängt den Wurm. Gute Mitarbeiter liegen mir am Herzen. Und Sie waren immer eine hervorragende Mitarbeiterin unseres Verlages“, sagte mein Chef, oder sollte ich sagen Ex-Chef? Ich wusste nicht, ob ich mich über sein Lob freuen oder ob ich mich darüber ärgern sollte, denn natürlich musste ich damals zu seinen besten Mitarbeiterinnen gezählt haben – schließlich schrubbte ich Überstunden ohne Ende, vor allem wenn ein Buch kurz vor der Veröffentlichung stand.

„Nett, dass Sie das sagen, Herr Hartmann. Dann kommt es Ihnen also gelegen, wenn ich Ihnen wieder etwas zuarbeiten würde?“, fragte ich unsicher, aus Angst, dass er „Ja“ sagen würde. Mein letztes Lektorat lag fünf Jahre zurück, und das Buch war ausgerechnet ein Erotik-Roman gewesen. Erstens wusste ich nicht, ob ich nicht einiges verlernt hatte, und zweitens wusste ich nicht, welches Genre Hartmann diesmal im Visier hatte. Bei ihm rannte öfter eine neue Sau durchs Haus.

„Nein, nein. Sie schickt der Himmel!“, sagte Hartmann laut in den Hörer.

Ich schrumpfte auf meinem Stuhl zusammen. Was würde jetzt kommen? Oh Gott, ich wusste, dass es nichts Gutes sein würde. Viel zu früh, ich meine, viel zu früh, um wieder mit dem Arbeiten anzufangen.

„Wissen Sie, Frau Maschberg ist leider kurzfristig ausgefallen. Schwanger und gleich Berufsverbot. Na ja, ich meine, Sie als erfahrene Mutter können das sicher verstehen. Ich weiß ja nicht, was so gefährlich daran sein kann, ein Buch zu lesen und zu korrigieren, aber was soll's: Freuen wir uns doch einfach, dass es bei Frau Maschberg mit dem Nachwuchs klappt, nicht wahr?“ Zynismus konnte Hartmann gut.

„Ja, ich freue mich für sie, aber ich wüsste nicht, wie ich Ihnen da helfen kann. Frau Maschberg betreut doch das Marketing.“

„Richtig, aber während Ihres Volontariats haben Sie doch alle Abteilungen im Verlag kennengelernt, und dass sich nach fünf Jahren die Stellenbesetzung in einem großen Unternehmen wie dem unseren ändern kann, das muss ich Ihnen nicht erklären.“

„Nein, nein, aber ich habe doch noch nie oder nur damals etwas mit Marketing ...“

„Richtig. Es wird Zeit, Sie auch mit anderen Aufgaben vertraut zu machen. Und Lesen und Schreiben werden Sie doch nicht verlernt haben, oder?“

„Nein, aber ...“

„Sehr gut, sehr gut.“ Wieder schnitt er mir einfach das Wort ab. „Frau Maschberg arbeitete an einem sehr wichtigen neuen Projekt, bevor sie in den wohlverdienten Mutterschutz gegangen ist", sagte Hartmann mit sarkastischem Unterton.

Langsam und vorsichtig traute ich mich aus meinem Schildkröten-Panzer. Ich fragte: „Um was für ein Projekt geht es denn?" Bitte, sag jetzt nicht, dass es sich um erotische Literatur handelt!

„Hochspannend, sage ich Ihnen. Unser neuer Bereich ist die Psychologie. Selbstfindung – ein ganz großes Thema, mit dem wir viel zu lange gewartet haben."

„Bingo!", dachte ich blöderweise laut. Selbstfindung und Balance hatte ich ihm vor fünf oder sechs Jahren vorgeschlagen, aber da war Hartmann so im Erotikfieber, dass er nichts von psychologischen Themen hören wollte.

„Wie bitte?", fragte Hartmann.

„Äh, nichts", sagte ich und erhob mich etwas zu schnell, sodass ich mit meinem verletzten Bein am Esstisch hängen blieb. „Mist!", dachte ich, leider wieder zu laut.

„Äh, Frau Liebig? Ist alles in Ordnung bei Ihnen?"

„Ja, ja, alles in Ordnung. Ich hatte nur ... ich wollte gerade ...", stammelte ich, und um nicht blöd dazustehen, sagte ich schließlich: „Das klingt spannend, Herr Hartmann. Soll ich nächste Woche zu Ihnen ins Büro kommen und wir besprechen ein paar Details?" Ich klang fast so professionell wie früher.

„Nächste Woche könnte … äh … knapp werden. Wissen Sie, der Autor kommt nicht von hier; war zwar schon bei uns, wünscht aber … äh … das nächste Arbeitstreffen bei sich zuhause. Verstehen Sie?"

„Äh, ja", sagte ich. Das war nichts Ungewöhnliches. „Wo wohnt er denn?"

„In Amsterdam – soll ich ihnen gleich die Adresse geben?"

„Äh ..." Ich hörte wohl nicht richtig. Amsterdam. Das war ja fast am anderen Ende der Welt. Wie stellte er sich das bitte vor?

„Amsterdam? Das ist aber weit, also ... Meinen Sie nicht, dass es doch möglich wäre, er käme zu uns?"

„Keine Chance, Frau Liebig. Herr Willemsen hat ausdrücklich darum gebeten, und ich kann Ihnen gar nicht sagen, wie schwer es gewesen ist, diesen Mann zu bekommen. Eine Koryphäe! In den Niederlanden verkauft er seine Bücher wie Tulpen im Frühling. Ha. Ha." Hartmann konnte schon immer über seine Witze lachen. „Aber Spaß beiseite. Auch bei uns, vor allem bei den Frauen, ist Claas Willemsen längst ein Begriff."

Gehört hatte ich den Namen vielleicht schon, aber gelesen hatte ich von ihm jedenfalls nichts. Aber was sollte das nach fünf Jahren Abstinenz vom gesellschaftlichen Leben schon heißen.

„Frau Liebig, Sie würden nicht nur mir, sondern auch sich einen Gefallen tun, das können Sie mir glauben", sagte Hartmann mit seinem Überzeugend-wirken-wollen-Geschäftston.

„Wann genau erwartet Herr Willemsen denn jemanden von uns?" Ich war neugierig geworden.

„Dienstag. Dienstagmittag, um genau zu sein. Der Zug fährt Dienstag früh um 6:19 Uhr von Berlin Hauptbahnhof ab."

„Welcher Dienstag?"

„Na, der kommende. Frau Liebig, was glauben Sie denn, warum ich von ‚Eile' spreche?"

„Okayyy, Dienstag. Das ist sportlich", sagte ich und setzte mich auf meinen Stuhl. „Da muss ich erstmal mit meinem Mann reden, ob das überhaupt geht. Wissen Sie, die Kinder ..."

Hartmann schnitt mir das Wort ab.

„Frau Liebig, ich kann verstehen, wenn das jetzt etwas plötzlich kommt. Aber Sie sollten langsam anfangen, an ihre berufliche Zukunft und an Ihre Rente zu denken. Ich meine, fünf Jahre haben Sie sich doch ausschließlich um die Familie gekümmert. Finden Sie nicht, dass Sie jetzt an der Reihe sind?" Hätte Hartmann nicht in seinem Überzeugend-wirken-wollen-Geschäftston geredet, hätte ich ihm glatt abnehmen können, dass er besorgt um mich war. Aber ich kannte Hartmann gut genug, um zu wissen, dass es ihm immer nur um sich und um den Erfolg seines Verlages ging. Trotzdem, ganz Unrecht hatte er nicht.

„Ja, deshalb hatte ich mich ja auch bei Ihnen gemeldet, Herr Hartmann, nur ..."

„Schön, dann reden Sie mit Ihrem Mann, und ich leite ihnen die Tickets gleich weiter. Frau Maschberg wird Ihnen sicher alles Weitere erklären."

„Äh ..."

„Prima, Frau Liebig. Ich weiß ja, dass ich mich auf Sie verlassen kann!"

„Aber ... das ist alles nicht so einfach", stammelte ich. Doch Hartmann hatte längst aufgelegt.

Eigentlich hätte ich wie Jutta im Garten die ersten Blumenkübel mit Hornveilchen und Stiefmütterchen bepflanzen sollen, aber heute konnte ich auf dieses Häkchen verzichten, genauso wie auf das Häkchen hinter *Bügelwäsche*. Ich nahm das Tablet und suchte für Matti die erste Staffel von *Paw*

Patrol heraus. Wenn ich wollte, könnte ich so dafür sorgen, dass Matti sich für die nächsten zwei Stunden nicht mehr vom Sofa fortbewegt. Ich wollte!, und setzte ihm deshalb noch die Kopfhörer auf. Ich musste dringend mit jemandem reden, am besten gleich mit Markus.

„Ja, mein Schatz, was gibt's denn?", rief mir Markus laut ins Ohr. Im Hintergrund liefen die Maschinen.

„Ich wollte nur fragen, wann du nach Hause kommst. Ich muss dringend mit dir reden", sagte ich laut und deutlich. Ich wusste nicht, wann ich das letzte Mal so ernsthaft zu meinem Mann gesprochen hatte.

„Was ist denn los?"

„Das muss ich dir in Ruhe zuhause erzählen. Also, wann kommst du?"

„Es dauert nicht mehr lange. Ich will nur noch den Zuschnitt zu Ende bringen, aber ich kann auch später essen. Ihr müsst nicht auf mich warten."

„Es geht nicht ums Essen. Ich muss mit dir reden", sagte ich nochmal eindringlich und hoffte, Markus würde es verstehen.

Aber offenbar wurde ich von der Kreissäge übertönt, denn Markus sagte nichts weiter als: „Okay, dann bis später, mein Schatz. Tschüssi!"

Da Matti bei den *Paw Patrols*, Karla bei ihrer Freundin Charly war und Frieda seltsamerweise noch immer im Schlafanzug durchs Haus schlich, statt im Garten Naturforschungen zu betreiben, fuhr ich meinen Laptop wieder hoch, um mir das Buch, das schon im Druck war und das mir Anna in Manuskriptform hoffentlich gleich schicken würde, auszudrucken. Da war es schon – auf Anna war Verlass, auch wenn man bei Schwangeren nie genau weiß, wie lange sie sich eine Information merken können. Bei unserem Telefonat vorhin hatte ich ihr auch mehrfach die gleichen Fragen stellen müssen, weil sie immer abschweifte, mir lang und breit erklärte, wie groß ihr Baby sei und dass sie schon sechs Kilo zugenommen habe. Ich freute mich ja für sie, nur leider war ich nach unserem Gespräch genauso schlau gewesen wie zuvor. Anna hatte mir nur erzählt, dass Claas Willemsen mit C und nicht mit K geschrieben wurde, dass er unheimlich gut aussehe, nett und bodenständig sei und dass sie am Telefon schlecht erklären könne, was auf mich zukäme. Aber jemand, der täglich drei Kinder und einen Haushalt organisiert, könne auch mit links eine Lesereise für Claas Willemsen promoten und sich in Dinge wie Merchandising, Social Media und so weiter einarbeiten. Ich solle mir keinen Kopf machen – zur Not könne ich mich wieder melden, sie sei ja nicht aus der Welt, wobei mir gerade das schwerfiel zu glauben, und wenn ich jedes Mal eine halbe Stunde einplanen müsste, um nur eine kleine Antwort zu bekommen ... Aber womit Anna recht hatte, war, dass ich aufnahmefähig war – zumindest war das früher so, und wenn ich die Volontärin, von der Anna geradezu schwärmte, zur Seite hätte, könnte es funktionieren.

Wie ich sah, hatte ich nicht nur eine E-Mail von Anna, sondern auch eine von Hartmann erhalten. Die enthielt die Zugtickets und eine weitergeleitete Mail, die er zuvor an die Personalabteilung gesendet hatte mit der Information, dass Hanni Liebig ab kommenden Dienstag wieder in Vollzeit für den Verlag arbeiten würde.

Das war echt nicht zu fassen. Dieser Mann hatte sich kein bisschen verändert in den letzten Jahren. Nahm sich einfach, was er brauchte. Also Vollzeit werde ich ihm morgen gleich ausreden! Wobei – als ich das angeblich vereinbarte Monatsgehalt las, das in etwa dem Doppelten meines früheren Lektorinnengehalts entsprach, fiel es mir schwer, ein Wow! zu unterdrücken.

Ich bekam gleich Lust, Anna's Anhang auszudrucken und freute mich, dass genug Papier auf dem kleinen Schreibtisch im Wohnzimmer lag. Normalerweise waren Dinge, die ich selten benutzte, in dem Moment leer, wo ich sie brauchte: Papierfach, Nutella-Glas, oder der Akku vom Tablet. Ich steckte das Papier in den Drucker, stellte die Optionen so ein, dass es beidseitig bedruckt werden konnte, und wollte mich gerade über die ersten Seiten freuen, als mir der Drucker die Fehlermeldung „Tonerpatrone leer" anzeigte. Na klasse!

Kurz überlegte ich, Jutta zu fragen, ob ich bei ihr zumindest ein paar Seiten ausdrucken könnte. Doch allein der Gedanke an die Fragen, mit denen sie mich löchern würde: Was willst du denn drucken? Worum geht es denn darin? Nein, dann wollte ich mir lieber die Augen am Monitor verderben. „Werde der Mensch deines Lebens!", las ich auf dem Deckblatt. Neugierig scrollte ich weiter.

Ich las die ersten Seiten und musste Anna recht geben. Willemsen hatte einen klaren und verständlichen Schreibstil und ließ sich leicht und schnell lesen. Dieser Typ schien Ahnung vom Leben zu haben – wenn es stimmte, was er schrieb: Er hätte vor ein paar Jahren einen schweren Unfall mit dem Motorrad gehabt und beschlossen, sein Leben als Manager zu ändern und sich auf die Suche nach seiner wirklichen Berufung und seinen tiefsten Wünschen zu begeben. Klang interessant und passte wunderbar zu meiner Lebenssituation.

Ich muss zugeben, ich verschlang die ersten Seiten.

Als meine Augen zu flimmern begannen, musste ich eine Pause einlegen. Außerdem konnte ich es kaum erwarten, Doro über meine Pläne zu informieren: *Habe soeben meine erste neue Herausforderung angenommen ...*, schrieb ich ihr per WhatsApp.

Hast du den Immobilien-Heini heute erreicht?, schrieb Doro zurück.

Hä? Welchen Immobilien-Heini?

Na, der den Laden in der Charlottenstraße vermietet ... Immer noch verkatert oder was?

Ach so, das meinte sie. Als wir gestern Abend mit unseren Dönern in der Hand durchs Viertel spaziert waren, hatte Doro das Schild „Laden zu vermieten" entdeckt. Sie wollte mir immer noch einreden, dass ein eigener Buchladen genau das Richtige für mich wäre.

Nein, bin bei klarem Verstand ;-) und deshalb habe ich nicht einen geldgierigen Immobilien-Heini, sondern Hartmann angerufen. Er hat mir einen Auftrag gegeben. Ich soll nach Amsterdam, zu einem Selbstfindungs-Autor. Ist das nicht toll?

Hoch die Flügel, fertig, los! Oder?

„Hallo, Schatz, ich geh' lieber gleich duschen", rief Markus, als er nach Hause kam und an der halb geöffneten Küchentür vorbeihuschte.

„Ja gut, aber beeil dich. Ich muss mit dir reden", rief ich zurück. Ich glaube, dachte ich, da will mir jemand ausweichen. Sollte er doch in Ruhe an seiner Entschuldigung für gestern Abend feilen. Einen Blumenstrauß konnte ich allerdings nicht entdecken.

Eigentlich sollte ich das Abendbrot vorbereiten, aber ich hatte weder Hunger noch Lust. Ich war so aufgewühlt, dass ich an nichts anderes denken konnte als an die Reise nach Amsterdam. Ich hörte Markus und die Kinder schon sagen: Was? Du lässt uns allein? Wie soll das gehen?

Um ehrlich zu sein, konnte ich mir selbst nicht vorstellen, wie das gehen sollte. Ich müsste tausend Dinge vorbereiten, Einkaufen, Essen vorkochen, Anziehsachen für die nächsten Tage bereitlegen. Einen Tagesplan schreiben, welches Kind wann wohinmüsste: Matti zum Fußball, Frieda mit Koko zum Tierarzt, Karla zum Zahnarzt. Die merken sich doch nichts – nicht einmal, dass sie auf die Merkliste schauen sollen.

Wie es zuhause aussehen würde, wenn ich weg war, wollte ich mir gar nicht vorstellen und noch weniger, wie es aussehen würde, wenn ich wiederkäme. Aber was soll's? Dann sollte das der Preis für ein paar Tage Freiheit sein. Ich könnte im Zug lesen, lesen und nochmals lesen. Könnte mir die Grachten und die Galerien und die Museen anschauen, in Ruhe Kaffee trinken gehen ... Ich träumte, bis mir einfiel, dass ich zum *Arbeiten* nach Amsterdam fahren sollte, und dieser Gedanke gefiel mir weniger. Es war ewig her, dass ich arbeitete und „geschäftlich“ auftrat. Von Veranstaltungsmanagement und Marketing hatte ich keine Ahnung, und ich sollte ausgerechnet allein zu diesem Willemsen reisen, um genau darüber mit ihm zu reden. Das war absurd. Aber Hartmann würde wissen, worauf er sich eingelassen hatte.

Nachdem ich eine Weile wie ein Tiger im Käfig in unserer Küche auf und ab gelaufen war, beschloss ich schließlich doch, den Tisch fürs Abendbrot zu decken. Schon wieder Essen. Immer ging es nur ums Essen. Meine letzten Lebensjahre hatte ich damit verbracht, diese Familie mit Essen zu versorgen. Essen einkaufen, Essen kochen, Essen einfrieren. Gefühlt musste ich Millionen Brote geschmiert und tausende Suppen gekocht haben. Zugegeben, manchmal stand auch Markus in der Küche, wobei die sich danach nur schwer von einem Schlachtfeld unterscheiden ließ.

„Matti, hilfst du Mama beim Tischdecken?“

„Maaatiii, hilfst du mir?“

Wie konnte ich auch allen Ernstes eine Reaktion von Matti erwarten, wenn er dabei war, seine Lieblingsserie zu schauen.

Endlich hörte ich Schritte auf Stufe zwölf und … fünf. Mit nassen zerzausten Haaren, in T-Shirt und Shorts lief Markus zum Kühlschrank. Er duftete fantastisch nach Duschbad und nach frischer Wäsche.

„Was gibt's denn heute?“

Am liebsten hätte ich ihm für diese unverschämte Frage das frische Bio-Rinderhack, das er gerade anstarrte, in die Haare geschmiert. Aber dafür war es zu teuer.

„Bis jetzt noch nichts. Ich wusste ja nicht, wann du kommst, und außerdem hilft mir hier niemand", antwortete ich genervt und blickte demonstrativ zu Matti.

„Na Sportsfreund, was schaust du denn?", rief Markus zu Matti hinüber.

„Hallo! Warum soll ich wieder alles allein machen?"

„Weil du es am besten machst. Du bist die beste Mutter, die beste Köchin und die schönste Frau, die sich ein Mann nur vorstellen kann", sagte Markus übertrieben und umarmte mich von hinten. Ich liebe es, wenn er mich von hinten umfasst und mir nette Worte ins Ohr flüstert, aber heute nervte es mich.

„Lass das, ich meine es ernst", sagte ich nachdrücklich und löste mich aus seinen Armen.

„Ich meine es doch auch ernst. Was ist los mit dir?"

„Was los ist mit mir? Nach unserem Streit gestern Abend hattest du heute keine bessere Idee, als den ganzen Tag in deiner Werkstatt zu verschwinden. Dann kommst du nach Hause und erwartest, dass das Essen fertig auf dem Tisch steht. Könntest du dir vorstellen, dass ich verärgert bin?"

„Ja, aber wir haben uns doch wieder versöhnt und als Selbstständiger muss ich eben auch am Wochenende ran. Deine Freundin Jutta erwartet schließlich, dass ich ihr nächste Woche die neue Küche montiere."

„Jutta ist nicht meine Freundin. Sie ist unsere Nachbarin, und jetzt tu nicht so, als ob du nicht schon gestern bei ihr gewesen wärst, um mit den ersten Teilen anzufangen. Von wegen *SKANDLEV*", sagte ich etwas lauter, aber Matti war ja Gott sei Dank bei den „Helfern auf vier Pfoten".

„Es wird ja nicht verboten sein, schon etwas vorzubereiten? Ja, ich war gestern Abend noch kurz bei Jutta!"

„Und warum sagst du mir nichts davon? Stattdessen jammerst du mir was vor von Stress und Termindruck bei *SKANDLEV*!"

„Hätte ich dir das so sagen sollen? Dass ich unseren Hochzeitstag vergessen habe und zu spät gekommen bin, weil ich in Juttas Küche noch was ausmessen musste?"

„Ja, hättest du!", fuhr ich Markus an.

„Ja gut. Ich weiß, dass immer ich der Böse bin. Aber weißt du, Hanni, ich habe im Moment einfach auch ganz andere Sorgen als diesen blöden Hochzeitstag!"

Autsch, das tat weh.

„Ach so, jetzt ist es ein blöder Hochzeitstag ...", sagte ich leiser und wollte mich wegdrehen und gehen.

„Nein Hanni, warte, so hab' ich das nicht gemeint. Es tut mir leid. Es ist nur … es ist nur ... Ach Mensch, im Moment wird es einfach zu viel mit der Tischlerei. Daniel und ich haben uns mit *SKANDLEV* übernommen und Jutta wollte die Küche schon vor zwei Monaten fertig haben."

„Und warum erzählst du mir erst jetzt davon?"

„Ich wollte dich nicht beunruhigen, so schlimm ist es ja auch wieder nicht. Wir bräuchten einfach ein paar gescheite Azubis und Mitarbeiter, aber finde mal welche. Und Harald mit seinem Bandscheibenvorfall wird wohl noch ein paar Monate aussetzen."

Das passte zu Markus. Was seine Arbeit anging, wollte er sich keine Fehler oder Defizite eingestehen. Lieber erzählte er gar nichts.

„Trotzdem hättest du mich nicht anlügen dürfen."

„Ja, ich weiß. Es tut mir leid", sagte Markus leise mit gesenktem Blick.

Kurz überlegte ich, ob jetzt der richtige Zeitpunkt war, ihm von meinem Telefonat mit Hartmann und von der Reise nach Amsterdam zu erzählen. Wenn er so viel Stress hatte, wie sollte ich da auch noch wegfahren?

Andererseits, dachte ich, würde Markus immer Stress haben, und so eine Chance wie jetzt würde ich nicht so schnell wieder bekommen.

„Ich muss dir auch etwas sagen", sagte ich vorsichtig zu Markus und zog mich auf die Arbeitsplatte hoch.

„Mama, wann gibt's Essen?", rief Matti vom Sofa im Wohnzimmer.

„Gleich, mein Schatz, eine Folge darfst du noch schauen", rief ich zurück.

„Ich werde auch wieder arbeiten gehen", sagte ich zu Markus und schob beide Hände unter meine Oberschenkel.

„Aha", sagte Markus erstaunt und nahm sich langsam eine Banane aus dem Obstkorb.

„Ich habe heute mit Hartmann telefoniert, und er hat mir gleich einen neuen Auftrag gegeben", setzte ich nach. Diesmal sprach ich etwas langsamer, aber deutlich.

„Ah, okay", sagte Markus, ohne eine Miene zu verziehen. Sanft schälte er seine Banane und biss großzügig hinein. Bei Markus reichten zwei Bissen und die Banane war verputzt.

„Ich soll für Anna ein Projekt übernehmen, weil sie schwanger ist und Beschäftigungsverbot bekommen hat."

„Oh, schön für Anna. Stimmt denn alles mit dem Baby?", fragte Markus ernst.

„Ja, Anna geht es gut, allerdings will sie jede Anstrengung vermeiden, Sie hat doch schon so lange auf ein Kind gehofft", sagte ich und nahm mir auch eine Banane. Das musste eine

Art Übersprunghandlung gewesen sein, denn eigentlich mag ich Bananen nicht, wenn sie halbgrün sind.

„Ja, verstehe. Na dann passt das ja, dass du wieder anfangen möchtest im Verlag. Aber war Anna nicht im Marketing oder so?"

„Ja, das stimmt, aber Hartmann meinte, dass ich das hinbekäme. Ich würde sogar das Doppelte von früher verdienen." Stolz zog ich die Augenbrauen hoch und grinste.

„Okay", sagte Markus. Er wirkte irritiert. Noch konnte ich nicht deuten, ob er sich freute oder ob er gekränkt war.

„Und wann soll es losgehen?" Markus lehnte sich neben mich an die Tischkante.

„Genau das ist ja das Problem", sagte ich und starrte auf meine geschälte Banane. „Jemand muss nächste Woche zu einem neuen wichtigen Autor nach Amsterdam reisen, um mit ihm die Werbekampagne für sein neues Buch und eine Lesereise zu besprechen, die in ein paar Wochen in Berlin starten soll."

„Aha, und was ist das für ein Autor?", fragte Markus und verschränkte die Arme vor der Brust.

„Es schreibt Sachbücher. Selbstfindung und so. Klingt interessant und die Sparte boomt gerade. Deshalb sehr, sehr wichtig." Als wäre es das Normalste von der Welt, biss ich von der Banane ab. Schrecklich, dieses stumpfe Gefühl hinter den Schneidezähnen.

„Und was heißt, nächste Woche? Sollst du da jetzt hinfahren?" Markus schaute mich an, als hätte ich ihm erzählt, dass Karla die Pille will. War das denn so unvorstellbar für ihn?

„Richtig. Um genau zu sein, am Dienstag. Nächsten Dienstag fahre ich nach Amsterdam", sagte ich, als hätte ich schon die Zugtickets besorgt. Hatte ich ja auch. Gewissermaßen. Nachdenklich schaute Markus mich an, und ich war mir sicher, er würde jetzt sagen, dass das alles etwas schnell und unvorbereitet kam.

„Das scheint eine wichtige Chance für dich zu sein. Ich find's klasse." Stolz strahlte mich mein Mann an und nahm mich in die Arme. Ich wusste nicht, wie ich meine Banane halten sollte. Aber Markus war das egal und so schmierte ich einen Teil des unreifen Obstes auf sein frisches T-Shirt.

„Das ist großartig, Hanni. Ich bin stolz auf dich!" Jetzt war ich etwas irritiert. Auch wenn ich mich über Markus' Reaktion freuen sollte, fühlte es sich komisch für mich an. Irgendetwas gefiel mir nicht daran. So wie mir etwas an halbgrüner Banane nicht gefiel.

„Wie lange sollst du denn bleiben?" Markus öffnete wieder den Kühlschrank.

„Vier Tage. Ich komme Samstagabend wieder", sagte ich, hüpfte von der Arbeitsplatte und legte die angebissene Banane in den Kühlschrank.

„Na, das geht doch noch. Oder, Matti, was meinst du? Kommen wir ein paar Tage ohne Mami klar?", rief Markus zu seinem Sohnemann ins Wohnzimmer, der ihm mit einem begeisterten „Jaaa" antwortete, was mir ein leichtes Stechen in der Brust verursachte.

„Okay, wenn ihr meint, dass ihr ohne mich klarkommt, dann sage ich den Mädels oben schon mal Bescheid, dass sie gleich zum Abendessen herunterkommen können."

„Hey, Frieda, was machst du denn schon im Bett?“ Oder sollte ich sagen: *immer noch*? Ich hatte meine kleine Vogelmami seit dem Mittagessen nicht mehr gesehen.

Vorsichtig trat ich an Friedas Bett. Tatsächlich, da lag sie. Eingemummelt bis zur Nasenspitze schaute sie mich aus glasigen Augen an.

Oh, oh, mein Kind wird doch nicht etwa ...!

„Ich hab' Kopfweh und mir ist kalt“, sagte Frieda mit gebrochener Stimme.

„Och, mein Schätzchen!“ Ich setzte mich zu ihr aufs Bett, um ihre Stirn zu fühlen.

Frieda glühte wie ein Backofen.

„Kein Wunder, du hast Fieber, mein Schatz“, sagte ich sanft und streichelte ihren Kopf. „Warum hast du denn nichts gesagt?“ Ich ging ins Bad, um das Fieberthermometer und eine Schüssel mit kühlem Wasser und einen Waschlappen zu holen.

Als ich zurückkam, war Frieda fast eingeschlafen. Vorsichtig steckte ich ihr das Thermometer ins Ohr. Es hörte nicht mehr auf zu blinken. Nach einigen Sekunden zeigte es schließlich an, was ich befürchtet hatte: 39,3 Grad. Das darf doch nicht wahr sein!

„Was tut dir denn noch weh, mein Schatz?“

„Weiß nicht. Alles.“

„Mach mal den Mund auf!“

Ach herrje, Frieda streckte mir eine dick belegte Zunge entgegen, hinter der zwei riesengroße rote Mandeln leuchteten. Ich legte ihr einen kühlen Waschlappen auf die Stirn. Mit Wadenwickeln wollte ich sie nicht gleich ärgern. Dann ging ich hinunter, um ihr Tee zu kochen und Kartoffeln für einen Halswickel.

„Frieda hat Fieber", sagte ich kurz, als ich wieder hinunterkam, und schlich an Markus vorbei Richtung Wasserkocher.

„Nee, oder?"

„Doch. Ich werde Hartmann morgen früh absagen. Frieda sieht schlimm aus", sagte ich und wuselte in der Küche herum. Wo war der Salbeitee?

„Das wirst du nicht tun! Das kriegen wir hin", sagte Markus, der wie ein begossener Pudel hinter mir herschlich.

„Ich kann doch nicht verreisen, wenn meine Tochter mit 40 Grad Fieber im Bett liegt. Vergiss es, Markus", sagte ich so eindringlich, wie es mein Mutterherz hergab.

„Das ist kein Grund, dir diese Chance durch die Lappen gehen zu lassen! Erstens ist Frieda kein Baby mehr und zweitens bin ich doch da. Muss Daniel halt die Woche noch mehr ranklotzen. Ist schließlich auch *seine* Tischlerei." So etwas sagte Markus zum ersten Mal. Sonst hieß es immer: Ich kann Daniel doch nicht hängen lassen.

„Und Daniel soll dann mal eben allein die Küche bei Jutta und die Möbel bei *SKANDLEV* montieren?"

„Nein, aber ... Wir kriegen das schon hin." Markus nahm mich in die Arme. Es fühlte sich gut an

„Machst du in zehn Minuten die Kartoffeln aus?", murmelte ich leise an seinem Hals. „Ich muss erstmal wieder zu Frieda. Und kannst du bitte Matti was zu essen geben?"

„Na klar", hauchte Markus liebevoll und gab mir einen sanften Kuss auf die Stirn

Als ich leise in Friedas Zimmer trat, war sie eingeschlafen.

Mit ihren roten Bäckchen und den verschwitzten Haaren, die ihr an der Stirn klebten, erinnerte sie mich an das Baby, dass ich vor elf Jahren gestillt hatte. Wie konnte ich nur den ganzen Nachmittag nicht mitbekommen, dass es ihr schlecht ging? Jetzt wurde mir auch klar, warum sie den Tag im Schlafanzug drinnen verbracht hatte. Normalerweise war Frieda draußen, bevor die Vögel zwitscherten. Vorsichtig legte ich mich neben Frieda.

Was machen wir jetzt? Markus konnte Daniel unmöglich alles allein machen lassen, und auch wenn es Frieda bis Dienstag wieder besserginge, zuhause bleiben müsste sie auf alle Fälle, und Matti konnte nicht bis abends in der Kita bleiben. Wenn Karla diese Woche nur nicht so viele Arbeiten schreiben würde, und dann hatte sie ja auch Proben im Tanzhaus. Markus' Mutter wollte heute mit ihrer Bekannten aus dem Gartenverein an die Ostsee fahren. Sie würde sicher absagen; für ihren einzigen Sohn Markus tat Kerstin alles, erst recht, nachdem der Vater gestorben war, als Markus 14 Jahre alt war. Sie anzurufen wäre unfair. Und meine Mutter? Auf keinen Fall!

Ich machte noch einen tiefen Atemzug, bevor ich aus Friedas Bett wieder aufstand. Hoffentlich hatte Markus an die Kartoffeln gedacht.

Markus hatte an die Kartoffeln gedacht und daran, seine Mutter anzurufen, weil er nicht wusste, dass sie heute verreisen wollte. Sie wäre sofort gekommen und hätte ihre Gartenfreundin allein fahren lassen. Das musste diese sowieso, weil Kerstin gestern beim Umgraben in ihrem Garten so unpassend vom Spaten in die Furche katapultiert wurde, dass sie sich das Handgelenk verstaucht hatte.

„Was ist mit deiner Mutter?", fragte Markus leise und zog die Schultern hoch.

„Mit meiner Mutter?", hakte ich mit hoher Stimme nach.

Als hätte ich nicht schon selbst diesen grauenvollen Gedanken gesponnen.

„Warum nicht? Wir könnten sie doch einfach fragen, ob sie bis Freitag zu uns kommt, um auf ihre Enkel aufzupassen."

„Äh ..." Ich spürte, wie sich meine Kehle zuschnürte, und ich bekam einen trockenen Hals. Ich nahm mir eine Wasserflasche aus dem Kasten neben der Spüle und trank, entgegen meiner selbst auferlegten Regel, stets ein Glas beim Trinken zu benutzen, direkt aus der Flasche. Schnaufend setzte ich die Flasche wieder ab und sah Markus nachdenklich an.

„Was denn? Ich weiß, dass du mit deiner Mutter nicht gut kannst. Aber du wärst nicht da. Wenn du Samstagabend wiederkommst, wäre Barbara längst wieder verschwunden."

Nesthüterin bereit zum Abflug?

„Echt? Cool! Wann kommt Oma denn?“, fragte mich Matti, nachdem ich den Kindern erzählt hatte, dass meine Mutter einspringen würde, während ich weg war.

Wir waren gerade dabei, uns für die Fahrt zum Kindergarten fertig zu machen. Beziehungsweise, ich war dabei, endlich aus dem Haus zu kommen. Wie fast jeden Morgen ließ sich Matti unendlich viel Zeit beim Anziehen und beim Müsliessen. Manchmal ließ ich ihn bummeln, weil ich dachte, ist ja das letzte Kind, und wenn er in die Schule kommt, ticken auch für ihn die Uhren anders. Aber wenn ich einen Termin habe, nervt mich Mattis Trödelei, und heute nervte sie mich besonders. Denn heute hatte ich nicht nur einen Termin, sondern jede Menge vorzubereiten. Schließlich sollte ich morgen früh 6:19 Uhr im Zug sitzen, um für vier Tage nach Amsterdam zu reisen. Das musste ich mir immer wieder sagen, um es nicht zu vergessen. Denn mein Alltagstrott war inzwischen so eingefahren und die Tatsache, dass ich allein verreisen sollte, so surreal, dass ich mir immer wieder sagen musste: Hanni, du fährst morgen weg! Vergiss nicht, am Dienstag in diesen Zug zu steigen!

Ich hatte gehofft, dass ich Matti etwas in Gang bringen würde, wenn ich ihm schon jetzt und nicht erst heute Nachmittag erzählte, dass ihn seine Oma morgen Nachmittag von der Kita abholen würde. Aber das war eine dumme Idee. Matti löcherte mich mit seinen Fragen, als wäre ich ein Schweizer Käse.

„Wie lange schläft Oma bei uns? Darf ich dann länger wach

bleiben? Muss ich in den Kindergarten gehen, wenn Oma da ist?“, fragte er, und wir kamen kein Stück vorwärts. Noch schlimmer als das Warten auf Matti war jedoch der Verdacht, der mich beschlich: Dass Matti, Frieda und Karla alles tun dürften, was sie wollten, sobald ich aus dem Haus wäre, und dass meine Mutter das Regiment an sich reißen würde.

Natürlich hatte sie „eigentlich tausend andere Dinge zu tun“, aber wenn ich sie so dringend bräuchte, käme sie natürlich. Pff. Es war ja nicht so, dass ich sie jede Woche um einen solchen Gefallen bat. Im Gegenteil, der Abstand zwischen mir und ihr konnte nicht groß genug sein. Ihre Ratschläge, die leisen Vorwürfe und die ständigen Vergleiche mit meiner Schwester Saskia machten mich wahnsinnig.

Ich war mir sicher, dass sie nur deshalb so charmant hilfsbereit auf meine Bitte reagierte, weil es darum ging, dass ich wieder arbeiten würde. Endlich! Denn als Hausfrau zuhause zu arbeiten, sei einfach keine richtige Arbeit, und schließlich hatte sie mich und Saskia zu emanzipierten und karrierebewussten Frauen erziehen wollen. Bei Saskia war es ihr auch gelungen: Jura-Studium, toller Job in einer Kanzlei, verheiratet mit einem angesehenen Rechtsanwalt, zwei Kinder (was ihr immer völlig ausgereicht hatte). Und ich? Germanistikstudium, drei Kinder und seit fast fünf Jahren nicht mehr richtig gearbeitet. Nicht gerade die Vorzeigetochter. Ich wollte nicht weiter darüber nachdenken, wie sie ab morgen mein Zuhause auf den Kopf stellen und die Kinder verziehen würde.

Ich atmete tief durch und erklärte Matti geduldig, dass er vielleicht morgen etwas länger aufbleiben dürfte. Endlich setzte er seinen Fahrradhelm auf und rannte hinaus zur Garage. „Frieda, wir gehen jetzt, ich bin in einer Stunde wieder zurück, okay?", rief ich durchs Treppenhaus. „Ja, aber warum erst in einer Stunde?", fragte das kranke Kind herzzerreißend zurück. Also verwarf ich den Gedanken an einen schnellen Kaffee bei Doro, bei dem ich mich sortieren und ein paar Dinge notieren wollte. „Ich bin in einer halben Stunde wieder da!", rief ich zurück, setzte meinen Fahrradhelm auf und schloss die Tür hinter mir zu.

Als wir an der Ossietzkystraße anhielten, fiel mir auf, dass wir Mattis Rucksack mit Stulle, Apfel und Regenjacke vergessen hatten. Mist! Dann muss ich ihm eben noch was beim Bäcker kaufen. Zurück konnten wir auf keinen Fall. Die Uhr raste auf neun Uhr zu und ich hatte noch jede Menge zu erledigen. Nachdem sich Matti beim Bäcker endlich für Milchhörnchen und Landbrötchen entschieden hatte, radelten wir weiter zum Kindergarten. Dort lieferte ich den kleinen Mann so schnell ab, dass ich fast vergaß, am Fenster zu winken. Ich war ja froh, dass Matti immer noch winken wollte. Karla und Frieda hatten das in seinem Alter nicht mehr getan. Er war eben ein Junge. Ich hatte gelesen, dass Jungs ihren Müttern oft näherstehen als ihren Vätern, die sie irgendwann als Konkurrenz empfinden. Ach ja, mein kleiner Matti, bleib immer schön bei deiner Mami. Außer heute, dachte ich. Heute war alles anders.

Aufgewühlt wie ich war, als ich vor dem „Rabennest"-Kindergarten stand, beschloss ich, doch kurz an Doros Café vorbeizufahren. Zehn Minuten, ich brauchte zehn Minuten, um runterzukommen.

Abgehetzt trudelte ich im *Pomodoro* ein. Um neun war es hier immer schon voll. Mamas, Geschäftsleute oder Touris –

sie alle kamen zu Doro, um die herrlichen selbstgebackenen Kuchen und den Kaffee zu genießen. Das Lokal lief von Anfang an gut, obwohl Berlin vor Cafés und Bistros überquoll. Zu Doro kamen sie einfach am liebsten. Der Name *Pomodoro* war uns beiden eingefallen, als wir im Café zusammen die Wände gestrichen hatten. Irgendwie ging es um Tomaten, Tomatenrot, um genau zu sein. Wir sind auf *Pomodoro* gekommen und haben festgestellt, dass in diesem Wort Doros Name steckte.

„Na, Schätzchen. Bist du schon aufgeregt?", begrüßte sie mich, als ich sie schnell und etwas verschwitzt umarmte. Immer wenn ich Doro so sah, in ihrer selbst genähten weißgrau gepunkteten Schürze, wie sie entweder in die Arbeit oder in ein Gespräch mit einem Gast vertieft war, beneidete ich sie ein wenig. Sie sah so zufrieden und selbstbewusst aus.

„Frag bloß nicht!", stöhnte ich.

„Komm, das wird sicher toll", sagte sie, während sie die Tassen von dem kleinen runden Tisch am Fenster abräumte. Ich nahm für sie die Teller und folgte ihr zum Tresen mit dem großen Kaffeeautomaten.

„Machst du mir einen von deinen ‚Wachmachern'?"

„Ich glaube, du brauchst eher was zum Runterkommen", meinte Doro, während sie Milch in den Aufschäumer goss.

„Bloß nicht! Ich muss noch tausend Dinge erledigen – und ich muss das Manuskript von dem Autor aus Amsterdam lesen."

„Das Skript kannst du doch unterwegs lesen. Geh lieber zum Friseur und entspann dich ein bisschen!" Woher nur nahm Doro ihre Gelassenheit?

„Machst du Witze? Friseur? Frieda liegt mit Fieber im Bett.

Ich muss gleich mit ihr zum Kinderarzt, dann noch einkaufen, Suppe kochen, packen und putzen. Meine Mutter kommt morgen! Was das bedeutet, muss ich dir hoffentlich nicht erklären", stöhnte ich und kramte in meiner Tasche nach dem Handy. Zwei Anrufe, die ich nicht gehört hatte. Einer von Frieda und einer von Hartmann. Hätte ich bloß nicht draufgeschaut.

„Dass die kleinen Monster aber auch immer sofort spüren, wenn eine Veränderung ansteht, oder?", sagte Doro kopfschüttelnd und stellte mir einen Espresso Macchiato auf den Tresen. Auf das perfekte Milchschaumhäubchen zog Doro mit einem Holzstäbchen ein wunderschönes Herz ein und streute mir, wie immer, etwas Zimt darauf.

„Aber Frieda hatte schon Fieber, als ich ihr erzählt habe, dass ich verreisen muss."

„Trotzdem, es kann doch kein Zufall sein, dass die immer dann krank werden, wenn sowieso schon die Luft brennt!" Da musste ich Doro leider recht geben. Gleichzeitig bekam ich ein schlechtes Gewissen. Wahrscheinlich hatte Frieda der Streit zwischen mir und Markus doch mehr ausgemacht, als sie zunächst gezeigt hatte. Gerade ich, die ich selbst als Kind unter den Streitereien meiner Eltern gelitten hatte, hätte es doch merken müssen. Ich nahm nur einen großen Schluck von Doros Kaffee.

„Ich melde mich bei dir. Danke für den Kaffee!", sagte ich und warf ihr ein Luftküsschen zu.

„Na gut, aber denk bloß nicht, dass ich dich einfach so nach Amsterdam lasse. Könnte Markus heute nicht Matti vom Kindergarten abholen und wir zwei gehen nochmal powershoppen?"

Neues Federkleid

„Nein, auf keinen Fall!“, sagte ich entsetzt, als Doro mir in unserem Lieblings-Secondhand-Shop ein knallrotes Shirt mit weitem Ausschnitt vor die Nase hielt. Sie hatte sich für den Nachmittag die Aushilfe ins Café bestellt. Nachdem ich, fix und fertig vom Vormittag, Markus am Telefon so lange vollgejammert hatte, weil ich nichts zum Anziehen in meinem Kleiderschrank fand, versprach er mir, Matti vom Kindergarten abzuholen und sich um Frieda zu kümmern, damit ich Klamotten für Amsterdam shoppen konnte. Ich suchte etwas Schlichtes und doch Elegantes zum Anziehen. Doro wusste das und versuchte trotzdem seit einer halben Stunde, mir die schrägsten Fummel aufzuschwatzen.

„Na, du weißt doch, wie verrückt die in Amsterdam gekleidet sind. Die tragen gepunktete Hemden mit gestreiften Krawatten und so ...“, sagte meine Shopping-Begleitung. Doro hatte die Idee, unseren Styling-Nachmittag à la *Shopping Queen* durchzuziehen (nur mit Shopping-Bikes statt Shopping-Mobil und mit einem EC-Karten-Budget von 200 statt 500 Euro). Deshalb flößte sie mir schon zu Beginn unserer Tour einen kleinen Sekt ein, steckte mein Geld ein und kommentierte belustigt, wie Guido Maria Kretschmer in seiner Sendung, unseren Nachmittag: „Wir sind heute in Berlin unterwegs – auf der Suche nach dem perfekten Business-Look für Ex-Hausfrauen. Nicht einfach, wenn man bedenkt, dass unsere Kandidatin in den letzten fünf Jahren nur in Jeans und Schlabber-Shirt unterwegs war.“

„Mensch, Doro, jetzt hilf mir richtig“, sagte ich eingeschnappt und arbeitete mich weiter durch den runden vollgestopften Kleiderständer mit Oberteilen

Endlich hielt Doro, die bei den Klamotten an der Wand kramte, etwas Vorzeigbares in der Hand: eine dunkelblaue Hose aus ganz leicht glänzendem Stoff mit viel Stretchanteil. Die Hose war hoch geschnitten, erinnerte an Marlene Dietrich. Mein Blick verriet Doro, dass sie auf dem richtigen Weg war, und als hätten wir beide unsere Gedanken gelesen, griffen wir gleichzeitig nach einem dunkelrot-weiß geringeltem Shirt aus Viskose. „Wäre im Budget“, bemerkte Doro aufmerksam.

Keine fünf Minuten später öffnete ich zufrieden den Vorhang der Umkleidekabine. Doro hob beide Daumen. Die Hose war wie für mich gemacht, denn der hohe Bund kaschierte perfekt meinen Bauch, der sich im Verhältnis zu meinen kleinen Brüsten sonst überdimensional groß anfühlte. Die Ringelstreifen auf dem Shirt hingegen trugen oben etwas auf, was in meinem Fall nicht schaden konnte. Doro zeigte mir noch eine weiße ärmellose Bluse mit hochgestelltem Spitzenkragen und ein dunkelblaues Jäckchen mit dreiviertellangen Ärmeln. Beides passte perfekt. Da die Bluse nur noch sieben Euro und das Jäckchen zwölf Euro kostete, fackelten wir nicht lange und trugen alles zusammen zum Verkaufstisch. Wenn man den Verkäufer in seinem schwarzen Chiffon-Hemd, der schwarzen Samthose und mit den wasserstoffblonden Haaren sah, fiel es einem fast schwer zu glauben, dass ich hier gerade ein seriöses Business-Outfit gefunden hatte.

„Macht zusammen 89 Euro“, sagte er gechillt und überfreundlich, als wäre er es gewesen, der uns die Klamotten in seinem Regale-und-Ständer-Wirrwarr zusammengesucht hatte. Zufrieden über unsere Beute hielt ich meine EC-Karte vor das Lesegerät.

„Und was ist mit Accessoires mein Schatz?", fragte Doro in übertrieben freundlichem Guido-Ton, und ich antwortete automatisch in derselben Stimmlage:

„Lass uns die am Ende besorgen, wenn wir wissen, ob wir mit dem Budget hinkommen." Unsicher grinste uns der Vampir hinter dem Tresen an und packte die Sachen in eine Papiertüte.

„Stimmt, wir müssen ja noch zum Friseur!", meinte Doro wie selbstverständlich und tat auf einmal ernst.

„Oh nee, Doro, das halten meine Nerven nicht aus. Ich bin froh, dass wir so schnell was gefunden haben ..."

„Eben!", redete mir Doro rein. „Bleibt also noch Zeit für ein Haar-Styling!"

„Aber ich muss zu Frieda. Ich kann mein krankes Kind nicht so lange allein lassen!", sagte ich mit hochgezogener Stirn.

„Hanni. Frieda ist zwar krank, aber sie wird es überleben, glaub mir. Wann warst du das letzte Mal beim Friseur oder hast etwas nur für dich gemacht?"

„Weiß nicht", sagte ich leise. „Aber ..."

„Nichts *aber*! Irgendwas ist immer *aber*! Jetzt bist *du* dran! Komm schon, eine Stunde Friseur", bettelte Doro. Sie hatte recht, trotzdem fiel es mir schwer, jetzt an mich zu denken. Und der Gedanke daran, dass ich ab morgen drei Tage lang meine Kinder nicht sehen sollte, machte mich jetzt schon verrückt. Da kann ich einmal etwas allein machen und kann mich trotzdem nicht freuen. Dabei wollte ich das doch, etwas nur für mich tun. Warum fühlt es sich trotzdem schwer an? Markus würde es nie so gehen. Wenn der ein paar Tage auf Montage musste, heulte er nicht oder kaufte vorher ein und kochte vor. Im nächsten Leben werde ich ein Mann, das schwöre ich!

Keine zehn Minuten später saß ich auf einem weich gepolsterten braunen Frisierstuhl im *Mahir*, einem arabischen Herrenfriseur, dem einzigen Salon, der bereit war, uns ohne Termin dranzunehmen. Vor mir stand die zweite Flasche Prosecco.

„Glaub mir, die verstehen ihr Handwerk und machen nicht so viel Chichi mit deinen Haaren!", versicherte mir Doro, bevor uns Erat mit ernstem Blick begrüßte.

„Eigentlich mache ich keine Frauen, aber bei Doro mache ich eine Ausnahme", sagte Erat mit geschwellter Brust und stemmte die mit Goldringen bestückten Händen in die Hüften.

„Oh, das ist echt nett von dir", sagte ich leise und blickte vorwurfsvoll fragend zu Doro, die mich wiederum mit einem „Glaub-mir-das-wird-schon"-Blick, der auch von meiner Mutter hätte stammen können, beruhigen wollte. Ich nahm einen großen Schluck aus der kleinen Prosecco-Flasche und wollte ihr glauben. Also setzte ich mich auf Erats Frisierstuhl und winkte Doro zu uns her. Auf keinen Fall sollte sie mich mit diesem Macho-Friseurmeister, dessen Gürtel mit Kämmen, Spangen und Scheren anmutete wie eine Kriegsausrüstung, allein lassen.

„Woher kennt ihr euch?", flüsterte ich zu Doro, während Erat einen schwarzen Umhang und Handtücher aus einem Schrank holte.

„Meinst du Erat?“

„Nee, den Kanarienvogel da hinten“, sagte ich etwas genervt und deutete mit meinem Blick zu dem Vogelkäfig hinter der Theke mit der Retro-Kasse.

„Erat hat mir damals geholfen, an das Lokal heranzukommen. Er ist in Ordnung, glaub mir!“

Schon wieder wollte ich Doro glauben und ließ mir, immer noch skeptisch, von Erat den Umhang umbinden, während mir Doro noch einmal den Prosecco vor den Mund hielt, wie einem Kälbchen, das mit der Flasche aufgezogen wird.

„So, schöne Frau. Was wollen wir denn machen mit deinen Haaren? Erstmal Pflege drauf oder gleich abschneiden?“, fragte Erat, während er mit prüfendem Blick meine Haare kämmte.

„Um Gottes willen – wir dachten eher an einen neuen frischen Farbton!“, mischte sich Doro ein.

„Wie, frischer Farbton?“ Erat schaute uns kritisch an in dem runden Spiegel, der mit blauen Mosaiksteinchen umrandet war.

„Na ja. Ihr färbt doch auch Haare, oder? Wir wollten Hannis Haarfarbe auffrischen, rot oder so“, sagte Doro und zog die Schultern hoch.

„Mal eben rot auffrischen. Das soll ich mal eben in einer halben Stunde zaubern oder was?“, stöhnte Erat.

„Hanni hat morgen einen wichtigen Geschäftstermin und soll jung und frisch aussehen. Wir brauchen eine Veränderung! Verstehst du?“

Während Doro und Erat über meine neue Frisur diskutierten, wurde mir immer mulmiger zumute. Ich wollte aufstehen und sagen, dass ich auch nächste Woche wiederkommen könne, doch Erat drückte mich sanft, aber bestimmt wieder nach unten in den weichen Ledersessel.

„Wir machen einen Pony und eine leichte Tönungswäsche, um das schreckliche Grau zu kaschieren", sagte Erat und warf mir durch den Spiegel einen Blick zu, der, ganz klar, keine Verweigerung duldete. Doro grinste zufrieden, und weil sich in mir langsam der Prosecco wohlig warm ausbreitete, nickte ich zustimmend wie ein unsicheres kleines Mädchen, das voller Vorfreude war, in den Spiegel zurück. Als endlich auch Erat freundlich lächelte, schwand meine Angst.

Ich wusste nicht wie, aber Erat schaffte es, meine innere Panik derart zu drosseln, dass ich beim Haarewaschen fast einschlief. Seine starken Hände massierten sanft meine Kopfhaut, und wenn er über manche Stellen streifte, bekam ich Gänsehaut. Leider war dieser Teil der Behandlung viel zu schnell zu Ende, und als Erat meine Haare vorsichtig auswusch und mir geschickt ein Handtuch um den Kopf wickelte, kam ich wieder zu mir. „Willst du einen Kaffee?", fragte mich Erat, der anscheinend erkannt hatte, dass ich für kurze Zeit weggedöst war.

„Oh gern", antwortete ich gähnend.

„Mach deiner Freundin mal einen Kaffee!", forderte Erat Doro auf und zeigte auf den kleinen Kaffeekapsel-Automaten neben dem Käfig mit dem Kanarienvogel.

„Dieses Teil soll Kaffee machen?"

„Du kannst auch in deine Kneipe rennen und welchen holen", konterte Erat und strich sich durch sein perfekt gegeltes dickes schwarzes Haar. Ob er sich auch die Haare färbte? Warum sollte Gott oder Allah so ungerecht sein und nur Frauen mit grauen Haaren bestrafen? Auf diesen neuen Trend, die

Haare grau zu lassen, werde ich jedenfalls nie anspringen, und ich glaube, Erat steht auch nicht drauf.

„Schon gut, ihr bekommt euren Kaffee!“, meinte Doro und hob ergeben die Arme.

„Ich nicht, ich nehme Tee!“, sagte Erat bestimmt.

„Da macht man mal einen Nachmittag für die beste Freundin frei und schon wird man wieder versklavt“, murmelte Doro, während Erat seine Haarschere zückte.

„Ich glaube, du hast ein Pony-Gesicht, und Pony macht immer jung“, sprach der Meister, und schnipp, war der erste Teil meiner Haar-Gardine gefallen. „Der Pony macht gleich einen neuen jungen Menschen aus dir, wirst sehen“, sagte Erat konzentriert, und schnapp-schnapp war auch der Rest des Vorhangs auf meinen Umhang gerieselt. Die Haare kitzelten fürchterlich auf meiner Nase, sodass es sich nicht mehr aufhalten ließ. Ich musste niesen, jedoch ohne Vorwarnung. Leider konnte Erat nicht so schnell reagieren und ratschte mit seiner Schere einmal über mein oberes Nasenbein bis zur Stirn.

„Scheiße! Entschuldigung! Das wollte ich nicht!“

„Autsch. Macht nichts, war meine Schuld“, antwortete ich.

Prüfend taste ich mit meiner Hand über mein Gesicht. Es schien nichts zu bluten. „Alles noch dran, nichts passiert!“, sagte ich und wusste nicht, ob ich damit Erat beruhigen wollte oder mich.

„So, einmal Kaffee, einmal Tee für die Herrschaften!“, platzte Doro von hinten dazu.

„Oh“, sagte sie, als sie mich sah. Dann sah sie fragend zu Erat, und Erat sah fragend zurück.

„Was Oh?“, fragte ich unsicher.

„Nichts, sah nur aus wie ein Kratzer. Alles gut“, meinte Doro.

Als sie endlich zur Seite trat und mir die Sicht in den Spiegel ermöglichte, wusste ich, was sie mit „Oh" gemeint hatte. Während die rechte Seite meines Ponys sauber und gerade verlief, war die linke Seite wie schräg weggeknickt, ausradiert. Das war doch jetzt'n Witz, oder?

„Erat, ist der Spiegel schief oder ich? Ich meine, was soll das?"

„Na, wenn du ausgerechnet dann niesen musst, wenn ich deinen Pony schneide ... Ich kann doch auch nichts dafür! Ist mir noch nie passiert, ehrlich!"

Erat, ich und Doro, die immer noch ihre Kaffeetasse wie einen Nothaltegriff umklammerte, starrten ratlos in den Spiegel. Dabei hielten wir automatisch den Kopf nach rechts gekippt, so als würde das den Anblick meines schiefen Ponys irgendwie geraderücken.

„Na ja, wenn du den Kopf schräg hältst und Erat zumindest den kleinen Sprung in der Mitte angleicht, könnte es gehen", gab sich Doro optimistisch wie immer.

Ich starrte weiter in den Spiegel fragend zu Doro und konnte nicht glauben, was sie da sagte. Doro sah die Verzweiflung und die Wut in mein Gesicht steigen und wich ein kleines Stück zurück. Doch statt wie eine Furie aufzuspringen und erst Doro, danach Erat an die Gurgel zu springen, blieb ich ganz ruhig sitzen und schluchzte ganz leise:

„Was machen wir denn jetzt?" Ratlos und mitleidig sah Doro mich an. Na, toll. Das brachte mich jetzt nicht weiter.

„Du musstest ja auch unbedingt mit mir zum Friseur gehen! Warum musste ich mich nur darauf einlassen?", zischte ich durch meinen geschlossenen Kiefer.

„Ja, tut mir leid", flüsterte Doro.

„Tut dir leid, und jetzt? Wie soll ich denn mit diesem schiefen Brett vorm Kopf morgen nach Amsterdam reisen?", jammerte ich.

„Ach du, in Amsterdam laufen noch viel schrägere Vögel rum", mischte sich Erat von der Seite ein. Wütend blickte ich ihn an. Ergeben hob er die Hände.

„Das ist dumm gelaufen, Hanni, das stimmt. Aber es bringt jetzt nichts, panisch zu werden. Sieh es als Chance. Als Chance für eine erste richtige Veränderung. Du wolltest doch Veränderung in dein Leben bringen?" Doro redete so wie ich, wenn ich versuchte, Karla vor einer Englischarbeit aufzubauen.

„Ja, aber ich sprach von positiver Veränderung. Ich hatte nicht vor, mein geordnetes Leben und meine Haare in einen Albtraum verwandeln zu lassen. Daran bist nur du schuld!" Jetzt war ich wirklich verzweifelt und schrie Doro an.

„Das ist ja mal wieder typisch. Wenn es drauf ankommt, ziehst du den Schwanz ein, oder die anderen sind schuld. Hanni, ich kann nichts dafür, dass dieses dumme Missgeschick passiert ist, und wenn du das nächste Mal meine Hilfe brauchst, dann sag mir bitte vorher, dass du es nicht ernst meinst", blaffte Doro zurück.

„Hey, hey, hey, Ladys. Kommt mal runter! Wenn hier einer Schuld trägt, dann ich. Ich hatte die Schere in der Hand, und ich werde auch reparieren, was ich kaputt gemacht habe. Ist eine Frage der Ehre!", schaltete sich Erat ein. Wie zwei begossene Pudel schauten Doro und ich ihn an, und als hätten wir uns abgesprochen, zuckten wir beide ratlos mit den Schultern.

Erat stand auf, legte mir die Hände auf die Schultern und hielt sein Gesicht direkt neben meines. An meiner rechten Wange spürte ich die glatte Haut seiner linken Wange.

Er blinzelte mit den Augen, wie ein Künstler, der vor seinem Werk steht und überlegt, welcher Pinselstrich noch fehlt. Dann wuschelte er mir durch die Haare, strich sie nach rechts, nach links und jeweils hinters Ohr. Ich hatte keine Ahnung, was er vorhatte, ich wusste nur, so konnte es nicht bleiben.

„Baby, vertrau mir! Ich verpasse dir einen 1-A-Haarschnitt, der dich um Jahre jünger zaubert – für dich kostenlos. Was sagst du?“, fragte Erat, klatschte einmal cool in die Hände, dann stemmte er sie in die Hüften – als wäre er der König aller Berliner Friseurmeister.

Ich schloss die Augen, als ich die Klingen der Schere an meinen nassen Haaren ratschen hörte. Was blieb mir auch anderes übrig, als Erat zu vertrauen? Schlimmer als vorher konnte es nicht kommen. Und feige, wie ich nun einmal war, konnte ich nicht mit ansehen, was Erat mit meinem Kopf anstellte. Also hielt ich bis zum Schluss die Augen fest zugekniffen und die Hände zu Fäusten geballt. Mit Sicherheit hatte ich dadurch zwanzig neue Gesichtsfalten und eine Woche lang taube Hände.

Dreißig Minuten später waren meine Haare nur noch kinnlang und meine Stirn wurde von einem ultrakurzen Mikro-Pony gerahmt. Ich wusste nicht, was ich sagen sollte. Ich schwankte zwischen himmelhochjauchzend und zu Tode betrübt. Meine Hände und meine Achseln waren schweißnass. Mein Kiefer immer noch verkrampft. Ich sah total anders aus, aber nicht schlecht, glaubte ich. Auf jeden Fall jünger.

„Wow“, sagte Doro, als sie mit zwei Paketen Haushaltsrollen, WC-Duftsteinen und Toilettenpapier vom Drogeriemarkt zurück in den Salon trat. Erat hatte Doro einkaufen geschickt – er brauchte Ruhe. Bei der Gelegenheit sollte sie mir gleich noch den Glasreiniger für später mitbringen. Außer „Wow“ sagte Doro aber erst einmal nichts. Wahrscheinlich war sie genauso angesäuert wie ich vorhin.

„Doro hat recht, du siehst ‚Wow‘ aus“, sagte Erat, als er hinter mir von seinem Hocker aufstand und sein enges schwarzes T-Shirt in die Jeans stopfte. Dann steckte er sich seine zwei fetten Klunker wieder an die Finger, die er vorhin, weil sie ihn beim Schneiden störten, neben mein Haargummi auf die Ablage vor mir gelegt hatte. Tja, mein Haargummi würde ich fürs Erste nicht mehr brauchen. Ob ich mit dieser Frisur überhaupt zurechtkam?

Noch etwas skeptisch blickte ich von unten nach oben in den Spiegel, drehte mehrmals den Kopf von rechts nach links und wieder zurück, fasste mit der Hand an meine Haare und drehte wieder den Kopf hin und her. Es fühlte sich gut an, so leicht und locker.

„Warte nur, wenn wir die Haare noch geföhnt haben, dann fühlt es sich noch besser an!“, Erat war begeistert von seinem Kunstwerk.

Ich nickte Erat im Spiegel zu und gab ihm damit die Erlaubnis, den Föhn zu holen und sein Werk zu vollenden.

Endlich nahm mir Erat den Umhang ab, unter dem mir heiß geworden war. Stolz und unsicher schaute ich mich an. Da saß eine andere Hanni auf dem Stuhl. Eine junge, frech und selbstbewusst wirkende Frau – eigentlich das ganze Gegenteil von mir. Aber die neue Hanni gefiel mir. Das musste ich zugeben. Verlegen lächelnd ging ich zu Doro hinüber, die sich hinter einer Gala-Zeitschrift versteckte und etwas beschäftigt tat. Dabei interessierte sich Doro nie für Promis und Adelige.

„Na, was meinst du?“

„Hmm, sagte ich doch vorhin schon", antwortete Doro und blätterte weiter interessiert in dem Klatschblatt.

„Nein, du hattest nur ‚Wow' gesagt. Wow gut? Oder wow schrecklich?"

„Blöde Kuh", patzte Doro zurück und konnte ein Grinsen nicht mehr zurückhalten. Plötzlich prustete sie los und auch ich musste laut lachen.

„Mensch, komm her", sagte Doro und nahm mich in den Arm.

„Du siehst wow guuut aus. Und das hast du nur deiner besten Freundin zu verdanken, stimmt's?"

„Scheiße!", sagte ich laut, als ich mit Doro untergehakt auf die Straße trat.

„Was?", fragte Doro irritiert.

„Die Suppe!"

„Welche Suppe?"

Wichtiges für die Küken ...

„Hallo?", rief ich in den stillen Hausflur. Doch außer dem Gezwitscher des Wellensittichs aus Friedas Zimmer war nichts zu hören. Zielstrebig lief ich zum Herd in der Küche. Frieda hatte recht gehabt vorhin am Telefon: Der Topf war kalt und das Gemüse fest. Warum sollte sie mir auch etwas anderes erzählen? Aber ich hätte schwören können, dass ich den Herd heute Nachmittag eingeschaltet hatte. Erleichtert drehte ich nun den Knauf auf höchste Stufe. Es war längst Zeit fürs Abendbrot. Deshalb wunderte ich mich, warum mir keiner entgegenstürzte und fragte, was es zu essen gäbe. Im Wohnzimmer entdeckte ich Matti, natürlich mit dem Tablet. Ich gab ihm zur Begrüßung ein Küsschen auf die Wange, aber auch wenn ich Marshall von den *Paw Patrols* persönlich gewesen wäre, er hätte mich nicht bemerkt.

Vorsichtig klopfte ich an Friedas Tür, um sie nicht zu erschrecken. Bei dem Krach, den der Vogel machte, überhörte uns Frieda manchmal. Sie saß in ihrem Bett und las ein Buch über Schwalben, das sie sich neulich in der Bibliothek ausgeliehen hatte. Sie musste mittlerweile alle Regale mit Ornithologie-Literatur durchgelesen haben.

„Na, mein Schatz, wie geht es dir?"

„Mama, wie siehst du denn aus?", fragte mich Frieda mit einem leichten Grinsen im Gesicht.

„Gefällt es dir?" Ich kniff die Augen zusammen, als könnte gleich ein Luftballon in der Nähe platzen, so unsicher war ich über Friedas Reaktion.

„Ja, ich glaub schon. Siehst ganz anders aus, aber lustig."

Lustig war jetzt nicht gerade das Kompliment, das ich mir erhofft hatte, aber Friedas Lächeln nach zu urteilen, fand sie es zumindest nicht schrecklich, und immerhin konnte sie schon wieder lächeln. Ich wollte mir gar nicht ausmalen, was der Rest der Bande zu meiner neuen Frisur sagen würde. Es fühlte sich immer noch total verrückt und ganz anders an auf meinem Kopf.

„Wo stecken denn die anderen alle?" Ich öffnete das Fenster und sammelte die Tasse und den leeren Teller ein, auf dem ich ihr heute früh Butterbrot serviert hatte.

„Matti müsste im Wohnzimmer sein und Karla bei Charly. Papa wollte nur fünf Minuten weg, hat er gesagt." Immer noch schaute mich Frieda mit großen Augen an. Kein Wunder, heute Morgen stand eine völlig andere Mama vor ihr.

„Mama? Wann fährst du morgen?" Das klang so traurig, dass es mir fast das Herz zerriss.

„Och, mein Schatz, komm mal her." Ich setzte mich zu Frieda aufs Bett und drückte sie an mich.

„Ich fahre morgen ganz früh mit dem Zug. Ich werde euch nicht wecken, aber ich bin ja schon am Samstag wieder da, meine Süße. Meinst du, das bekommt ihr hin? Oder soll ich doch hierbleiben?"

„Nein, aber warum fährst du eigentlich dorthin? Musst du jetzt immer so weit fahren? Warum musst du eigentlich wieder arbeiten?"

„Na ja, Matti ist ja jetzt nicht mehr sooo klein, und es wäre einfach gut, wenn ich etwas Geld dazuverdienen würde. Papa kann nicht mehr alles allein bezahlen, weißt du?"

„Verstehe, wie eine Vogelmami. Die muss ja auch das Nest

verlassen, um Nahrung zu holen", sagte Frieda lächelnd, so als wollte sie mich trösten.

„Genauso ist es, mein Schatz."

Ich ging wieder hinunter in die Küche, und während das Gemüse vor sich hin blubberte, schnappte ich mir den kleinen gelben Block mit den Klebezetteln und fing an, darauf für meine Mutter und Markus alle wichtigen Dinge zu notieren. Drei Zettel, die ich sofort an die Kühlschranktür klebte:

» *Frieda: 3x 5 ml Penicillin (morgens, mittags, abends)*

» *Frühstücksbrote:*
Matti: 1x Käse oder Wurst, Gurke, Apfel
Markus: 1x Wurst, 2x Käse, Möhre und Apfel
Karla: 1x Nutella, 1x Frischkäse
Frieda: was sie will, solange sie krank ist.

» *Rest Gemüsebrühe im Kühlschrank für*
Nudel- oder Kartoffelsuppe.

» *nur Tee oder Wasser zum Abendbrot, kein Saft,*
keine Limo!!!

» *immer was Frisches dazu (Gurke, Radieschen),*
siehe: Gemüsefach.

Für den Wäschekorb im Flur notierte ich:

Wäsche mache ich, wenn ich zurück bin!!!

Eine Haftnotiz für die Eingangstür:

Fahrradhelme nicht vergessen!

Zwei Zettel für den Spiegel an der Flurgarderobe:

» *je nach Wetter Sonnenhut/Regenhose für Matti mitnehmen!*

» *Fahrradhelm aufsetzen!!!*

» *DONNERSTAG: 15.30 Uhr bis 17 Uhr*
mit Matti zum Fußballtraining

» *Matti nicht mehr als zwei seiner Serien schauen lassen!!!*

Einen für den Arzneischrank im Bad:

» *bei Schnupfennase, Halsschmerzen und/oder Husten – Infludoron (Matti 4 Globuli, Frieda 8 Globuli, Karla 10 Globuli, jeweils stündlich)*

» *bei Bauschmerzen Chamomilla (Matti 5 Globuli, Frieda 7 Globuli, Karla 11 Globuli, jeweils stündlich)*

» *bei Schmerzen und Fieber: Ibuprofen-Saft nach Packungsdosierung*

Einen Haftzettel für die Tür vom Schlafzimmer und von Karla:

Betreten auf eigene Gefahr!

Auf den Esstisch stellte ich eine Vase mit Rosen aus dem Supermarkt. Darauf folgender Zettel:

Willkommen in meinem Leben. Orientiere Dich doch bitte an den gelben Hinweis-Zetteln im Haus! Wenn du Fragen hast, ruf an!
Liebe Grüße,
Hanni

Endlich hörte ich, wie jemand den Haustürschlüssel im Schloss drehte. Es war Markus, das erkannte ich daran, wie er die Tür schloss – nämlich langsam, ruhig und geduldig. Wäre es Karla gewesen, die jetzt auch langsam nach Hause kommen sollte, wäre die Tür laut ins Schloss gefallen. Ich weiß nicht, wann sie vergessen hat, dass es Türklinken gibt, die man benutzen kann. Matti schloss die Tür erst gar nicht hinter sich, wenn er ins Haus ging, und Frieda war ähnlich wie ihr Vater – ruhig und geduldig, aber nicht ganz so übertrieben vorsichtig leise.

„Hanni?“ Ich wusste nicht, dass Markus seine Stimme so

hochbekam. Mit weit aufgerissenen Augen stand er vor mir, als ich ihm aus der Küche in den Flur entgegenlief.

„Jaaa?“ Eigenartigerweise nahm ich seine Tonlage an. Aufgeregt strich ich mir ein paar Haare hinter die Ohren und blickte Richtung Boden, wie Matti, wenn er etwas ausgefressen hatte.

„Was hast du mit deinen Haaren gemacht?“

„Das war nicht ich, das war Erat. Also ein Friseur. Er, er ... also, es sollte erst gar nicht so kurz werden ...“, stammelte ich und traute mich noch immer nicht, Markus ins Gesicht zu blicken.

„Du siehst ganz anders aus“, unterbrach er mich, legte mir die Hände auf die Schultern und gab mir einen Kuss auf die Stirn, also unter den neuen Pony.

„Du bist echt verrückt“, sagte er, als er mich noch einmal genauer von allen Seiten betrachtete.

„Na ja, eigentlich war es Doros Idee, zum Friseur zu gehen, und Erat meinte, ein Pony macht mich jünger.“

„Das war eine super Idee. Du bist zwar kaum wiederzuerkennen, aber ich glaube, es gefällt mir gut.“ Markus grinste zaghaft.

„Gut, das klingt gut“, mir fiel auch nichts Besseres ein. „Meinst du, ich kann morgen früh so nach Amsterdam fahren?“

„Na klar! Du musst! Außerdem weiß dieser Seelennerd doch überhaupt nicht, wie du vorher ausgesehen hast.“

Da musste ich Markus recht geben, trotzdem fühlte es sich so an, als wollte er mich damit trösten, mir sagen: Die wachsen doch wieder nach!

„Stimmt“, sagte ich und rang mir ein kleines Lächeln ab.

„Warum kommst du erst jetzt? Frieda sollte doch nicht so lang allein bleiben, und Matti erst recht nicht."

„Ich hatte zwischendurch angerufen und gesagt, dass es etwas später wird." Auch wenn mir der Gedanke immer noch nicht richtig gefiel, so war ich doch erleichtert, dass meine Mutter kommen würde. Ich wusste, dass ich mich auf sie verlassen konnte, wenn es um die Kinder ging. Auf Markus konnte ich mich auch verlassen, aber manchmal nahm er alles zu locker.

„Papaaa!" Matti stürzte zu uns in den Flur. Markus nahm ihn auf den Arm und prustete ihm einen Schmatzer in die Halsbeuge. Matti kicherte und drehte sich zu mir.

Offenbar litt er an einer Überdosis *Paw Patrol*, denn es dauerte einen Moment, bis er feststellte, dass ich irgendwie verändert aussähe. Als ich ihn fragte, ob gut oder schlecht verändert, zog er kurz die Schultern hoch und sagte: „Ich glaube, gut."

Ich hatte keine Zeit, mir darüber Gedanken zu machen, was meine Familie glaubte. Ich zog es vor, Matti und Markus ein paar genaue Dienstanweisungen zu erteilen.

Matti sollte den Tisch decken mit den blauen Suppenschüsseln, mit Löffeln und einem Brett, auf das ich nachher den Topf stellen wollte. Markus sollte Brot aufschneiden und dann alle Blumen drinnen und draußen gießen.

Ich schnappte mir eine Haushaltsrolle und Glasreiniger, spritzte damit einmal das große Bad voll, wischte über Armaturen und Spiegel und bekam ein Gefühl von Sauberkeit im Haus. Das Gästebad ignorierte ich.

Wie gerufen knallte nun auch endlich Karla die Haustür hinter sich zu, denn die war meinem Haushaltsplan zufolge in dieser Woche mit Staubsaugen an der Reihe.

Diese freudige Botschaft zum Montagabend rief ich ihr vom Bad aus hinunter. Als sie stöhnte und gerade ihre trotzige Stimme erheben wollte, überlegte ich mir, ihr das Ganze doch nochmal freundlicher zu sagen, und lief die Treppe hinunter.

„Mama! Wie siehst du denn aus?"

Kurz überlegte ich, was sie meinte, doch dann fiel es mir wieder ein.

„Sag jetzt ja nichts Falsches!"

„Du siehst voll anders aus. Bist du nicht schon ein bisschen zu alt für so 'ne Frisur?"

Als zwei Stunden später endlich Ruhe im Haus einkehrte, alles halbwegs ordentlich und sauber aussah und Matti endlich eingeschlafen war (nachdem ich ihm dreimal vorgelesen hatte und ihm hundertmal versprechen musste, in Amsterdam nach Lego- und Star-Wars-Spielzeug Ausschau zu halten), packte ich meine restlichen Sachen zusammen und – wieder aus. Das mache ich immer so, um wirklich sicher zu sein, dass ich alles eingepackt habe. Ich breitete noch einmal alles auf dem Bett aus, um auf meiner Packliste alles abhaken zu können.

Ich hatte die Tasche gerade mit viel Kraftaufwand geschlossen, als mir einfiel, dass ich besser doch den Rucksack nehmen sollte. Also packte ich alles wieder aus.

„Ich frage mich, was du für die paar Tage alles mitschleppen willst", sagte Markus, als er aus dem Bad kam.

„Na, ich weiß doch nicht, wie das Wetter wird."

„Du fliegst doch nicht nach Australien. Es wird nicht sehr

viel kälter oder heißer sein als bei uns, und Hausschuhe brauchst du im Hotel auch nicht", Markus blickte auf meine roten Pantoffeln, die aus der Seitentasche lugten.

„Ich kriege aber schnell kalte Füße", sagte ich trotzig, woraufhin Markus nur den Kopf schüttelte und mich dann sanft auf die Stirn küsste.

Volle Flugkraft voraus!

Um 4:30 Uhr sollte der Wecker klingeln auf meinem Handy, das ich unter mein Kopfkissen gelegt hatte, um Markus nicht mit aufzuwecken. Aber ich war schon kurz nach vier Uhr von allein aufgewacht. Schweißnass. Ich hatte geträumt, dass ich dem wegfahrenden Zug nachrennen wollte, aber sosehr ich mich auch bemühte, ich kam nicht hinterher.

Das Taxi hatte ich mir gestern bestellt. Ich hoffte, dass es pünktlich um 5:30 Uhr vor unserer Tür stehen würde. Ich hatte alles genau auf meiner Liste für den heutigen Tag notiert: Zehn Minuten Kaffee zubereiten, 30 Minuten Duschen und Zähneputzen, fünf Minuten schminken, fünf Minuten, um den Kaffee kalt zu trinken (was mir leider oft passiert), und fünf Minuten, um noch einmal heimlich zu den Kindern hineinzuschauen und an ihren Gesichtern zu riechen.

Doch bei einem Blick in den Badezimmer-Spiegel wurde mir klar, dass der Plan so nicht funktionieren würde. An irgendeiner Stelle müsste ich streichen, denn was mich dort ansah, war nicht Hanni Liebig nach einer viel zu kurzen Nacht, sondern ein aufgeplatztes rotes Sofakissen. Mein Pony war nicht mehr da, wo er gestern Abend gewesen war, sondern stand, wie der Rest der Haare, in alle Himmelsrichtungen ab. Wie sollte ich es jetzt noch schaffen, mir die Haare zu waschen?

Eilig durchdachte ich Plan B: Den Kaffee würde ich überteuert im Zug kaufen, denn wach war ich ja sowieso schon. Das Duschen ließ ich ausfallen, doch stattdessen Katzenwäsche und Haarewaschen würde ich auch nicht schaffen.

Ich beschloss, die Haare nur nass zu machen und mit der Rundbürste zu föhnen. Apropos Föhn. Ob die im Hotel einen Föhn hatten oder sollte ich den lieber einpacken?

Nach 45 Minuten stand ich fix und fertig im Flur. Weil ich im Garderobenspiegel immer noch aussah, als würde ich einen gepolsterten Helm auf dem Kopf tragen, schnappte ich mir spontan das braune Halstuch aus dem Korb im Flur und band es mir um den Kopf. Den Pony ließ ich rauslugen. Gar nicht so schlecht, fehlten nur noch Caprihose und Sonnenbrille. Etwas zufriedener schlich ich nochmal die Treppe hoch, erst zu Matti, bei dem man allerdings besonders vorsichtig sein musste, weil er schnell aufwachte, dann zu Frieda, die wie ein Baby mit roten Bäckchen und mit Schal um den Hals friedlich schlief. Vorsichtig betastete ich ihr Gesicht, Fieber hatte sie nicht mehr. Karla lag wie immer so verrückt in ihre Bettdecke verknüllt, dass ich ihren Kopf suchen musste. Am Kopfende wurde ich schließlich fündig und gab ihr einen sanften Kuss. Verrückt, wenn ich das große Mädchen da so in ihrem Bett liegen sah mit den langen Haaren, den feminin geformten Beinen und dem schönen Gesicht … Nicht zu glauben, dass ich sie vor 14 Jahren als winzigen Säugling zur Welt gebracht haben sollte. Karla war so ein süßes Baby mit rosigem Gesicht und vielen dunklen Haaren – wie ein Monchichi sah sie aus. 37 Zentimeter Kopfumfang hatte sie bei der Geburt! Oder hatte Frieda 37 Zentimeter?

Upps, ich musste mich beeilen, in wenigen Minuten sollte das Taxi unten stehen, und ich wollte auf jeden Fall verhindern, dass der Fahrer klingelte. Leise schlich ich zurück ins Schlafzimmer und küsste meinen grunzenden Mann vorsichtig auf die Stirn.

Wie ein Einbrecher im eigenen Haus schlich ich die Treppe wieder hinunter, überstieg vorsichtig Stufe fünf und zwölf und schloss leise die Haustür hinter mir zu. Oh ja, ich fühlte mich wie ein Verbrecher, wie ein Dieb, der den Kindern seine Mutter stahl.

Berlin war schon Anfang Frühling eine einzige Baustelle, so dass mein nächster Plan, nämlich in 25 Minuten den Hauptbahnhof zu erreichen, wahrscheinlich auch nicht aufgehen würde. Allerdings war das viel schlimmer als ein zu Berge stehender Pony. Stau und Baustellen konnte ich nicht beeinflussen, und es gab für mich nichts Schlimmeres, als die Kontrolle zu verlieren. Wie sollte ich Hartmann erklären, dass ich gleich bei meinem ersten Auftrag zu spät anreiste? Abgesehen davon waren die Tickets an den Zug gebunden, denn Hartmann hatte natürlich Sparpreise raussuchen lassen. Zwar gab es eine direkte Zugverbindung von Berlin nach Amsterdam, meine jedoch führte über Osnabrück, Hengelo, Zwolle und Almere, was offenbar viel billiger gewesen sein musste, sonst tat man vier Mal umsteigen doch keinem Menschen an. Erst recht nicht einer wie mir, die schon Angst hatte, Montag früh das Klingeln des Weckers zu überhören. Schon jetzt war ich schweißnass vor Panik, und ich hatte noch nicht einmal den ersten Zug erreicht.

„Wann fährts Ihr Zug, Schatzl?“ Entspannt blickte die Taxifahrerin mit dem bayerischen Dialekt durch ihren Rückspiegel zu mir. Sie trug eine schwarze Lederjacke und eine kupferrote 80er-Jahre-Föhnfrisur. Berlin sei um diese Jahreszeit der reinste Albtraum für Autofahrer und man sei viel schneller mit dem Fahrrad oder zu Fuß unterwegs, sagte sie und kurvte geschickt an einer Baustelle vorbei. Da erklärte sie mir wirklich was Neues.

„6:19 Uhr, Gleis 13.“ Zur Sicherheit präge ich mir immer alle Abfahrtszeiten und Bahnsteige ein.

„Meinen Sie, wir schaffen das?“ Ich heulte sie fast an.

„I denk scho. Machen'S sich keinen Kopf. I werd net umsonst ‚die schnelle Gerdi‘ genannt“, meinte die Frau, die ich auf Anfang 50 schätzte. Wieder musste sie an einer roten Ampel bremsen. Dabei rutschte ein kleiner Stapel Magazine von ihrem Beifahrersitz, der mich vorhin davon abgehalten hatte, mich neben sie zu setzen. Stöhnend beugte sie sich vor und legte die Hefte wieder auf den Sitz. Von meinem Platz aus erkannte ich fettgedruckte Wörter wie Psychologie, Achtsamkeit, Balance, Selbstliebe.

„Sie lesen wohl gern?“ Ich versuchte, mich mit Ablenkung zu beruhigen.

„Oh ja, steh ja manchmal ewig an wegen Fahrgästen. Und Lesen auf dem Handy ist schädlich für die Augen, wissen'S? Des is nix für mi.“ Ablehnend winkte sie mit der rechten Hand. So was hörte ich ja gern.

„Sind die gut, die Zeitschriften?“, fragte ich sie einfach weiter.

Gerdi legte den ersten Gang ein und fuhr mit dezent quietschenden Reifen an, so dass es mich nach hinten in den Sitz drückte. Keine Frage, ihren Spitznamen hatte sie sich verdient.

„Sehr gut! Is a bissl Balsam für die Seele und ich interessier' mich schon immer für Psychologie. Hab ja auch viel mit Menschen zu tun, jeden Tag. Was meinen'S, was die mir manchmal erzählen! Da kann's net schaden, wenn man sich a bissl auskennt mit der Materie", erklärte Gerdi selbstsicher.

„Ah, interessant", sagte ich, und mir wurde in dem Moment bewusst, dass ich mein nervöses Geplauder lieber einstellen sollte. Wenn ich Gerdi erzählte, dass ich mich heute noch mit einem Autor treffen würde, der über Selbstfindung schrieb und von dem in Kürze das Buch „Werde der Mensch deines Lebens!" herauskommen sollte, würde ich sie nur ablenken und am Ende noch mehr Gefahr laufen, den Zug zu verpassen. Wobei es im Moment nicht danach aussah.

Gerdi umklammerte das Lenkrad so fest, dass ich Angst hatte, ihre knallroten langen Fingernägel würden sich gleich durch ihre Handflächen bohren. Sie fuhr eindeutig mehr als die im Baustellenbereich zugelassene Geschwindigkeit, und ich bekam Angst, dass uns die Polizei anhalten würde. Oh Gott, dann würde ich meinen Zug nie erreichen. Gerade als ich meine verkrampften Arme langsam vom Sitz löste, legte Gerdi noch einen Gang zu und überfuhr eine Ampel, die auf Rot schaltete.

Anscheinend fiel Gerdi auf, dass ich immer unruhiger wurde.

„Sorry, aber des Teil bleibt ewig rot, und das Grün reicht grad einmal für ein Auto. Da kämen wir morgen noch nicht an ihrem Zug an", erklärte sie. Dieses Problem kannte ich nur zu gut, aber das machte es nicht besser.

„Aha", hechelte ich zurück und überprüfte den Sitz meines Sicherheitsgurtes. Wir überholten ein, zwei andere Autos, bogen in eine Nebenstraße ohne Ampel und ohne Baustelle ab und fuhren die ganze Zeit deutlich schneller, als erlaubt war, in Richtung Bahnhof. Welche Wege wir nahmen, könnte ich nicht mehr wiedergeben. Ich war mir nicht einmal sicher, ob man dort überhaupt langfahren durfte. Aber das war mir inzwischen auch egal, denn ich wollte auf keinen Fall meinen Albtraum von heute Morgen nochmal in Echt erleben müssen.

Ich wusste nicht wie, aber Gerdi schaffte es, dass ich um 6:03 Uhr am Hauptbahnhof aussteigen konnte. Ich war mir sicher, ich hätte es mit keiner anderen Taxifahrerin pünktlich geschafft, und belohnte ihr Engagement mit zehn Euro Trinkgeld.

„Danke! Sie haben mir das Leben gerettet!“, sagte ich noch, bevor ich nach meinem Rucksack neben mir griff und aussteigen wollte.

„Nix für ungut. Und wer weiß ...“, sie drückte sich mit dem Arm gegen das Lenkrad, und drehte sich mit dem Oberkörper noch weiter zu mir nach hinten. Ihre Lederjacke knirschte und sie sah mich mit hochgezogenen Augenbrauen an.

„Was meinen Sie? Haben Sie etwa was von Verspätungen oder Zugausfall mitgekriegt?“, fragte ich unsicher.

„Na, hab' i net. Aber wissen'S, manchmal is es besser, wenn nicht alles auf Anhieb klappt. Das weiß man aber immer erst hinterher, verstehen'S?“

Wenig später saß ich im richtigen Zug und versuchte, mich auf drei Stunden Fahrt einzurichten. Ich klappte den kleinen Tisch von der Lehne meines Vordermannes herunter und stellte den Laptop darauf ab. Ich musste unbedingt alles gelesen haben, bis ich Amsterdam erreichte.

Nicht zu glauben, wie viele Leute schon so früh mit dem Zug unterwegs waren. Nicht nur Geschäftsleute und Rentner, auch Familien mit Kindern drängten sich mit ihrem Gepäck durch die schmalen Gänge. Komisch, eben noch, im Taxi, da dachte ich an nichts anderes als an die Fahrt, an den Termin in Amsterdam und daran, dass hoffentlich alles glattlaufen würde. Als ich jedoch am Bahnsteig die Stimme eines kleinen Kindes hörte und seine Mutter sah, die versuchte, mit dem Kinderwagen in den Zug einzusteigen, wurde ich sofort wieder emotional, wollte helfen, fragte mich, wie lange dieses kleine Mädchen, das nicht älter als ein Jahr sein konnte, schon unterwegs war oder sein würde. Ich bekam Mitleid, obwohl es doch nicht schlimm war, mit Kindern Zug zu fahren. Schon packte mich die Sehnsucht nach meinen eigenen Kindern, die ich einfach zuhause ließ. Dabei war ich noch nicht einmal eine Stunde von zuhause weg.

Das durfte man keinem erzählen, dass ich, Hanni Liebig, nach 14 Jahren Mutter- und fünf Jahren Hausfrau-Sein nur schweren Herzens allein nach Amsterdam reisen konnte, um mich mit einem renommierten Schriftsteller zu treffen. Vor 14 Jahren hätte ich vor so einer Sache keine Angst gehabt.

Ich musste endlich den Text von Willemsen lesen. Das sollte mich ablenken und mich davon abhalten, daheim anzurufen und zu fragen, ob Karla pünktlich aufgestanden war und wie es Frieda ging.

Die ersten Seiten lasen sich nicht schlecht. Und durch die leserfreundliche Einteilung in viele Kapitel konnte ich einiges querlesen oder überspringen. *Wer bist du? Was machst du hier?*, lautete eine Überschrift, an der ich hängen blieb. Eigentlich ging es um die tiefsinnige Frage nach dem Ich, nach den eigenen Bedürfnissen und danach ob das, was wir tun, nicht irgendeinem, sondern unserem Sinn entspricht. Ich merkte gar nicht, wie schnell ich die nächsten 100 Seiten las, und kurz vor Osnabrück hatte ich mehr als die Hälfte der Fahnen gelesen. Willemsen hatte eine bilderreiche Sprache und benutzte viele einfache Beispiele, mit denen er seine Thesen untermauerte. Es war irre, aber schon nach diesen drei Stunden Zugfahrt war mir, als hätte mich der Mann einer Gehirnwäsche unterzogen. So als könnte er Gedanken lesen, sprach er viele meiner Gefühle an und berührte mein Innerstes zutiefst. Ich stellte mir Fragen, wie *Was ist meine Lebensaufgabe? Genüge ich so, wie ich bin? Warum habe ich immerzu das Gefühl, jemandem etwas beweisen zu müssen? Bin ich ehrlich zu mir selbst?*

Als der Zug anhielt, schreckte ich hoch und musste feststellen, dass ich schon in Osnabrück angekommen war. Ich schnappte Tasche, Jacke und das Bündel Papier und hetzte zur Zugtür. Etwas verpeilt stand ich am Bahngleis und musste erst einmal schauen, wo ich hinmusste. Mit einem Grinsen auf dem Gesicht, weil mir einfiel, dass ich in den letzten drei Stunden so viel gelesen hatte wie im gesamten letzten Jahr und so wenig an die Kinder gedacht hatte, wie ich im letzten Jahr Bücher gelesen hatte, flitzte ich zum nächsten Bahnsteig.

Zwischenlandung: Katastrophe

Pünktlich um 13:06 Uhr erreichte ich Amsterdam *Centraal Station* – mit nur ganz wenig Angstschweiß an den Händen. Ich hatte den kompletten Text von Willemsen gelesen, hätte daran zwar noch gern an einigen Stellen ergänzt oder umformuliert, aber jetzt konnte man nichts mehr machen, und es sollte ja auch nicht meine Aufgabe sein. Stattdessen googelte ich noch ein paar Marketing-Begriffe, die Anna und Hartmann in ihren Mails verwendeten, und hoffte, dass das als Vorbereitung reichen würde.

Ich brauchte dringend Bewegung und wollte am liebsten zu Fuß zum Hotel. Die Sonne schien und es wehte ein leichter Wind. Perfektes Wetter für einen Spaziergang. Gut, dass ich doch den Rucksack genommen hatte. Schon am Bahnhofsvorplatz war das besondere, bunte, überraschende Flair der Stadt zu hören, zu sehen und zu riechen. Verschiedene Sprachen, Fahrradklingeln und Autohupen schienen miteinander zu kommunizieren. Die eng aneinandergereihten Giebel der schmalen Häuser im hanseatischen Stil konnte ich schon sehen, umrahmt vom Wasser und mit den buntesten Cafés und Geschäften davor. Es duftete nach Waffeln, nach Kaffee, nach Pommes. Erst jetzt merkte ich, dass ich riesigen Hunger hatte. Doch bevor ich mir irgendwo etwas zu essen besorgte, wollte ich Markus schreiben, dass ich gut angekommen war und dass ich mich abends wieder melden würde. Genau in dem Moment klingelte mein Handy.

„Alles klar bei Ihnen, Frau Liebig? Sind Sie schon da?"

„Ja, gerade aus dem Zug gestiegen“, sagte ich und atmete tief durch.

„Na das freut mich ja. Hatten Sie eine gute Fahrt?“

„Ja schon, wenn man das Umsteigen ausblendet.“

Hartmann räusperte sich und wechselte in den Chef-Modus: „Was sagen Sie denn zu dem Text? Sie haben sich doch hoffentlich gut vorbereitet. Ich brauche ihnen ja nicht zu sagen, wie wichtig ...“

„Er liest sich sehr gut“, schnitt ich ihm aufgeregt das Wort ab.

„Sehr schön, sehr schön. Ich wusste, dass ich mich auf sie verlassen kann, Frau Liebig!“, sagte Hartmann und kicherte etwas übertrieben. „Denken Sie daran, wir wollen auch sein nächstes Projekt verlegen. Ich brauche Ihnen ja nicht zu sagen, welche Publicity der Mann uns bringt, vielleicht sogar andere renommierte Autoren, Frau Liebig, also … na ja, Sie machen das schon. Grüßen Sie mir den Willemsen!“

So ein Blödmann, als wäre ich nicht schon aufgeregt genug, dachte ich und steckte mein Handy wieder ein.

Google Maps zeigte mir, dass mein Hotel vom Zentrum aus 45 Minuten zu Fuß entfernt lag. Ich hatte nichts dagegen, abseits vom Trubel zu wohnen, und weil ich keine Lust hatte, mich in eine Bahn zu setzen, beschloss ich, den Anweisungen von Google zu folgen, und ging los. Kaum hatte ich das Zentrum verlassen, wurde es ruhiger und grüner um mich herum. Ich genoss den Weg durch einen Park mit vielen Bäumen, die ihr dichtes grünes Blätterdach ausbreiteten. Am liebsten hätte ich mich auf einer der verschnörkelten schwarzen Sitzbänke niedergelassen. Aber ich wollte mich im Hotel noch frisch machen und mich auf meinen ersten Termin mit Claas Willemsen vorbereiten.

Etwas erschöpft und zugleich aufgeregt von den vielen ersten Eindrücken, die ich von Amsterdam bekam, stieg ich mit meinem Rucksack in den zweiten Stock des *Urban Hotel*, einem von außen wenig einladend erscheinenden Hochhauskomplex. Innen überzeugte mich mein neues Zuhause aber doch, denn es hatte jede Menge Holz zu bieten. Die Wände waren mit alten Holzpaneelen verkleidet, in die Fußböden waren verwitterte Dielen eingearbeitet, und die Möbel waren aus braunem Holz gefertigt. Mir gefiel es. Markus hätte sicher etwas an der Qualität oder an der Verarbeitung auszusetzen gehabt. Ich hatte ein Doppelbett für mich allein und staunte über die zehn Kopfkissen darauf: Irre!

Ich packte ein paar Sachen aus, unter anderem meinen kleinen braunen Teddy, den mir Frieda und Karla mal zu Weihnachten selbst gebastelt hatten. Ich drückte meine Nase in seinen Bauch, er roch nach zuhause, nach Wäsche, nach warmem Brot und nach Holz.

Obwohl ich das sonst hasse, hatte ich vorhin ein Selfie von mir vor einer Brücke gemacht und es Markus und Karla geschickt. Unter das Foto hatte ich getextet: *Eigentlich gar nicht so schlecht hier.* Die Antwort von Karla: *Das ist unfair! Ich wäre jetzt auch viel lieber im Urlaub!* Und Markus' Reaktion: *Viel Spaß ;-)! Hier alles paletti. Deine Mutter umsorgt Frieda wie eine Löwin ihr Junges. Ihr geht's besser! LG, ein dicker Knutscher von mir!!!*

Mhh, eigentlich sollte ich mich über seine Antwort freuen, aber *ich* war doch die Löwenmutter! Ich spürte einen zarten

Stich in der Herzgegend. Aber für Frieda war es jetzt sicher das Beste, wenn meine Mutter bei uns war.

Ich brauchte dringend eine Dusche und etwas Frisches zum Anziehen. Das Sandwich, das ich mir vorhin im Bordbistro geholt hatte, war leider mit etwas zu viel Dressing gefüllt, sodass ein Teil davon gleich auf meinem weißen Shirt gelandet war.

Nachdem ich ausgiebig geduscht hatte, überlegte ich, was ich anziehen sollte. Die Wollpullis würden wegfallen. Dafür war es viel zu warm geworden, obwohl es erst April war. Sollte ich die kurzärmelige roséfarbene Bluse und das dunkelblaue Strickjäckchen darüber tragen und die Jeans einfach anbehalten? Oder wäre die neue Marlene-Hose passender? Eine Auswahl wäre mir sicher leichter gefallen, wenn ich gewusst hätte, mit wem ich es gleich zu tun bekäme. Aber im Grunde wusste ich nichts über diesen Willemsen, außer dass er schreiben konnte. Sein Buch hatte mich gefesselt. Aber vielleicht ließ er es von einem Ghostwriter schreiben. Ob er rauchte? Sicher rauchte er den ganzen Tag, während er schrieb und nachdachte. Anna meinte, dass er gut aussah. Wie alt er wohl war?

Ich vermutete, Mitte oder Ende 50. Auf der ersten Seite im Text stand nur:

Claas Willemsen lebt in Amsterdam, Niederlande. Er war viele Jahre in der Wirtschaft tätig, bevor er eine Ausbildung als Heilpraktiker mit Schwerpunkt Psychotherapie absolvierte und 2001 das Coaching- und Seminarinstitut „Ars vivendi" gründete. Er veranstaltet regelmäßig Seminare und Workshops, hält Vorträge und berät führende Unternehmen.

Für mehr Informationen hatte ich bis jetzt keine Zeit gefunden. Ich war froh, dass ich den Text geschafft hatte, denn schließlich sollte es der Aufhänger seiner Lese- und Vortragstour werden. Im Zug war auch schlechter Internet-Empfang und jetzt, kurz vor knapp, wollte ich mich nicht noch verrückter machen mit weiteren Informationen. Ich hatte mir ein paar Notizen über sein Thema „Selbstfindung" gemacht und überlegt, wie man für die Lesetour Bühnenbild und Flyer gestalten könnte und welche originellen Locations in Berlin, Leipzig und Frankfurt infrage kämen. Einige Tipps hatte mir Anna noch per WhatsApp geschickt. Allerdings wusste ich nicht, welche Publikumsgröße diesem Mann vorschwebte. Deshalb beschloss ich, dass ich erst ihn zu Wort kommen lassen würde. Dann würde ich mit der Zeit hoffentlich in einen ruhigen Atemrhythmus kommen und herausfinden, was ich besser nicht sagen sollte. Die Gefahr, gleich am Anfang etwas Falsches zu sagen, war groß bei mir. Wenn ich aufgeregt war, plapperte ich wie ein Wasserfall und meistens großen Stuss.

Ich entschied mich für die halbwegs seriöse Variante: die kurzärmelige, roséfarbene Bluse, hochgeknöpft, darüber mein dunkelblaues Jackett und die Jeans. Ja, das sah perfekt aus. Fehlten nur noch meine Ballerinas mit dem leichten Keilabsatz. Verdammt! Ich hatte alles eingepackt – nur die Tüte mit den Schuhen, die hatte ich im Flur stehen lassen. Ich konnte unmöglich mit meinen roten Chucks losziehen. Die waren nicht nur runtergelatscht und zerkratzt, sie hatten außerdem ein kleines Loch, aus dem sicher bald mein rechter großer Zeh herausschauen würde. Als ich kurz davor gewesen war, die ollen Dinger in die Kleiderspende zu donnern, hatte mich Matti gefragt, warum ich die schönen Turnschuhe wegwerfen wollte. Sie hätten ein Loch, sagte ich, woraufhin er mir antwortete, dass Geli, seine Erzieherin, ihm erklärt hatte, dass Strümpfe und Schuhe mit Loch Glück bringen. Und immer wenn man Glück braucht, soll man Strümpfe oder Schuhe mit Löchern anziehen. Ich könnte die Glücksschuhe also unmöglich einfach wegwerfen.

Irgendwie hatte ich Matti die Geschichte geglaubt, und die Schuhe weitergetragen. Wegen meines verkorksten Haarponys heute Morgen musste alles so schnell gehen und ich hatte mir über meine Schuhe gar keine Gedanken gemacht. Gut, dass die gelben Gummistiefel wieder im Keller standen …

Was sollte ich jetzt machen? Claas Willemsen und ich waren für 18 Uhr in der Hotel-Lobby verabredet. Es war 17:55 Uhr. Völlig unmöglich, in fünf Minuten Schuhe zu besorgen. Ich betete darum, dass Claas Willemsen Jesuslatschen-Träger sein würde. Ich dürfte es ihm nicht übelnehmen, wenn er sagen würde: „Liebe Frau Liebig, nichts für ungut, aber ich hätte mir schon gewünscht, dass man mir eine ernst zu nehmende Person zur Seite stellt. Ich denke, dass es besser wäre, mit einem anderen deutschen Verlag weiter zusammenzuarbeiten ..."

Stop, Hanni! Hör auf, so ein furchtbares Zeug zu denken! Hektisch kramte ich nach der riesigen schwarzen Beutelhandtasche für Tussis, die mir Doro gestern für neun Euro im Secondhand-Laden aufgeschwatzt hatte, packte Portemonnaie, Handy und Laptop hinein und drapierte noch sichtbar die Berliner Tageszeitung, die ich heute früh im Zug gefunden hatte, obendrauf. Zeitungsleser sahen immer informiert und schlau aus. Ich musste von meinen unprofessionell löchrig verpackten Füßen ablenken. Ich konnte nur hoffen, dass Geli aus dem Kindergarten recht behielt und die Dinger Glück brachten.

Von „Glück" konnte wahrhaftig nicht die Rede sein. Noch nicht einmal „Unglück" traf es richtig. Es war eine Katastrophe, als der Mann, vermutlich Mitte vierzig, in nigelnagelneu aussehenden schwarzen Turnschuhen, in der Hotellobby langsam auf mich zuging, meinen Namen sagte und sich als Claas Willemsen vorstellte. Jetzt wusste ich wieder, wieso mir der Name bekannt vorkam. Es war *SUV-Man*! Der Mann, der mich am Freitag fast totgefahren hätte mit seinem Geschoss. Sein Name, Claas, nicht *Claus*, wie ich es falsch auf der Visitenkarte überflogen hatte, die immer noch in meinem gelben Regenmantel stecken musste. Ausgerechnet das sollte der Mann sein, dessen Lesetour und Vermarktung ich organisieren sollte? Konnte mich bitte mal jemand kneifen?

Da wir uns direkt an der Rezeption treffen wollten und ich als einzige Frau, mit Terminplaner in der Hand und zumindest bis zu den Knöcheln wichtig aussehend, am Tresen stand, konnte ich schlecht leugnen, dass ich Frau Liebig bin. Er streckte mir höflich die Hand entgegen, doch ich musste in eine Art Schockstarre verfallen sein. Ich konnte mich nicht bewegen, öffnete, ohne etwas zu sagen, den Mund und bekam ihn nicht mehr zu. Meine Hände waren eiskalt und feucht, mein Magen ballte sich zusammen wie eine Faust. Ich wünschte mir ein Loch, hier, direkt unter mir. Ein Loch, in das ich hineinkriechen und in dem mich verstecken konnte. Wo bitte ging es hier zum nächsten Loch?

„Isse alles in Ordnung, Frau Liebig? Wir kennen uns doch, oder?"

Schweigen. Ich bemühte mich, die abgehackt klingenden Geräusche aus meinem Mund in Worte zu fassen.

„War die Zugfahrt zu anstrengend? Wolle Sie sich setzen?"

„Danke, nein, es geht schon." Gott sei Dank kehrte mein Sprachvermögen wieder zurück.

Ich beschloss, mich einen Augenblick auf das große Sofa in der Lobby zu setzen. Nervös stellte ich den rechten Fuß auf den linken, um das Loch zu verdecken.

„Wollen Sie eine Schnaps?", fragte er mich, fast fürsorglich.

Kurz überlegte ich, dann antwortete ich wie in Trance: „Ja, ja, ich glaube, das ist eine gute Idee."

SUV-Man lief zur Hotelbar und hielt mir kurz darauf ein nach Wacholder riechendes Schnapsglas unter die Nase.

Ich trank das Glas in einem Zug leer und genoss die brennende Feuchte, die sich durch meine Kehle in mir ausbreitete.

„Ich habe Sie fast nicht erkannt. Ihre Haare. Sie sehen verändert aus. Wo sind Ihre Haarspangen?"

Automatisch griff ich in meine Haare. Oh Gott, er meinte die Lockenwickler. Loch! Loch! Wo bist du?

„Ähm, entschuldigen Sie, könnte ich vielleicht noch einen Schnaps ...?"

„Oh, na klar, aber wollen wir nicht etwas dazu essen? Das Restaurant hier im Hause isse sehr gut. Kommen Sie!"

Was für ein Spaßvogel!

„Isse wirklich wieder alles in Ordnung mit Ihnen?", fragte mich *SUV-Man* zum wiederholten Male auf unserem Weg ins Restaurant.

Es war ein gemütlicher Raum mit holzvertäfelten Wänden, gepolsterten Sitzbänken an der Wand und rustikalen Tischen, von denen wir einen ganz hinten am Fenster auswählten und Platz nahmen.

„Ja, ja, isse alles in Ordnung. Ich meine, es ist alles in Ordnung. Wirklich."

Wenn die Situation nicht so bescheuert wäre, würde ich seinen Akzent fast niedlich finden.

„War vielleicht doch nur die lange Zugfahrt hierher", antwortete ich. Claas Willemsen schien ernsthaft um mich besorgt. Fast so, als hätte er mich zum zweiten Mal angefahren. Na ja, überrollt fühlte ich mich tatsächlich.

„Oh, das tut mir leid. Ich wollte Ihne keine Umstände machen. Ich war erst in Berlin, wie Sie wissen. Aber ich konnte nich so lange bleiben. Herr Hartmann schlug vor, jemanden zu schicken. damit nicht so viele Zeit wegkumme. Verstehe Sie?"

„Nein. Also doch, doch, natürlich. So war das auch nicht gemeint. Ich kann Sie gut verstehen, glaube ich, also abgesehen von Ihrem Akzent." Gott, habe ich das eben gesagt? „Und, und es war auch überhaupt kein Problem für mich, hierherzukommen", stotterte ich.

Typisch Hartmann, dachte ich: Immer schnell zur Sache kommen, wird schon einer seiner Leute für ihn richten. Von wegen, Willemsen bestand auf einem Treffen in Amsterdam!

„Was möchte Sie trinken? Schnaps, Bier oder beides?"

Hoppla, die Holländer scheinen wirklich ein trinkfestes Volk zu sein.

„Also, ich glaube, ich bleibe erst mal bei was Alkoholfreiem. Wasser vielleicht?" Ich hoffte, dass er mich nach den zwei Kräuterschnäpsen auf fast nüchternen Magen nicht in die Kategorie „Säufer" einordnen würde. Ich pustete mir den Pony aus der Stirn und strich mir die Haare hinters Ohr. Ich konnte mich immer noch nicht an die neue Frisur gewöhnen.

„Alles klar", sagte Willemsen und winkte die Kellnerin zu sich. Als hätte sie nur auf sein Signal gewartet, kam die hübsche junge Blondine sofort angelaufen.

Was er zu ihr sagte, konnte ich nicht verstehen. Was ich aber verstand, war der Blick der Kellnerin, die Willemsen auffallend schüchtern anlächelte. Ich nahm an, dass sich die beiden über die Menükarte unterhielten und schaute prüfend in den Spiegel mit Holzrahmen, der direkt hinter Willemsen an der Wand hing. Der Anblick verriet mir, dass ich zwar nicht mit der Blondine mithalten konnte, aber immerhin hatte ich im Gesicht noch keine roten Flecken, die ich meistens bekomme, wenn ich aufgeregt bin.

Immer noch grinsend überreichte uns die Kellnerin die Speisekarten und ging.

Angesteckt von ihrem Gesicht grinste auch ich in die Karte. Allerdings verging mir das Lachen, als ich darauf fast nur Fischgerichte entschlüsseln konnte. Ich mag Fisch nicht besonders, aber meine eingeschlafenen Englisch- und meine nicht vorhandenen Kenntnisse in Niederländisch hatten zur Folge, dass ich außer „met Fish" so gut wie nichts verstand.

„Soll ich Ihne helfe bei die Wahl?“, fragte Willemsen. Mein Gesicht schien Bände zu sprechen.

„Ähm, nein, nein, ich komme schon klar. Hab auch nicht so großen Hunger“, sagte ich, und als ob er mich verraten wollte, fing mein Magen laut an zu knurren. Ich tat so, als hätte ich einen trockenen Hals, und hüstelte.

„Alles okay?“, fragte mich Willemsen zum gefühlt hundertsten Mal.

„Ja, ja, schon gut“, sagte ich wie beiläufig.

„Wenn Sie mögen, können wir uns ein Gericht mit vielen kleinen Sachen zum Probieren teilen“, schlug er vor.

„Klingt gut“, sagte ich erleichtert und klappte die Karte zu.

„Schön, dass wir uns so wiedersehen“, sagte *SUV-Man*, also Herr Willemsen, charmant. Ich konnte es ihm jedenfalls abnehmen, wenngleich die Freude nicht ganz auf meiner Seite war.

„Ja, das finde ich auch“, log ich ungeniert zurück.

„Ich hoffe, Sie hatten nach unsere kleine Unfall keine Probleme mehr?“

„Nein, nein. Und bei Ihnen? Ihr Auto, hatte das etwas abbekommen?“

„Oh nein, und außerdem hatte Sie recht. Es ist ein viel zu großes Auto. Hier für Amsterdam sowieso. Aber ich verreise halt sehr gern und am liebsten unabhängig mit meine Auto. Ich schlafe auch darin, verstehe Sie?“

„Ach so, ja, na dann braucht man Platz“, sagte ich ein wenig verlegen. Musste er mir jetzt noch unter die Nase reiben, dass ich nach unserem Zusammenprall sein Auto beleidigt hatte? Platz zum Verreisen und zum Schlafen: Das klang nicht nach Familienleben. Vielleicht hatte er auch schon große Kinder.

Wobei – so wie er aussah, hatte er keine Kinder; vermutlich wechselte er ständig die Frauen. Ging mich ja auch nichts an.

Die Kellnerin brachte uns zwei Heineken. Wasser hieß hier wahrscheinlich Bier, denn ich dachte, ich hätte gesagt, dass ich etwas Alkoholfreies trinken wollte.

„Keine Angst, Frau Liebig, isse alkoholfrei", sagte Willemsen sofort, als er meine gerunzelte Stirn bemerkte. Tatsächlich, auf der Flasche stand *alcoholvrij*.

Wieder bis über beide Ohren strahlend, nahm die Kellnerin Willemsens Bestellung auf. Ich ließ mich einfach überraschen. Entweder hatte die etwas genommen oder sie himmelte diesen Willemsen voll peinlich an. Ich meine, er sah wirklich gut aus. Er war groß, sportlich und trug heute seine kinnlangen gewellten, leicht silbrig schimmernden Haare offen. Sein Vollbart sah gepflegt aus und ließ seine Zähne noch weißer blitzen. Über sein Outfit schien er sich nicht so viele Gedanken gemacht zu haben wie ich. Ein graues Denimhemd, dunkelblaue Jeans und eine abgetragene schwarze Lederjacke wirkten leger und wie zufällig gut aussehend.

„Auf gute Zusammenarbeit, Frau Liebig!", sagte Willemsen und hielt mir seine Flasche Heineken entgegen.

„Auf gute Zusammenarbeit, Herr Willemsen."

„Apropos Zusammenarbeit", fuhr ich fort, „wie sehen denn Ihre Pläne genau aus?" Langsam spürte ich wieder Boden unter den Füßen und versuchte, von unserer ersten peinlichen Begegnung abzulenken und zum Wesentlichen überzugehen.

„Nun, zunächst fände ich es viel besser, wenn Sie mich Claas nennen", antwortete er und hielt wieder die Bierflasche zum Anstoßen hin.

So viel zum Thema Sachlichkeit.

„Ähm, also gut, Claas!" Ich hielt meine Flasche dagegen. Mir war das alles andere als angenehm, aber was sollte ich tun?

Erwartungsvoll blickte mich Herr Willemsen, also Claas, aus seinen grün schimmernden Augen an.

„Ich heiße Hanni", sagte ich zögernd. Zufrieden und charmant grinste er mich an. Unsicher lächelte ich zurück und nahm einen weiteren großen Schluck von dem kühlen Heineken.

„Jetzt aber mal im Ernst – wie sehen Ihre Pläne für Ihre Vortragsreihe in Deutschland aus? Haben Sie konkrete Vorstellungen oder Wünsche?" Eilig kramte ich in meiner Neun-Euro-Tasche nach meinem dunkelroten Terminplaner. „Also. Ich habe mir da ein paar Gedanken gemacht und könnte mir vorstellen, dass …"

„Ach, kommt Zeit, kommt Rat", schnitt mir Willemsen das Wort ab. „Jetzt lasse uns doch erstmal was essen und trinken, oder?" Wieder hielt er mir sein Heineken entgegen.

Ich zog die Augenbrauen hoch und hob ebenfalls meine Bierflasche. „Ähm ja, sicher."

Na, das konnte ja heiter werden, dachte ich und klappte meinen Terminplaner langsam wieder zu.

„Was hältst du davon, wenn ich dir morgen Vormittag erstmal die Stadt zeige?"

„Ähm, na ja. Also wissen Sie (ich tat mich schwer damit, ihn zu duzen), ich dachte, dass wir gleich mit der Arbeit beginnen würden. Es liegt doch allerhand vor uns. Und ich bin ja nur bis Samstag hier", antwortete ich zögernd. „Außerdem hatte ich heute Mittag die Gelegenheit, ein bisschen was zu sehen, und ich war auch schon mal hier, als Studentin", sagte ich, als würde ich ihn trösten wollen.

Neugierig blickte mich Claas an und sagte: „Ah, verstehe, was hast du denn studiert, wenn ich fragen darf?"

„Germanistik. Und", ergänzte ich und zeichnete Gänsefüßchen in die Luft, „um meine ‚Karrierechancen' zu vergrößern, Kulturmanagement im Nebenfach."

Claas lehnte sich zurück und meinte: „Das klingt doch spannend oder warst du nicht zufrieden?"

Ich runzelte die Stirn? War das seine Masche? Leute nach ihren Gefühlen auszuquetschen, um sie sich für seine Bücher und Vorträge zunutze zu machen?

„Doch schon. Wissen Sie, 'tschuldigung, weißt du, ich liebe Bücher, nur lässt sich damit schwer Geld verdienen. Es sei denn, man kann welche schreiben. So wie Sie, äh du." Ein ironisches Grinsen huschte über meine Lippen. Claas fing es auf und grinste zurück.

„Danke für das Kompliment, Hanni, aber eigentlich hatte ich nie vor, Bücher zu schreiben. Es war eher Zufall. Das Schreiben tat mir einfach gut."

Gerade als es anfing, interessant zu werden, kam die Kellnerin und knallte ein riesiges Tablett vor uns auf den Tisch. Wir konnten von Glück reden, dass sie uns mit dem vollbeladenen Teil nicht erschlagen hatte. Als es ihr gelungen war, die vielen Schüsselchen unfallfrei abzustellen, setzte sie wieder ihr übertriebenes Lächeln auf. Dann erklärte sie mir, halb holländisch und halb englisch, was sich in den Schälchen befand.

Schon vom bloßen Anblick konnte man satt werden, aber ich musste zugeben, dass es verführerisch roch: nach Curry, nach Koriander, nach Minze und Pfeffer.

„Guten Appetit, Hanni", sagte Claas und erklärte mir, dass die *rijsttafel* (Reistafel) ein Festessen mit sechs bis 60 verschiedenen indonesischen Gerichten sei. Wir hatten eine Miniform von *rijsttafel* serviert bekommen. Bis auf die Schüssel mit dem gebackenen Fisch probierte ich alles durch: Hähnchen, Linsen, Falafel, Gemüse. Es schmeckte köstlich.

„Puhh, ich schaffe nichts mehr", sagte ich und legte die Hand auf meinen Bauch. Noch ein Löffel und ich würde morgen nicht in meine neue Marlene-Hose passen.

Vorsichtig wischte ich mir mit der Serviette den Mund ab und lehnte mich zurück. Die grinsende Kellnerin ließ sich auffallend viel Zeit beim Abräumen aller Schüsselchen. Claas bedankte sich höflich und bestellte für uns noch Espresso und Wasser. Einen Weißwein lehnte ich dankend ab. Ich wollte morgen klar und fit in den ersten Arbeitstag starten.

„Verraten Sie mir den Grund, warum Sie nicht mehr als Manager arbeiten wollten?" Konzentriert richtete ich meinen Blick auf den Zucker, den ich in meinen Espresso rieseln ließ. Ich wusste nicht, ob ich mit der Frage zu weit gegangen war, andererseits musste ich doch die Person kennenlernen, für die ich in Zukunft arbeiten sollte.

„Wenn du endlich *du* zu mir sagst, verrate ich es dir."
Claas lächelte und erzählte mir, dass er als Manager für eine internationale IT-Firma gearbeitet hatte. Seine Verantwortung wurde immer größer. Er wickelte riskante Geschäfte in Millionenhöhe ab, konnte deshalb nachts nicht mehr schlafen, nahm Tabletten. Dann hatte er einen Motorradunfall, der ihn fast das Leben kostete. Er musste acht Monate liegen, durfte sich nicht bewegen wegen den Verletzungen an der Wirbelsäule. Dabei hatte er genügend Zeit zum Nachdenken. Ein Freund empfahl ihm, seine Sorgen und Ängste und seine Gedanken in ein Aufnahmegerät zu diktieren und sie dann aufzuschrei-

ben, sobald er sich wieder bewegen durfte. Claas interessierte sich immer mehr für die Seele und die Gesundheit der Menschen und machte eine Ausbildung zum Heilpraktiker. Nebenbei begann er, auch über seine Arbeit zu schreiben. Zufälligerweise verkauften sich alle seine Bücher sehr gut.

Wow, dachte ich. Dagegen war mein Leben so langweilig wie Popcorn ohne Zucker. Wobei, von außen betrachtet sah man Claas Willemsen sein spannendes Leben und das Geld, von dem er mit Sicherheit genug hatte, nicht an. Würde er keinen SUV fahren, wäre er mir noch sympathischer. Also, so sympathisch war er mir nun auch wieder nicht. Okay, er sah super aus und ich konnte mich gut mit ihm unterhalten. Aber ihn anzuschmachten, wie die Kellnerin es tat, hielt ich für übertrieben. Seine Zähne, wie konnte ein Mensch nur so weiße, gerade Zähne haben?

„Äh, was sagten Sie, 'tschuldigung, du?", fragte ich. Die letzten Worte von Claas waren an mir vorbeigerauscht.

„Ich habe dich nach deine Arbeit gefragt. Arbeitest du schon lange für den Hartmann Verlag?" Mit einem Schluck trank Claas seinen Espresso. Mir fiel auf, dass er gepflegte Hände hatte, nicht rau und schmutzig, wie Markus' Hände manchmal nach der Arbeit waren, was mich aber nie störte.

„Na ja, wenn man es genau nimmt, arbeite ich seit zwölf Jahren für Hartmann, wobei ich fünf Jahre davon zuhause war. Ich, oder vielmehr mein Mann und ich, wir haben drei Kinder. Mein Mann ist selbstständig und viel unterwegs. Die Arbeit und die Kinder zusammen wurden mir irgendwann zu viel, also bin ich erst mal ausgestiegen. Heute ist quasi mein erster Arbeitstag." Etwas unsicher schaute ich Claas an.

„Oh, dann müsse wir doch nochmal anstoßen – auf deinen ersten Tag", sagte er und lächelte. Ich war erleichtert über seine Reaktion. Trotzdem wollte ich jetzt nichts mehr trinken. Ich war hundemüde. Claas sah es mir wohl an und bat die überambitionierte Kellnerin um die Rechnung. „Ich danke dir für den schönen Abend", sagte Claas, als er mich zum Fahrstuhl begleitete.

Etwas begann in mir zu prickeln. So viel Höflichkeit war ich nicht gewohnt.

„Ich fand es auch nett", sagte ich und senkte meinen Blick. Automatisch musste Claas meinem Blick gefolgt sein, denn auf einmal sagte er: „Coole Schuhe!" Jetzt stieg mir endgültig die Röte ins Gesicht. Weil ich nicht wusste, wie ich reagieren sollte, sagte ich einfach: „Oh, die haben ja ein Loch, das sehe ich jetzt erst." Claas lächelte nur und sagte: „Das isse gut. Meine Oma hat immer gesagt, ein Loch im Schuh oder Strumpf bringt Glück." Gute Oma, dachte ich und ließ meine verkrampft hochgezogenen Schultern wieder sinken. Hoffentlich würden er und Matti recht behalten.

Kaum ist Mama aus dem Nest …

Erste Zweifel an der Glücks-Wirkung meiner Chucks bekam ich schon am nächsten Morgen. Geweckt wurde ich nicht von meinem Handy-Wecker, den ich mir auf 6:30 Uhr gestellt hatte – ich wollte noch über Claas recherchieren, bevor wir richtig über die Arbeit sprechen würden, sondern von einem Anruf um 06:10 Uhr. Als ich *Karla* auf dem Display las, schreckte ich sofort hoch. Karla stand nie vor dem Klingeln ihres Weckers um 6:30 Uhr auf. Meistens musste man sie regelrecht aus dem Bett zerren.

„Karla? Was ist los, alles in Ordnung?“, fragte ich vorsichtig. Langsam stand ich von meinem Bett auf.

„Autsch“, zischte ich leise, als mir das Fahnenkonvolut von Claas direkt auf den Zeh knallte. Ich musste, wie so oft, über dem Buch eingeschlafen sein. Was mir nur recht war, denn ohne Markus an meiner Seite konnte ich normalerweise schlecht einschlafen. Da half auch der Teddy von Karla und Frieda wenig. Verrückt, früher konnte ich das doch auch. Doch nachdem Karla auf der Welt war, richtete sich in meinem Hirn ein Kontrollzentrum mit einem sensiblen Radar ein: Achtung, Geräusch: Dein Kind könnte gerade im Schlaf ersticken! Oder: Jemand Fremdes könnte versuchen, dein Kind zu entführen. Schlaf bloß nicht ein, Hanni!

Jetzt signalisierte mir mein Radar: Achtung, pubertierendes Kind meldet sich freiwillig und, für seine Verhältnisse, mitten in der Nacht. Unfall? Klinik? Jemand gestorben?

Ich konnte Karla kaum verstehen am Telefon. Verheult

und schniefend stammelte sie Wortbrocken in den Hörer, aus denen ich mir etwas zusammenreimen sollte. Ich verstand nur „Scheiß Görlach“, womit die Mathelehrerin gemeint sein musste, und dass sie „sowieso nie mehr zur Schule gehen wird“.

Das würde länger dauern. Ich stand auf, schlurfte zur Toilette und versuchte, Karla trotzdem aufmerksam zu folgen.

Nachdem sie sich bei mir ausgeheult hatte, war sie endlich imstande, mir mit vulgären Ausschweifungen zu erklären, was genau passiert war. Sie hatte gestern eine Drei in der großen Mathearbeit bekommen, womit sie nun auf einer glatten Zwei stand. Karla hatte deshalb die halbe Nacht nicht geschlafen. Ihr Ehrgeiz in allen Ehren – aber langsam machte ich mir Sorgen um ihre Psyche. Was hätte ich früher für eine Drei in Mathe gegeben?

„Was hat Papa denn dazu gesagt?“

„Der findet es auch nicht so toll und sagt, dass die Görlach eine Scheißlehrerin ist“, fauchte Karla weiter. Toller Papa! Er verstand es, seine Tochter zu motivieren.

Ich versuchte, Karla zu beruhigen, und sagte ihr, wie stolz ich auf sie war. In Mathematik auf Note Zwei zu stehen, grenze für mich an Hochbegabung. Aber davon wollte Karla nichts hören. Stattdessen keifte sie in den Hörer, dass ich sie nicht ernst nehmen würde und, und, und … Ich stellte die Lautsprecherfunktion ein und legte das Handy auf den Rand des Waschbeckens.

„Ähm, Mama, was plätschert denn da? Sag nicht, dass du jetzt pinkelst, während ich dir voll offen mein Herz ausschütte?“ Kurz überlegte ich, ob Karla die Schule verlassen und Schauspielunterricht nehmen sollte?

„Entschuldige mein Schatz, aber ich kann nicht so lange anhalten wie du. Weißt du, vielen Frauen, die Kinder geboren haben, geht es so …"

„Das will ich jetzt gar nicht so genau wissen, Mama, echt! Und entschuldige, wenn ich dich störe. Ich bin ja nur deine Tochter, die ein großes Problem hat", platzte mir Karla dazwischen. Ich wusste, dass es nichts bringen würde, mit einer 14-Jährigen, die unter chronischen Stimmungsschwankungen litt, zu diskutieren.

„Und sonst? Wie läuft's mit Oma?", fragte ich, nachdem ich vom Klo aufgestanden war und vor dem Waschbecken stand. Ich quetschte Zahnpasta auf die Bürste.

„Geht, nur manchmal nervt ihr Ordnungsflitz und ihr kindisches Getue: ‚Frieda hier, Frieda da' und ‚der kleine Matti muss doch was Gesundes essen'. Echt ätzend!" Karla äffte den betulichen Tonfall meiner Mutter nach. Mir brauchte Karla nicht zu sagen, dass Mama mit ihrer Besserwisserei anstrengend sein konnte. Zumindest schien sie sich jedoch an meine notierten Anweisungen zu halten. Schien bestens zu laufen daheim.

„Hör zu, Karla. Oma meint es gut. Ich muss mich jetzt echt fertig machen und du solltest langsam auch in die Spur kommen. Wir reden weiter, wenn ich wieder da bin, okay?"

„Mensch Mama, du kapierst es nicht. Die Görlach disst mich voll, ich ertrage die Alte nicht", heulte Karla.

Ich schluckte das Wasser aus meinem Zahnputzbecher hinunter. „Okay, okay. Pass auf, Karla, eine Drei ist kein Anlass für den Verdacht auf Mobbing. Sollte Frau Görlach dich wirklich ungerecht bewertet haben, rede ich mit ihr. Andernfalls solltest du endlich einsehen, dass eine Drei oder eine

Zwei keine schlechten Noten sind!“ Stolz über mein Plädoyer blickte ich in den Badezimmerspiegel. Dieser Pony machte mich wahnsinnig! Wie ein Sonnenschild stand er von meiner Stirn ab. Hastig versuchte ich, ihn herunterzudrücken. Vergebens, ich müsste ihn erst waschen.

„Na danke auch! Andere Mütter wären froh, wenn ihr Kind sie anruft und erzählt, dass es Probleme in der Schule hat. Du bist so was von egoistisch“, riss mich Karla unsanft aus meinem Pony-Albtraum. Ich zählte innerlich bis fünf und sagte ruhig:

„Karla, lass uns nochmal reden, wenn ich wieder da bin. Ich muss jetzt Schluss machen.“

Ich wollte sie gerade wegdrücken. „Mama, warte!“, sagte sie da, auf einmal viel freundlicher.

„Jaaa?“

„Kann ich Freitagabend mit Charly ins Kino?“ Aha, damit wären wir zum wichtigsten Punkt dieses Gesprächs gekommen.

„Warum fragst du das nicht Papa?“

„Hab' ich ja. Er sagt Nein. Eine Zwanzig-Uhr-Vorstellung wäre zu spät für eine Vierzehnjährige.“ Da hätte ich Markus am liebsten recht gegeben. Andererseits, könnte er sie ja nach dem Kino vielleicht abholen?

„Ey Mann, ich bin doch kein Baby mehr!“, setzte Karla hinzu, als hätte sie meine Überlegung gehört. Seufzend ließ ich mich auf dem Klodeckel nieder.

„Können wir ein anderes Mal darüber sprechen? Ich habe gleich meinen ersten wichtigen Termin und muss mich noch vorbereiten.“

„Nie hast du Zeit! Ich interessiere dich doch überhaupt nicht!“

So war das immer bei Karla: vom schnurrenden Kätzchen zum feuerspeienden Drachen, und das innerhalb von Sekunden.

Egal. Ich musste mich endlich fertig machen. Für meinen ersten wichtigen beruflichen Termin seit Jahren. Ich musste schließlich für die Familie Geld verdienen – oder nicht?

Voller Elan erhob ich mich vom Klodeckel und hüpfte unter die Dusche. Danach entschied ich mich spontan für das rot-weiß geringelte Shirt, dass ich vorgestern mit Doro gekauft hatte, und wieder für die Jeans. Da ich niemanden wecken und keine Brote schmieren musste, war ich in Nullkommanix fertig. Zeit genug, um Lippenstift aufzutragen, dieses Mal nahm ich den knallroten, den mir Doro vorgestern ungefragt aus der Drogerie mitgebracht hatte, während ich auf Erats Frisierstuhl schwitzen musste. Eigentlich fühlte ich mich gut in meinem Outfit, trotzdem machte ich ein Selfie von mir, um Doro nach ihrer Meinung zu fragen. Mit dem neuen Haarschnitt und dem Lippenstift sah ich anders aus als sonst. Vielleicht wollte ich Doro auch nur ein bisschen neidisch machen. Ich weiß nicht, wann sie das letzte Mal die Gelegenheit hatte, frühmorgens allein aufzustehen.

Keine fünf Sekunden nachdem ich das Foto versendet hatte, zwitscherte mein Handy. *Soso, knallroter Lippenstift??? Und das Ringelshirt, das ja „viel zu leger ist" für eine Geschäftsreise? Ich will alles wissen über deinen Herrn Willemsen ;-)*

Grinsend schlug ich die Hand vor den Mund. Stimmt ja, Doro wusste noch nicht Bescheid! Als ich den Lippenstift in meiner Hand sah, fühlte ich mich doch etwas zu aufgedonnert. Ich schnappte mir aus der Box ein Kosmetiktuch und wischte damit über meine Lippen, was es jedoch viel schlimmer machte. Denn plötzlich verteilte sich die rote Farbe überall in meinem Gesicht, nur nicht auf dem Tuch.

Was ist das für ein rotes Teufelszeug? Wollte es wieder abmachen und sehe aus wie Matti nach Nudeln mit Tomatensauce, schrieb ich. Du willst alles wissen? Dann setz dich lieber hin!

Ich liebe es, Doro zappeln zu lassen. Geduld ist für sie ein Fremdwort.

Du blöde Kuh, mach's nicht so spannend! Wie sieht er aus, wie alt ist er? Oder hat er ein Glasauge?

PS: Probier es mal mit Creme …

Jetzt wird sie auch noch frech. Na warte!

Ich bin keine blöde Kuh und nein, er hat kein Glasauge!

Doros Stöhnen konnte ich bis zu mir hören. Manchmal ärgerte ich sie nur zu gern. Gleich zwitscherte es auf meinem Handy:

HANNI LIEBIG!!! Warum soll ich mich hinsetzen???

Jetzt hielt ich es nicht mehr aus. Schnell tippte ich weiter: *Fast hätte ich es vergessen: Claas Willemsen ist der Panzerfahrer, der mich am Freitag fast überfahren hätte.*

Rundflug per Pedal

Trotz des Malheurs mit dem Lippenstift, der sich – Doro sei Dank – wirklich gut mit Creme entfernen ließ, stand ich pünktlich wie ein Handwerker um neun Uhr vor der Drehtür des Hotels. Um 9:15 Uhr war endlich auch Claas da. Ich hasse Unpünktlichkeit, aber er entschuldigte sich sofort. Er hätte die Strecke mit dem Rad unterschätzt. So abgehetzt, wie er von seinem schwarzen Hollandrad abstieg, musste ich die Entschuldigung einfach annehmen. Lässig schob er die Sonnenbrille hoch, wobei er seine schlüsselbeinlangen Haare aus dem Gesicht streifte. In seinem weißen Hemd, das er an den leicht gebräunten Armen hochgekrempelt hatte, der hellblauen Jeans und mit den Flipflops aus Leder sah er aus, als wollte er gerade Brötchen holen oder zu einem Picknick aufbrechen.

„Na, dann lass uns starten“, forderte er mich auf, und ich verstand nicht, warum er dabei einfach wieder auf sein Fahrrad stieg.

„Ähm ja, von mir aus gern“, antwortete ich mit einem Fragezeichen im Gesicht.

„Na los, steig auf!“ Der meinte das ernst. Claas Willemsen, wollte, dass ich mich auf den Gepäckträger seines Fahrrads setzte, um mit ihm in sein Büro zu radeln.

„Wie jetzt? Sie wollen allen Ernstes … also vielmehr du, du willst, dass ich mich da draufsetze?“ Ich redete langsam. Ich musste sichergehen, dass er mich verstand.

„Ja, klar. Oder willst du die ganze Strecke laufen?“, fragte er, als wäre ich diejenige, die nicht ganz dicht ist. Doch bei genauerem Hinsehen konnte ich ein leichtes Grinsen von seinen Mundwinkeln ablesen. Das kann er vergessen. Den Gefallen tue ich ihm nicht.

„Ich bin schwer!“, sagte ich, als hätte ich eine unheilbare Krankheit und nicht einfach ein paar Pfündchen zu viel auf der Taille.

„Eine schlanke Frau wie du?“ Claas blickte mich ungläubig an. Spürte ich da einen kleinen Freudenhopser im Bauch? Aber Kompliment hin oder her, heute wäre es mir lieber gewesen, er hätte mich mit seinem schwarzen SUV abgeholt.

Claas schaute auf meinen fast leergetrunkenen Coffee-to-go-Becher, den ich immer bei mir habe und den ich vorhin in der Hotellobby noch schnell gefüllt hatte. Mit großen Augen fragte er, ob er einen Schluck haben dürfte. Dieser Typ hatte Nerven. Aber ich musste zugeben, dass mir seine lockere, fast unschuldige Art gefiel. Nachdem er für mich ausgetrunken hatte, steckte ich den leeren Becher in meine Tasche zurück und warnte Claas noch einmal:

„Ich habe da auch meinen schweren Laptop mit drin!“

„Wenn du wüsstest, was ich schon alles geschleppt habe mit diesem Drahtesel, Hanni.“ Gut, wenn er meint, dass er sich das antun muss. Zumindest hatte ich heute noch nichts Schweres gefrühstückt. Zur Abfahrt bereit, schob Claas seine Sonnenbrille wieder auf die Nase und wartete, dass ich mich auf seinen Gepäckträger setzte.

„Aber Moment, ich habe keinen Helm“, stellte ich erschrocken fest. Daraufhin schaute mich Claas Willemsen an, als hätte ich zwei Antennen auf dem Kopf.

„Eine was?“, fragte er.

„Einen Helm. Ich kann doch nicht ohne Fahrradhelm fahren. Sie, ich meine du, kannst dir nicht vorstellen, wie viele Fahrradunfälle es jeden Tag gibt!"

„Ah, eine Fahrradhelm", sagte er etwas langgezogen, als wäre bei ihm endlich der Groschen gefallen. „Das macht nix. Ich habe auch keine Helm. Außerdem hattest du bei unserem Unfall auch keine Helm und es isse nix passiert, oder?" Das war ein unschlagbares Argument. Aber Claas sagte das wieder so charmant und nicht arrogant, dass mir nichts anderes übrigblieb, als seiner Anweisung zu folgen.

Ich hängte mir die Tasche quer über Schulter und Bauch, damit sie nicht herunterrutschen konnte, und stieg auf.

Wo um Himmels willen sollte ich mich hier festhalten? Am Gepäckträger ging nicht. Am Sattel fand ich auch keine Stelle. Sollte ich mich bei meinem nicht unwichtigen Geschäftskunden an den Schultern oder, schlimmer noch, an den Hüften festkrallen?

Ich räusperte mich und rutschte unbeholfen auf dem Gepäckträger hin und her.

„Halt dich gut an mir fest, es geht los!"

Mit einem Satz setzte Claas das Rad in Bewegung, woraufhin ich einen leicht hysterischen Seufzer von mir gab und vor Schreck seine Hüften umklammerte. Der Mann war groß und der Gepäckträger im Verhältnis niedrig angebracht. Ein Zwerg wie ich konnte kaum an seine Schultern gelangen.

Nach einigen Schrecksekunden konnte ich wieder normal atmen und versuchte, den Druck meiner verkrampften Hände zu lösen. Wie ein Klammeräffchen klebte ich an der Taille von Claas. Bei jeder Bewegung, die er machte, konnte ich seine Bauchmuskeln spüren. Automatisch zog ich den Bauch ein. Das alles hätte mir unangenehm sein müssen, doch nach ein paar Minuten gewöhnte ich mich an diese verrückte Situation. Es war ein herrlicher Tag mit viel Sonnenschein, ein leichter Wind wehte mir ins Gesicht. Ich saß, wenn auch etwas verkrampft und ohne Helm, auf dem Gepäckträger eines attraktiven und charmanten Mannes und hätte glatt vergessen können, dass ich zum Arbeiten hier war. Inzwischen hatten wir Schwung drauf, und weil wir uns auf einem breiten Radweg außerhalb des Zentrums bewegten, fühlte ich mich immer sicherer und entspannter. Vor jedem Bordstein warnte mich mein persönlicher Chauffeur: „Achtung!", und fuhr extra langsam. „Isse alles okay?"

„Jaja", antwortete ich dann immer, während ich die Pobacken zusammenkniff.

Nach ein paar Minuten näherten wir uns dem Zentrum. Ich merkte es an den vielen anderen Fahrrädern vor, hinter und neben uns. Autos waren hier kaum zu sehen. Nur am Rand der Grachten standen einige PKW angestöpselt an eine Stromstation. Claas musste nun öfter bremsen und anfahren, sodass ich die Arme automatisch fester um seinen Bauch schlang, und inzwischen kam es mir wie selbstverständlich vor, so als würden wir uns schon lange kennen. Als wäre es das Normalste der Welt, dass ich Claas, meinem ersten wichtigen Kunden, körperlich so nahekam. Es fühlte sich gut an. Ich fühlte mich gut, wenn ich mit meiner Brust wie zufällig seinen Rücken berührte. Was war nur los mit mir? Jetzt reiß dich zusammen, Hanni Liebig! Reflexartig zog ich den Oberkörper etwas zurück, genau in dem Moment bremste Claas und stieg ab.

„Wir sind da."

Es fehlte nicht viel und ich hätte mit meinem Po die Straße geküsst, aber Claas bekam nicht mit, wie ich versuchte, so galant wie möglich vom Gepäckträger zu steigen. Als ich mit der Hand vorsichtig über meine Hose strich, spürte ich die tiefen Furchen auf meinem Hintern. Mir tat alles weh und ich fühlte mich wie nach einer Rodel-Tour mit Matti.

Wir hielten vor einem für diese Stadt typischen Haus aus Klinker und mit einem hohen Giebel. Wir mussten einmal quer durchs Zentrum gefahren sein. Jemand Fremdes wie ich musste zweimal hinschauen, um am Ende des kleinen Kiesweges ein Haus zu sehen. Nur das weiße Schild mit der schwarzen Aufschrift *Ars Vivendi. Claas Willemsen: schrijver, coach en mental trainer* gab einen Hinweis. Das Haus oder die Villa, wie sich beim Näherkommen herausstellte, lag versteckt hinter hohen Ahornbäumen und rosafarbenen Hortensienbüschen, die voll in der Blüte waren. Claas stellte sein Fahrrad unabgeschlossen neben der Eingangstreppe ab und schloss die massive dunkle Holztür mit dem weiß umrandeten Schlitz für die Post auf.

„Komm rein", sagte Claas höflich und streckte den Arm Richtung Flur. Ich trat ein und bückte mich reflexartig, um die Schnürsenkel meiner abgewetzten Chucks zu öffnen. Für die ich mich noch mehr schämte, als ich den schwarz-weiß gefliesten Boden dieser hellen, aufgeräumten Diele mit der weißen Garderobe und einem großen, weiß gerahmten Spiegel bemerkte.

„Du kannst die Schuhe anlassen, Hanni", sagte Claas, und ich schwor mir, vor meiner nächsten Reise als Erstes Schuhe zum Wechseln einzupacken, noch vor den Schlüpfern und den Socken! Verlegen lächelte ich und sagte, dass ich gerne barfuß wäre. Claas lächelte zurück und zog ebenfalls seine Latschen aus.

„Du wohnst also auch hier?“, fragte ich.

„Ja, das Haus isse groß genug und wir haben keine Kinder.“ Aha, also lebte Claas vermutlich in einer festen Beziehung und der dezente Ring an seiner rechten Hand war ein Ehering.

„Oh ja, das sieht man“, sagte ich unüberlegt schnell.

„Was sieht man?“ Claas führte mich weiter in einen großen, lichtdurchfluteten Raum mit bodentiefen Fenstern.

„Na ja, dass das Haus groß ist und dass hier keine Kinder leben.“ Erwartungsvoll lächelnd sah Claas mich an.

„Also, wenn ich bei uns zuhause die Tür aufschließe, kann ich froh sein, wenn ich überhaupt hineinkomme. Bei uns im Flur türmen sich meistens Berge von Turnschuhen, Rucksäcken und zugeknoteten Mülltüten, die keiner im Haus bemerkt, außer mir.“ Ups, nervös kaute ich auf meiner Unterlippe. Wie dumm, so zu reden. Claas musste denken, wir hausten wie die Messis. Durchlöcherte Glücksschuhe und jetzt auch noch Müllsäcke im Flur. Doch statt mich naserümpfend anzustarren, lachte Claas jetzt herzlich.

Dabei fielen mir zum ersten Mal seine Grübchen auf, eins rechts, eins links – jeweils direkt hinter den Lachfältchen, die seine weißen Zähne umrahmten. Ja, ich weiß, es gab Wichtigeres, aber einer Frau fallen solche Dinge eben auf.

Ich hätte zu gern erfahren, warum Claas keine Kinder hatte, aber das konnte ich ihn ja schlecht direkt fragen. Vielleicht hatte seine Frau einen wichtigen Job und war viel unterwegs.

„Kinder sind toll. Weißt du, zuhause waren wir auch drei Kinder. Ich habe noch eine Schwester und einen Bruder. Er lebt in Neuseeland, aber Ida lebt hier in Amsterdam. Sie hat einen Sohn, Fiete. Er wird neun.“ Vorsichtig tippte er auf eines der vielen Fotos auf dem aus Naturstein gemauerten Kaminsims. Fiete war ein süßer Fratz mit hellblonden, fast weißen Locken auf dem Kopf. Die Frau neben ihm musste seine Mutter, also Claas' Schwester, sein. Sie hatte seine blauen Augen und dasselbe schöne Grübchen-Lächeln.

„Meine Schwester hat auch einen zehnjährigen Sohn", sagte ich.

„Ich liebe die beiden sehr", fügte Claas hinzu, und ich war gerührt, wie liebevoll er von seiner Schwester sprach. Das konnte ich leider weniger. Saskia und ich hatten wenig Kontakt. Wollte nicht wissen, wie sie reagiert hatte, als Mama ihr erzählte, dass ich „endlich wieder arbeite".

Claas führte mich weiter durch sein beeindruckendes Haus. Die Räume hatten hohe Wände und waren stilvoll mit hochwertigen Möbeln, teilweise dunkelbraun antik, teilweise weiß und modern ausgestattet mit ein bisschen Vintage, das würde Doro sicher gefallen. Alles wirkte hell und übersichtlich und trotzdem gemütlich. Der Parkettboden knarzte wie bei uns daheim. Nur vor dem Kamin lag ein dicker, orientalisch gemusterter dunkelblauer Teppich. Die Regale waren meterhoch und voll mit Büchern. Hier würde ich mich gern mal einschließen lassen.

„Es ist schön hier", sagte ich.

Claas fragte mich, ob er mir einen Kaffee oder einen Cappuccino anbieten dürfte, und dazu sagte ich nicht Nein. Noch lieber wäre mir gewesen, er hätte mich gefragt, ob ich etwas essen möchte. Und, als hätte er meine Gedanken gelesen (oder meinen knurrenden Magen gehört), fragte er, ob ich süße Hörnchen mag. Und ob ich die mag, her damit!

„Wenn es keine Umstände macht, nehme ich gerne eins", sagte ich höflich.

Während Claas in der Küche hantierte, fragte ich ihn, ob ich meinen Laptop abstellen könnte. Es wurde Zeit, dass wir über die Arbeit sprachen. Schließlich sollte seine Vortrags- und Lesetour noch in diesem Jahr starten. Claas zeigte auf den großen braunen Holztisch, der draußen auf der Terrasse stand, direkt unter einem riesigen bordeauxroten Sonnensegel. Die Terrasse und der Garten waren nicht groß, aber alles war grün verwachsen und mit Blumentöpfen zugestellt. Claas schien einen grünen Daumen zu haben oder er hatte einen eigenen Gärtner. Beides würde mich nicht wundern.

Als wir an unseren Hörnchen mümmelten und unseren Cappuccino schlürften, erzählte mir Claas endlich von seinen bisherigen Auftritten in den Niederlanden. Er schien ein guter Redner zu sein, und ich war mir sicher, dass er auch auf andere Menschen, vor allem auf Frauen, eine positive Ausstrahlung hatte. Das bewies schon die Kellnerin von gestern Abend. Er selbst war unsicher, was seine deutsche Aussprache anging. Er erzählte mir, dass sein Vater Holländer, seine Mutter jedoch Deutsche gewesen war und dass er bis zum sechsten Lebensjahr zweisprachig aufgewachsen war. Dann starb seine Mutter an Krebs, womit er mich tief berührte.

Ich riet ihm, nicht zu versuchen, seinen Akzent loszuwerden. Im Gegenteil, ich fand, dass es ihn noch charmanter machte, und sagte ihm das schneller, als ich denken konnte. Wieder musste ich mir auf die Unterlippe beißen. *Charmant* – konnte mir kein anderes Wort einfallen? Ein seriöseres? *Freundlich* oder *authentisch* zum Beispiel? Ich spürte, wie mir wieder die Röte ins Gesicht stieg. Also versuchte ich es mit etwas Sachlicherem:

„Ich habe recherchiert, was deine alten Verkaufszahlen

in Deutschland angeht. Ich muss dir sicher nicht sagen, wie gut die waren. Warum wolltest du unbedingt den Verlag wechseln?“

„Weißt du, Hanni, mir ist wichtig, mit Leute eng zusammenzuarbeiten. Ähm, wie sagte man ... die Chemie muss einfach stimmen. Mir isse nicht so wichtig, wie hoch der Verkauf ist. Mir ist wichtig, die Leute zu erreichen. Eine große anonyme Verlag war einfach nicht das Richtige. Deshalb habe ich eine kleinere gesucht und bin auf Hartmann gestoßen.“

Das würde Hartmann sicher nicht gern hören: kleiner Verlag, Verkaufszahlen unwichtig ... Aber mir sollte es recht sein. Ich war schließlich auch kein Freund von schnell produzierten Reißern. Claas’ offensichtlich ehrliche Bodenständigkeit gefiel mir. Von wegen „Glückskeksschreiber“!

„Ich glaube, ich verstehe dich gut. Ich freue mich, dass du das so siehst“, sagte ich lächelnd. „Aber um ehrlich zu sein, ich bin mir sicher, dass Herr Hartmann das nicht anders sieht als dein früherer Verleger.“

„Ich weiß. Geld ist auch wichtig, aber nicht für meine Arbeit, verstehst du? Beim Arbeiten will ich das Geld ausblenden können. Da will ich Freude haben und die Leute begeistern. Ich glaube, mit dir kann ich gut zusammearbeiten.“ Claas nickte und lächelte. Jetzt erinnerte er mich ein bisschen an einen Zuversicht predigenden Pfarrer.

Plötzlich spürte ich einen unangenehmen Kloß im Hals. Hoffentlich müsste ich ihn nicht enttäuschen. Ich kleine, von Marketing null Ahnung habende Hanni Liebig. Aber von Büchern hatte ich Ahnung, und ich konnte schlechte von guten unterscheiden.

„Wie findest du denn meine Bücher?“, fragte Claas.

Upps. Musste er unbedingt gleich nach allen Büchern fragen? „Gut, sehr gut, nur …" Ich geriet ins Stocken. „Nun, wie ich dir ja schon erklärt habe, weiß ich erst seit drei Tagen, dass es dich gibt. Also, dass du und ich … dass wir beide ... zusammenarbeiten werden. Deshalb habe ich bis jetzt nur dein aktuelles Werk gelesen. Gestern im Zug. Das hat mir sehr gut gefallen. Ich bin nicht einmal eingeschlafen dabei, also ..." Mist Hanni! Du bist nicht gerade glaubwürdig und nett. „Also, was ich damit sagen will, ist ..."

„Schon gut", unterbrach mich Claas. „Ich weiß, was du meinst. Ich schlafe auch oft ein, wenn ich lese. Dass du nicht eingeschlafen bist, isse eine schöne Kompliment." Dann nahm er wieder einen Schluck von seinem Cappuccino.

Puhh, das ist ja noch mal gut gegangen. Erst denken, dann reden, Hanni!

Als Claas seine Tasse wieder absetzte, sah ich einen Rest Milchschaum an seiner Oberlippe glitzern. Aber diesmal sagte ich nichts. Es sah auch niedlich aus – dieser charismatische Typ mit den männlichen Gesichtszügen und dann dieser zart glitzernde Schaum auf seinen vollen Lippen. Verlegen griff ich mir an den Hinterkopf, als ich merkte, dass ich Claas vielleicht einen Moment zu lange angestarrt hatte. Also versuchte ich, so schnell wie möglich zum Thema zurückzukommen.

„Ja, wie gesagt, das Buch liest sich sehr gut. Um ehrlich zu sein, bekam ich es fast mit der Angst zu tun, denn dieses Buch hat mich genau im richtigen Augenblick gefunden", versuchte ich zu erklären. „Weißt du, als Mutter war ich bis jetzt immer erfüllt. Und auf einmal wusste ich nicht mehr, ob das alles richtig ist, was ich tue. Ob das reicht – ob mir das reicht."

Neugierig blickte mich Claas an, dann schaute er auf meinen Mundwinkel und deutete mit seinem Finger an, dass ich da was hätte. Krümel vom Hörnchen klebten an meinen Lippen und waren überall auf meinem geringelten Shirt verteilt. Ich hatte das Hörnchen mehr zerteilt als davon gegessen. Verlegen lächelte ich zurück.

„Weißt du, diese Fragen stelle ich mir selbst oft. Dann denke ich immer, ich sollte aufhören, meine Antworten und Eindrücke den Menschen … wie sagt man … aufzuquetschen."

„Aufzudrücken", korrigiere ich ihn freundlich.

„Danke, also meine Sicht den Menschen aufzudrücken. Vielleicht isse das manchmal nicht so gut. Den Menschen wird so schon zu viel empfohlen, was sie essen solle, dass sie achtsam sein solle, wie sie ewig jung und gesund bleiben können. Und dann kommt da noch so ein Glückskeksautor, der den Menschen sagt, wie sie zufrieden werden solle."

Ich musste grinsen. Und es stimmte ja, was er sagte. Es gab einfach zu viele gut gemeinte, aber schlechte Ratgeber, sowohl in Buchform als auch lebendig, beispielsweise auf dem Spielplatz oder in der Kita: *In den Keksen steckt viel zu viel Zucker drin, das kannst du deinem Kind nicht geben!* Oder: *In diesem Plastikauto stecken gefährliche Weichmacher, die dein Matti über den Speichel aufnimmt. Du warst noch nicht mit deinem Kind im Musikgarten?* Wenn man ständig solchen Meinungen und Ratschlägen ausgesetzt wird, wie soll man da noch eigene Erfahrungen und Bedürfnisse entwickeln?

„Aber mein Eindruck ist nicht, dass du deinen Lesern Antworten oder Ratschläge überstülpst. Du gibst nur deine Erfahrungen weiter und sagst auch klar, dass es jeder anders und trotzdem richtig macht. Ich finde es gut, Menschen zu motivieren, ihre Wünsche zu hinterfragen", entgegnete ich und merkte, wie mir warm wurde.

„Was ist denn dein Wunsch, Hanni?"

Oh Gott, da fragte er mich was. Durfte er das überhaupt. Ich meine, hallo?! Ging es hier jetzt um mich oder um ihn?

„Ähm", begann ich unsicher. „Weiß nicht. Mir geht es ja nicht schlecht oder so."

„Aber du hast doch sicher auch eine Traum, eine Wunsch?", hakte Claas nach, und es fiel mir schwer, seinem Blick auszuweichen.

„Ja. Ja sicher", sagte ich nachdenklich. „Früher habe ich oft von einem eigenen Buchladen geträumt. Ich liebe gute Bücher."

Hoffentlich fragte er jetzt nicht, warum ich mir meinen Traum bisher nicht erfüllt hatte. Doch die Gelegenheit bot ich ihm nicht.

„Und wo wir gerade beim Stichwort Buchladen sind", geschäftsmäßig schaute ich wieder auf meinen Laptop und suchte meine To-do-Liste für den heutigen Tag, „ich habe da schon einige gute Läden in Berlin rausgesucht."

Daraufhin zeigte ich ihm weitere Vorschläge für Berlin, Frankfurt, Köln, Dresden und für kleinere Städte wie Weimar. Claas war mit allen Locations einverstanden, die unter 500 Leuten Platz boten. Man spürte, dass er es ernst meinte mit seinem Anliegen – nicht die großen Hallen zu füllen und Massen zu bedienen, sondern mit den Menschen in Kontakt zu treten; das ging nur im Kleinen.

Wir sprachen auch über Give-aways wie Lesezeichen mit Zitaten von ihm. Claas wollte unbedingt seine selbstgemalten Aquarelle darauf abgebildet sehen. Anschließend skypten wir noch mit der Grafikerin vom Verlag, ihr finaler Entwurf für das Cover überzeugte uns beide. Es war ganz schlicht, ohne Bilder – nur ein beiger Hintergrund mit großem roten Schriftzug: „Werde der Mensch deines Lebens!"

Überflug mit Zwischenstopp

„Sehr gut“, sagte Claas und streckte genüsslich die Arme nach oben. Dabei rutschte sein weißes Hemd, das garantiert nicht billig gewesen war, hoch. Ich konnte den Rand seiner dunkelroten Shorts sehen und den Ansatz eines leicht gebräunten und flachen Bauches. Als Claas meinen Blick bemerkte, nahm er die Arme herunter und grinste freundlich. Ich spürte, wie mir die warme Röte ins Gesicht stieg. Mit schräg gelegtem Kopf schaute er mich erwartungsvoll an und fragte: „Isse genug?“

„Äh, was?“, fragte ich überrascht zurück. Ich verstand die Frage nicht. So übertrieben hatte ich ihn doch nicht angestarrt. Oder doch? Oh Gott, war mir das peinlich.

„Reicht es dir auch für heute?“, fragte Claas langsamer und deutlich.

„Ähm, ach so. Das meinst du. Ähm, ja, also, ja klar, wir können gern eine Pause machen, wenn du möchtest“, sagte ich, strich mir die Haare hinter die Ohren und sortierte nervös meine Zettel auf dem Tisch.

„Ich denke, wir sollte Schluss mache für heute. Schaue nur, isse so schöne Sonne draußen!“ Claas trank einen Schluck Wasser und lief barfuß zur Terrassentür. Es war 14 Uhr. Wir waren gut vorangekommen, aber die Arbeit für heute zu beenden, erschien mir zu früh.

„Komm, Hanni! Du musst doch auch etwas von der Stadt sehen!“ Die Hände in die Hüften gestemmt, schaute Claas mich an wie Matti, wenn er Schokolade wollte. Dann strich er mit der rechten Hand über seinen gepflegten Vollbart und zog erwartungsvoll die Augenbrauen hoch. Wie sollte man da „nein" sagen? Und ich müsste schwindeln, wenn ich mich über sein Angebot nicht freuen würde. Ich glaube, in meinem Bauch kribbelte es sogar ein bisschen vor Aufregung.

Claas gab mir ein anderes rotes Fahrrad, das er aus der Garage holte. Vielleicht war es das von seiner Frau. Ich wusste nicht warum, aber ich hatte Scheu, ihn zu fragen, ob er verheiratetet war. Ich denke, er hätte es mir erzählt, wenn er es gewollt hätte. Wahrscheinlich war ihm sein Privatleben zu privat.

Ich fuhr Claas einfach hinterher. Wir mussten immer wieder anhalten, denn die Stadt war voll von Touristen, aber die Amsterdamer schienen sehr gelassen. Geduldig fuhr Claas immer wieder neu an und manövrierte uns geschickt durch charmante Gassen, abgelegene Winkel und vorbei an liebevoll bepflanzten Hinterhöfen, in denen sich Cafés und Ateliers versteckten, die oft nur die Einheimischen kannten. Ich spürte wieder diese Leichtigkeit von früher, als ich mit Doro und den anderen durch Europa reiste. Ich dachte daran, dass ich sogar getrampt bin und wild gezeltet hatte. Wo war dieser Leichtsinn denn geblieben? Floss der mit der ersten Schwangerschaft automatisch in das Kind über? Ich genoss es, hier, in der Stadt, in der mich keiner kannte, ein anderer Mensch zu sein als zuhause. Hier war ich einfach nur Hanni Liebig, die sich die Stadt ansah, netterweise in charmanter Begleitung. Ich fand den Gedanken lustig, dass manche Leute annehmen konnten, wir beide seien ein Paar. Ich fühlte mich kein bisschen wie die dreifache Mutter, die gestern früh noch Angst hatte, in den Zug zu steigen und ihre Kinder zurückzulassen. Das war echt verrückt. Musste man wirklich nur ein paar Stunden Zug fahren, einer anderen Stadt und anderen Menschen begegnen, um ein anderer Mensch zu werden? Wie festgefahren war ich eigentlich in meinem Leben zuhause?

Eine Vollbremsung riss mich aus meinen Gedanken. „Sind da", sagte Claas, dem ich fast ins Hinterrad gerauscht wäre.

Wir hielten wieder in einem Hinterhof, der größer war, als man es nach der Eingangsfassade vermuten würde. Aber das war auch das Interessante an dieser Stadt: Man wusste nie, was sich hinter den schmalen Türen, den Toren und Mäuerchen verbarg. In diesem Hof hier wuchs ein riesiger Walnussbaum, umsäumt von cremefarbenen Hortensien. Ringsherum waren Geschäfte, die Antikes, Spielzeug, Schmuck und Süßigkeiten verkauften. Mir fiel ein, dass ich den Kindern versprochen hatte, ihnen etwas mitzubringen. Na bitte, da war sie ja wieder, die Mutti Hanni. Mein Blick wanderte von einem Schaufenster zum anderen, von einer Auslage zur anderen. Puppen, Bücher, Gemälde, Vasen, Kleider und Hüte und natürlich Kartenständer mit den schönsten Kunstmotiven und Sprüchen – Gott sei Dank auf Niederländisch, denn ich konnte mich immer nur schwer davon abhalten, viel zu viele Sprüche-Karten zu kaufen, nur um sie sofort wieder zu vergessen. Für Matti entdeckte ich eine Spielzeugschatzkiste, in der Zauberstifte, Mini-Taschenlampe, Pflaster und Augenklappe steckten, auf allem prangte ein halbwegs ästhetischer Piratenkopf. Eine komische Mischung, aber besser als Darth Vader.

Claas wollte mir hier unbedingt einen Buchladen zeigen, der einem Freund von ihm gehört und ich zögerte nicht, seinem Wunsch zu folgen.

Ich war begeistert: Schwarze Regale vor weiß gekalkten Wänden, nicht zu überfrachtet, obwohl er jedes Genre bediente, und das auf nur wenigen Quadratmetern. In der Mitte war eine große Auslage mit ausgewählter Sommer-Literatur, Liebesromanen, Krimis etc., alles auf Niederländisch oder Englisch versteht sich. Und vor dem Schaufenster standen ein Tisch mit Massivholzplatte (meinen Blick für Holz habe ich Markus zu verdanken), eine Sitzbank und vier verschiedenartige Stühle im Retro-Look. „Hier kommen die Leute auch auf einen Kaffee oder zu Lesungen vorbei. Isse immer jemand da“, sagte Claas, als er mir Bente, den Buchhändler, vorstellte. Mit seinem weißen, nach innen geschlagenen Hemdkragen, der hochgewachsenen, fast schlaksigen Figur und den braunen Augen sah er aus wie ein Literaturdozent. Er wirkte wie Claas, ästhetisch, intelligent und belesen, und er redete mit weit ausholender Gestik und fesselndem Blick. Claas sagte ihm, dass ich eine Kollegin aus Deutschland sei und verrückt nach Büchern und Buchläden. Auch Bente sprach sehr gut Deutsch, und es gefiel mir, mit ihm zu plaudern.

Schon als Kind habe er von einem eigenen Buchladen geträumt, erzählte Bente. Leider habe er später bemerkt, dass sich damit allein nicht genügend Geld verdienen ließ, weshalb er neben Lesungen auch Lektoratsdienste anbot, die er immer wenn im Laden nicht so viel los war, in seinem Hinterzimmer erledigte. Außerdem bekäme er von einigen Schulen regelmäßig Sammelbestellungen für Lehrbücher, was zumindest ein kleines Standbein sei.

Gerade als Bente uns einen Kaffee anbot, füllte sich der Laden mit einer kleinen Menschengruppe, sodass Claas und ich beschlossen, weiterzuziehen.

„Und?“, fragte mich Claas vor der Tür. „Stellst du dir so deine Buchladen vor?“

Wenn ich ein Vöglein wär' …

Ein leises, enttäuschtes „Och" entfuhr mir, als ich am nächsten Morgen Claas in seinem schwarzen SUV vor dem Hotel sah. Gestern hätte ich mich darüber gefreut, heute jedoch fand ich es schade, dass ich nicht wieder auf seinem Gepäckträger zum Büro chauffiert werde. Doch offenbar wurde ich heute nicht allein von Claas abgeholt. War das ein Kind, das hinter ihm auf der Rückbank saß?

Der Junge mit den blonden Löckchen grinste mich durch die Fensterscheibe mit zusammengekniffenen Augen an. Erst als Claas etwas zu ihm sagte und lächelte, erkannte ich den kleinen Jungen von Claas' Fotogalerie. Das musste der Neffe sein. Was machte der hier?

Claas stieg aus dem Wagen, um mir wie ein Gentleman die Tür zum Beifahrersitz zu öffnen. Ich stieg ein und grüßte den kleinen Kerl, der älter zu sein schien als mein Matti. „Dag!", antwortete er und blickte etwas verlegen nach unten auf seine dünnen, in einer blauen Jeanshose steckenden Beine.

„Darf ich vorstellen: Das isse meine Neffe Fiete", sagte Claas strahlend, als er den Kopf durch die Fahrertür steckte. „Ah, dachte ich mir doch. Ich bin Hanni", sagte ich und drehte mich weiter zu dem kleinen Kerl um.

„Wie alt bist du denn, Fiete?", fragte ich ihn, und plötzlich begann er mit schelmischem Blick, das Köpfchen, das aussah, als hätte man es in eine Wolke gepackt, anzuheben

„Fiete hat heute Geburtstag. Er ist schon neun Jahre alt", sagte Claas mit hochgezogenen Augenbrauen und setzte sich auf den Fahrersitz.

„Oh, Wahnsinn, herzlichen Glückwunsch. Dann bist du ja schon ein großer Junge!", sagte ich im besten Hanni-Mami-Deutsch. Erst als Claas anfing, niederländisch mit Fiete zu reden, wurde mir bewusst, dass mich Fiete nicht verstehen konnte. Ich dumme Eule.

Ich fragte Claas, was „herzlichen Glückwunsch" auf Niederländisch hieß.

„Gefeliciteerd", antwortete er, und fügte hinzu, dass Fiete ein wenig Deutsch verstehen könnte, wenn man langsam sprach.

„Gefelictieerd", sagte ich etwas unsicher zu Fiete, und natürlich musste der lachen, als ich mir fast die Zunge brach.

„Ida hat Fiete geschwore, heute mit ihm in den Kletterwald zu fahre. Aber sie musste in die Klinik, sie hatte einen Notfall. Deshalb gehe ich mit Fiete in den Kletterwald, und du kommst einfach mit, oder?" Beide Kerle grinsten mich an, und ich wusste nicht, wem ich zuerst einen Vogel zeigen sollte.

„Wie, ich verstehe nicht. Muss Fiete nicht zur Schule?"

„Heute nicht." Claas zwinkerte auffällig mit dem rechten Auge. Fragend blickte ich zu Fiete. Auch der grinste mich an und zwinkerte mit dem rechten Auge.

„Na gut, dann fahren wir eben in den Kletterwald."

Eine Stunde später stand ich mit schwarzen Gurten und mit orangefarbenem Sturzhelm gesichert auf der kleinen Plattform für Anfänger. Ich versuchte den teils niederländisch, teils englisch gesprochenen Anweisungen von *Joris*, einem braun gelockten Typ mit strahlenden Augen in dunkelgrüner Outdoorhose und in einem Poloshirt mit der Aufschrift *Action Forrest*, konzentriert zu folgen. Joris war auf jeden Fall sportlicher als ich. Wenn er die Arme spannte, um zu zeigen, wie und wo die Gurte befestigt wurden, kamen schlauchartige Adern und wohlgeformte Muskeln zum Vorschein. „Everything is secured", sagte Joris, wobei er mich mitleidig anblickte. Mit meinem jetzt schon steifen Hals und dem angespannten Doppelkinn musste ich unsicher wirken. Wobei unsicher nicht ganz zutraf. Schon jetzt begann ich leise, eine Beruhigungsmelodie vor mich hinzusummen: *Wenn ich ein Vöglein wär' und auch zwei Flügel hätt'...*

Außerdem wurde ich das Gefühl nicht los, dass ich schon wieder auf die Toilette musste. Das Einzige, was mich neben meinem buddhistischen Summen beruhigen konnte, war der Anblick meiner abgewetzten Glücksschuhe, die ich zum Glück trug, und der Anblick der deutlich älteren, fast gebrechlich wirkenden Frau neben uns. Wollte die sich das echt antun? Und ich? War ich für solche Aktionen überhaupt versichert? Ich meine, das zählte doch hoffentlich als Arbeitsunfall, wenn ich hier in den nächsten Minuten wegen eines abgenutzten, ausgefransten Seils einen Sturzflug erlebte?

Und alles nur, um meinen Quasi-Chef nicht zu enttäuschen. Etwas Fieseres, als mich ausgerechnet in einen Kletterwald zu verschleppen, konnte er mir nicht antun. Das würde ich Claas nie verzeihen. Gestern mir noch nett die Stadt zeigen und heute die Hölle! Ich hasse Klettern, habe keine Armkraft dafür und mit Höhe stehe ich auf Kriegsfuß. Das sind alles Dinge, für die Markus zuständig ist. Kletterpark, Achterbahn, Skifahren – da bin ich raus. Für irgendetwas sollte ein Vater ja schließlich gut sein.

Auch Claas und Fiete hörten interessiert zu, was Joris uns erklärte, wobei ich mir fast sicher war, dass sie nur meinetwegen interessiert taten, denn so freundschaftlich, wie sie Joris und der Frau an der Kasse vorhin begegnet waren, waren sie nicht zum ersten Mal hier. Fast könnte man meinen, Joris und Claas seien Brüder, so herzlich wie sich die zwei vorhin umarmt hatten.

Als Erstes musste ich eine meterhohe Leiter an einem Baum hochklettern, angeblich nur vier Meter. Ich wusste ja nicht, mit welchem Maß die Niederländer Höhe ermitteln, aber mein Gefühl und eine leichte Atemnot sagten mir, dass ich mindestens zehn Meter hochgekraxelt sein musste. Zu meinem nächsten Baum führte ein langer Holzstamm, der an Seilen hing, an denen ich mich festhalten konnte. Fiete oder Matti wären hier vermutlich hinübergerannt. Doch ich setzte jeden Schritt mit Bedacht. Meine Aufgabe war es, den blauen Markierungen an den Haltestationen zu folgen, so konnte ich sichergehen, dass ich auf dem Anfängerparcours ab acht Jahre blieb. Claas und Fiete folgten dem orangefarbenen Parcours ab zehn Jahre, was mir nur recht war, denn nichts fand ich unangenehmer, als von hinten geschoben und beobachtet zu werden. Und tatsächlich schien ich allein auf meinem Parcours zu sein. Nicht einmal die überreife Dame von vorhin gesellte sich zu mir. Ich hätte ja nichts dagegen gehabt, hätte ihr auch geholfen. Doch kaum dass ich diesen Gedanken zu Ende dachte, hörte ich, wie die rüstige Dame vor Freude jauchzend an einem meterlangen Seil zu ihrem nächsten Zielpunkt rauschte und wie Spiderwoman aus ihrem Auffangnetz kletterte. Wahnsinn.

Ich war froh, dass ich das Ende meines Stammes erreicht

hatte. Suchend schaute ich um mich. Ich wollte nur sichergehen, dass mich niemand beobachtete, erst recht nicht Claas und Fiete, die sich vor Lachen nicht einkriegen würden. Ein oder zwei Ebenen über mir entdeckte ich die beiden. Fiete mit seinem weißblonden Schopf war schwer zu übersehen. Claas erklärte seinem Neffen etwas und half ihm beim Einhängen der Karabiner. Er musste sich etwas strecken, sein schwarzes Poloshirt rutschte nach oben und gab abermals einen Teil seines durchtrainierten Bauches frei. Unsicher blickte ich hinunter auf meine Beine, die etwas wacklig waren. Wie sollte ich damit, und noch dazu mit Armen so weich wie Pudding, das riesige Netz, das sich vor mir erstreckte, überqueren? Wer dachte sich bloß solche Foltermethoden aus? Sich an einem senkrecht hängenden Netz festzukrallen und gleichzeitig darin zu klettern, das war einfach nur schrecklich. Zumindest für mich als nicht mehr Neunjährige. Ich hing buchstäblich in den Seilen, weil ich Angst hatte, nach hinten abzustürzen, sobald ich versuchte, mich mit den Füßen seitlich vorzuarbeiten.

„Haaaannniiie", hörte ich von oben eine Kinderstimme. Es war Fiete, der mir stolz zeigen wollte, wie hoch er inzwischen mit seinem Onkel geklettert war.

„Super! Aber ist das nicht zu hoch?", rief ich zurück, wobei der fragende Teil überflüssig war.

„Nein, es isse toll, Hanni! Komm doch mit hoch. Kann nix passieren", rief Claas zurück, und sogar auf diese Entfernung konnte ich seine Grübchen und die strahlenden Zähne erkennen.

„Ach nee, ich bin gern hier unten, macht ihr nur mal." So einen Satz hätte auch meine Schwiegermutter gebracht.

Aber was sollte ich sagen? Dass ich lieber bei ihnen da oben wäre als hier unten schweißgebadet in einem Netz zu hängen? Dass ich da oben aber vermutlich eine Windel bräuchte? Was war ich nur für ein Schisser geworden! Nicht zu glauben, dass ich früher lachend in der Achterbahn und im Freien Fall gesessen, mich locker die Kletterstange hochgearbeitet und an den höchsten Klettergerüsten kopfüber Hängeäffchen gespielt hatte. Ich wollte es nicht schon wieder auf die Kinder schieben, aber es lässt sich nicht abstreiten, dass Mütter vorsichtiger sind als alle anderen Menschen. Ich musste nicht nur Angst um mich, sondern auch Angst um drei Kinder haben. Das war das Dreifache an Angst, das sich in meinem Kontrollzentrum breitmachte. Wie sollten da keine Folgeschäden zurückbleiben?

Endlich hatte ich dieses fiese Netz schnaufend hinter mich gebracht. Ich sah vermutlich aus, als hätte ich soeben den Gipfel des K2 erreicht, und es fühlte sich auch so an. Dieses Netz war eine Herausforderung für mich, nicht nur wegen der Kraft, sondern auch wegen des Mutes, den ich dafür brauchte. Immerhin war ich mindesten fünf, also gefühlt zwanzig Meter über dem Boden durch ein Netz geklettert. Nicht schlecht, Hanni Liebig.

Die nächsten Hürden waren zwar genauso anstrengend für mich, aber meine Unsicherheit schwand. Ich hangelte mich über herunterhängende Seile, an deren Ende ein Holzbrett hing, durch Gummireifen und über wackelige Brücken. Meine Unterlippe war zwar zerbissen, und mein Deo hatte mich im Stich gelassen, aber in diesem Moment störte mich das nicht. Viel wichtiger war, wohin mich der Parcours führen würde. Oh Mann, wenn Markus und die Kinder mich hier sehen könnten! Müsste ich nicht ein schlechtes Gewissen haben? Ich sollte doch eigentlich arbeiten. Stattdessen hangelte ich mich hier wie ein Orang-Utan durch die Bäume.

„'Tschulligung", sagte ich zu der Dame, die es kaum erwarten konnte, mich zu überholen. Noch bevor ich mich fragen konnte, was die hier auf meinem Anfänger-Parcours zu suchen hatte, sah ich den orangenen Streifen an meinem nächsten Haltepunkt leuchten. Wieso war der jetzt orange und nicht blau? Blau für Anfänger? Orange war doch schon für Fortgeschrittene.

Mit letzter Kraft erreichte ich meine Plattform. Ich stand hier oben auf nichts als einem Stück Brett. Wie ein kleines Kind, das sich in einen Baum, so hoch wie ein Mammut, verirrt hat. Wo verdammt nochmal, war ich falsch abgebogen? Mein Herz schlug schneller, und ich schwitzte, obwohl mir mehr kalt als heiß war. Ich schaute mich um, aber außer mir und diesem orange leuchtenden dicken Streifen am Baumstamm schien hier nichts weiter zu sein. Und jetzt? Es muss hier doch eine Notfall-Leiter geben. Sicherheit schien in Holland jedenfalls nicht von allerhöchster Priorität zu sein. Ich würde auf keinen Fall noch einmal über diese wackeligen Stelzen balancieren können. Aber die Alternative sah noch viel schlimmer aus. Denn an dieses Seil, das mich über die dunkle Tiefe führen sollte, würde ich mich ganz sicher nicht hängen. Als würde ich vorbeifahrende Autos zählen, schaute ich von rechts nach links, von Wackelstelzen nach Seil.

„Hey Hanni? Was machst du hier oben?" Claas' Stimme kam von weiter rechts. „Isse alles okay mit dir?", rief er mir von seinem Hochstand aus zu.

„Okay? Nichts ist okay! Ich stecke fest!", rief ich wütend

zurück. Ich hätte heulen können vor Wut. Vor Wut auf ihn und darauf, dass ich vorhin nicht bemerkt hatte, dass ich immer höher gekommen war auf meinem Weg.

„Mit deinem Fuß?“, fragte Claas, der offenbar nichts verstand.

„Mit allem! Wie soll ich hier bloß wieder wegkommen?“, jammerte ich.

„Warte Hanni, ich komme zu dir“, sagte Claas in ruhigem Ton. Und ich wusste nicht, ob ich mich darüber freuen oder ob ich heulen sollte. Doch im Grunde blieb mir nichts anderes übrig, als seine Hilfe anzunehmen. Denn mittlerweile hatte ich mich so in meine Angst hineingesteigert, dass ich wie erstarrt und festgetackert an diesem Baum mit dem orangen Streifen stand. Ich konnte mich nicht bewegen. Claas musste sich an frei hängenden Sprossen zu mir hangeln, was bei ihm aussah, als täte er nie etwas anderes.

„Hey, Hanni, alles isse gut. Ich bin bei dir“, sagte Claas fast zärtlich und schaute mir tief in die Augen. Dann versuchte er sanft, meine verkrampften Arme von dem Baum zu lösen, aber ich wollte einfach nicht.

„Ich halte dich fest, Hanni, glaub mir, dir wird nix passiere.“ Claas’ Stimme muss so beruhigend auf mich gewirkt haben, dass ich langsam die Arme von dem Baumstamm löste, mich aber gleich an seinen muskulösen Armen festkrallte. In dem Moment sprang jemand zu uns auf die Plattform. Ich erschrak und klammerte mich noch mehr an Claas’ Oberkörper. Claas erwiderte meinen Angstgriff und ließ mich nicht los. Es fühlte sich gut an, trotz der Panik, die in mir wütete. Claas hatte feste Oberarme und seine Schulter roch gut, nach frischer Wäsche und warmer Haut.

„Alles isse gut, Hanni. Wir stehe hier sicher", flüsterte er mir ins Ohr, wobei mein Helm leicht verrutschte. Schnell schob ich ihn mit der rechten Hand wieder gerade, meinen linken Arm wollte ich sicherheitshalber nicht von Claas lösen.

„Aber wie lang können wir denn hier so stehen bleiben?", fragte ich vorsichtig, und bemühte mich, nicht nach unten zu schauen.

„Solange du willst. Aber wenn du etwas ändern willst an der Situation, musst du springen", sagte Claas. Genau das wollte ich nicht hören, und die dunklen Wolken über uns, die wollte ich auch nicht sehen. Schitt, jetzt hatte ich auch einen Regentropfen an meiner Nasenspitze bemerkt.

„Können wir nicht jemanden von diesem Park rufen, dass er mir eine Leiter bringt?" Ich redete schnell, fast panisch. Es fehlte nicht viel und ich hätte Claas die Unterarme zerquetscht. Er hingegen blieb ruhig. Langsam hob er die Arme, um sie geschickt und sanft aus meinen verkrampften Händen zu befreien. Er bewegte sich nur ein paar Zentimeter von mir weg, um sich umzuschauen. Vielleicht hatte er gehofft, jemanden von der Kletterwald-Crew zu entdecken. Doch sein kurzes, leichtes Entfernen setzte bei mir Schweißbäche frei.

Mein Herz muss in den Hals gewandert sein, denn dort pochte es so stark, dass auch Claas es sah. Sanft legte er die Hand an meinen Hals und den anderen Arm um meine Schultern: „Sch… alles gut, ich bin bei dir", flüsterte er. Wie ein Kind lehnte ich an seiner Brust und versuchte, ruhiger zu werden. Ich durfte nicht daran denken, was passiert wäre, wenn Claas mich nicht entdeckt hätte. Das hier war der reinste Irrgarten. Ich war mir sicher, dass ich nur den blauen Markierungen gefolgt war. Aber auf den Podesten zweigten manchmal zwei oder drei Wege ab. Einmal falsch abgebogen, landete man auf einem völlig anderen Pfad; ohne es zu bemerken, war ich höher geklettert statt weiter. Wenn Claas mich nicht entdeckt hätte, wäre ich bestimmt in Ohnmacht gefallen und würde bewusstlos in meinem Sicherungsseil hängen.

„Ich sehe leider niemanden und auch keinen Apparat oder so." Vorsichtig drehte Claas den Kopf nach rechts, nach links und nach oben. Dann griff er mit der linken Hand an seine Hosentasche, mit dem rechten Arm hielt er mich weiter fest. „Meine Handy isse unten im Rucksack."

„Aber ich, ich, ich, also ich hhhha …" Ich bekam kaum ein Wort heraus.

„Ruhig, Hanni. Wir stehe hier sicher. Atme tief ein und aus!" Claas atmete mit mir mit. Das erinnerte mich zwar ein wenig an die Hebammen im Kreißsaal, aber es half. Ich atmete ein und aus, ein und aus. Mein Handy in meiner Hosentasche fiel mir ein, vielleicht könnte ich unten im Büro anrufen, woraufhin ein Klettertrupp mit Hängeleitern, oder weiß ich was, losgeschickt würde, um mich zu retten. Ein bisschen dämlich fühlte ich mich schon bei dem Gedanken, ein solches Aufsehen zu erregen, nur weil ich zu feige war, mich an die Seilwinde zu hängen. Aber was sollte ich denn machen? Zuhause wartete schließlich eine Familie auf mich, der ich gern lebend und bei klarem Verstand wiederbegegnen wollte.

Vorsichtig tastete ich nach meiner Hosentasche. „Ich habe mein Handy mit", sagte ich, ohne zu stottern, und hielt das Smartphone erleichtert hoch. Ich wollte damit im Internet nach der Nummer von diesem Horrorpark suchen, kam aber nur bis zur Aufforderung *PIN eingeben*: Es war wie verhext, aber mir wollten diese verdammten vier Ziffern nicht einfallen. Nur vier Ziffern, die ich am Tag gefühlte hundert Mal eingab, auf einmal waren sie wie aus meinem Gedächtnis gelöscht.

„Was is?“, fragte Claas, als er meinen perplexen Gesichtsausdruck bemerkte.

„Die PIN …“

„Jaaa?“

„Sie ist weg. Einfach weg“, sagte ich wie benommen.

„Das is normal, du bist aufgeregt. Bleib ganz ruhig. Wir komme hier auch ganz sicher ohne Sicherheitscrew und Riesenleiter runter, Hanni, glaub' mir!“ Claas blieb völlig ruhig. Langsam umfasste er meine schweißnassen Hände, die sich in seinem warmen, starken Griff anfühlten wie kalte Seehundflossen.

„Was macht dich da so sicher?“, fragte ich mit gepresster Stimme.

„Ich weiß nicht. Ich vertraue einfach darauf. Weißt du, ich weiß einfach, dass unsere Gedanken alle Situationen, eigentlich unser ganzes Leben, beeinflussen. Wenn wir positiv sind und Dankbarkeit fühlen, sehen die vermeintlich schlechten Dinge nicht mehr so schlecht aus.“ Claas beugte sich tiefer zu mir, um mich anzusehen. Als wollte er seine Worte damit untermauern. Jetzt sah ich, dass seine Augen nicht nur blau, sondern auch grünlich schimmerten.

„Aber ich sehe hier nichts Gutes“, jammerte ich übertrieben, denn ich konnte Claas schlecht sagen, dass ich es jetzt nicht so ungut fand, mit einem verständnisvollen und verdammt gut aussehenden Mann wie ihm hier oben zu stehen. „Wie könnte ich dankbar dafür sein, Hunderte von Metern über dem sicheren Erdboden in einer Baumkrone festzusitzen?

Verstehst du, ich werde vielleicht sterben, entweder vor Angst und an einem Herzkasper oder weil gleich das Seil reißen wird, an dem ich hänge! Ich werde hier runterkrachen mit voller Wucht, und meine Kinder, meine Kinder werden ohne ihre Mutter ..." Weiter kam ich nicht, weil Claas zärtlich die Fingerspitzen auf meine Lippen legte und mir tief in die Augen blickte. Wie hypnotisiert starrte ich ihn an und hielt endlich die Klappe.

„Hanni, ich verspreche dir, dass du übermorgen wieder gesund bei deine Kinder sein wirst. Du hast es bis hierher geschafft, du schaffst es noch viel weiter. Du bremst dich selbst aus mit deine Gedanke. Vertraue mir. Vertraue dir. Du musst es nur machen." Claas legte meine Hände auf seine Brust. Er hatte wohl recht. Mein Verstand sagte mir, dass er recht hatte, denn warum sollte ausgerechnet bei mir das Seil reißen, wo es noch nie zuvor bei irgendjemandem gerissen war? Anlagen wie diese mussten hohe Sicherheitsstandards erfüllen. Noch nie sei es zu einem Absturz gekommen, versicherte Claas.

Ich musste einsehen, dass mir nichts anderes übrigblieb, als zu springen, wenn ich übermorgen wieder zuhause sein und hier oben nicht Wurzeln schlagen wollte. Und wenn es so viele andere vor mir geschafft hatten, warum sollte ich es nicht auch schaffen? Es stimmte, was Claas sagte, ich bremste mich nur selbst aus mit Hirngespinsten, die überhaupt nicht eintreten mussten. Ich konnte das Schicksal nicht kontrollieren. Sonst würde ich garantiert nicht hier oben stehen.

„Okay, und was machen wir jetzt?" Ich schluckte.

Mit schräg gelegtem Kopf lächelte Claas mich an und sagte: „Na ja, also Fiete wartet da unten, weißt du." Ach ja, der

Arme; den kleinen Mann hatte ich total vergessen. „Der schnellste Weg wäre über dieses Seil“, fügte er hinzu. Meine Gefühle schrien zwar immer noch: Angst!, Angst!, Absturzgefahr!, Angst! Aber gleichzeitig war da auf einmal das Bedürfnis, es zu probieren. Mich todesmutig in den Abgrund fallen zu lassen und zu hoffen, lebend anzukommen.

Claas hängte unsere Karabiner ein und zog noch einmal meine um Po und Oberschenkel gelegten Gurte fest. Er erklärte mir, dass es zwar nicht erlaubt wäre, gemeinsam über das Seil zu fahren, dass er das aber mit Fiete auch schon gemacht hätte und dass alles gut funktioniert hatte.

„Wie? Das ist nicht erlaubt. Warum denn nicht?“, fragte ich erneut verängstigt.

„Na ja, zusammen sind wir schwerer als allein.“

„Dann springen wir auf keinen Fall zusammen!“ Vorsichtig lugte ich an Claas’ Schulter vorbei nach unten. „Ich werde zuerst springen und du kommst gleich nach. Falls ich stecken bleibe oder so.“

„Okay, kein Problem. So mache wir das.“ Einen Moment lang wurde ich den Verdacht nicht los, dass das alles eine Strategie von Claas war, die nun auch aufging. Aber einen anderen Weg gab es ohnehin nicht, und ich glaubte kaum, dass Claas hier oben bleiben würde, wenn ich vor ihm sprang.

„Gut. Gut. Gut. Dann springe ich jetzt einfach da runter!“ Ich atmete tief ein.

„Glaub mir Hanni, du wirst eine andere Mensch sein, wenn du auf die andere Seite ankommst“, meinte Claas, was meine Angst jedoch nicht kleiner machte. Mein Herz pochte so stark, dass ich fürchtete, es würde ein Loch durch meinen Brustkorb hämmern.

Claas hängte seinen Karabiner wieder aus und befahl mir, mit Schwung abzuspringen.

Ich schloss die Augen, holte noch einmal Luft, ging tief in die Hocke und stieß mich mit meinen Glücksschuhen ab. Wie ein verängstigtes Klammeräffchen sauste ich ein Stück in die Tiefe und schwungvoll weiter Richtung Zielgerade. Es fühlte sich an, als würde mein Magen Purzelbäume schlagen, und es kribbelte so doll in mir, dass ich dachte, ich würde mich gleich wie Schaum auflösen. Vorsichtig öffnete ich ein Auge und sah unter mir Büsche und Baumkronen vorbeiziehen. Erst als Claas schrie: „Super, Hanni, du hast es geschafft!", breitete sich wie von selbst ein Grinsen auf meinem Gesicht aus. Ich konnte es nicht fassen. Ich sauste über den Kletterwald und meine Angst war wie weggeblasen. Dass es inzwischen stärker zu regnen begonnen hatte, störte mich überhaupt nicht. Im Gegenteil, ich genoss das freie, unkontrollierte Fliegen mitten in der freien Natur und ohne Fallschutzmatten. Es war mir egal, ob ich nass wurde. Ich war sowieso schon nassgeschwitzt; nasser konnte ich nicht mehr werden.

Es war, als würde eine mit Glücksgefühlen gefüllte Geburtstagspiñata in mir zerplatzen. Ich spürte, dass ich langsamer wurde, ich sah das Auffangpodest und war mir sicher, dass ich gleich ankommen würde. Bis ich hinter mir Claas hörte, der immer näher auf mich zubrauste. Meine Augen weiteten sich, erst recht als ich merkte, dass ich mich fast nicht mehr von der Stelle bewegte. Angespannt zog ich die Schultern hoch und wartete auf die große Kollision. Aber die war nicht schlimm. Im Gegenteil. Claas umschlang mich erst mit den Beinen und danach mit dem rechten Arm.

Er fühlte sich warm und stark an. Sacht und leise schwangen wir gemeinsam zum letzten Hochstand des orangen Parcours. Niemand erwartete uns mit Trommeln und Trompeten, aber als ich Claas anschaute, erkannte ich, dass sich auch in ihm ein kleines Feuerwerk der Freude ausbreitete. Seine Augen glänzten. Er lächelte mich an und sagte: „Das war fantastisch, Hanni!"

Ich heb' ab!

Von Claas' Haus aus war es nicht weit ins Zentrum, und so beschlossen wir, dorthin zu spazieren. Zuvor schlüpften wir jeder in ein neues Outfit und setzten Fiete bei seiner Mutter zuhause ab.

Claas war inzwischen genauso müde wie ich. Deshalb einigten wir uns darauf, das erstbeste Lokal zu nehmen. Und ich war mir sofort sicher, dass es dieses sein sollte: ein schnuckeliges kleines Bistro, vor dem ein paar Holztische und rot, orange und violettfarbene Holzstühle aufgestellt waren. An einigen Möbeln blätterte schon der Lack ab, was das Ganze für mich noch gemütlicher machte. Und weil ich überhaupt keine Lust mehr hatte, weiterzulaufen, ging ich zielstrebig auf einen der mit türkisfarbenen Windlichtern geschmückten Tische zu, um mich niederzulassen.

„Willst du wirklich hier bleiben, Hanni?", fragte Claas, der wieder wie zufällig und unabsichtlich unverschämt gut aussah. Claas sah nie übertrieben gekleidet aus, aber er hatte immer hochwertige Sachen an. Das erkannte ich. Oder es sah an ihm einfach nur hochwertig aus. Das konnte auch sein. Eine Falte oder eine Fussel, geschweige denn ein Loch wie in meinen Glücksschuhen, konnte ich bei ihm nicht entdecken. Jetzt zum Beispiel trug er einen dunkelblauen leichten Wollpulli, unter dem der einfache Kragen eines weißen T-Shirts hervorleuchtete. Dazu eine graue Chinohose und schwarze Turnschuhe. Eigentlich einfach, aber irgendwie … irgendwie anziehend …

„Okay, wenn du meinst“, sagte Claas und setzte sich zu mir. Dabei wurde mir bewusst, dass er eben noch etwas gesagt hatte. Wo war ich nur wieder mit meinen Gedanken?

„Entschuldige, was meintest du gerade?“, fragte ich und legte meine Tasche auf einen der freien Stühle.

„Ob du wirklich hier bleiben willst, wollte ich wissen.“ Er schob die Sonnenbrille in sein Haar, das er zur Hälfte zusammengeknotet hatte.

„Na klar, warum nicht?“

„Na ja, es ist ein Coffeeshop.“ Claas zog die Schultern leicht hoch. Ach so, das hatte ich nicht gesehen.

„Ja und willst du keinen Kaffee?“, fragte ich ohne eine Miene zu verziehen. Ich hatte einfach keine Lust, auch nur einen Schritt weiterzugehen.

„Doch schon, aber muss es unbedingt hier sein?“ Fragend zog Claas eine Augenbraue hoch. Hinter uns saßen ein paar Leute und plötzlich stieg mir der Geruch von Cannabis in die Nase.

„Stört dich etwa der Geruch?“, fragte ich und lächelte, als wäre es ausgerechnet für mich der selbstverständlichste Geruch der Welt.

„Nein. Aber du weißt schon, dass es im Coffeeshop nicht nur Kaffee und Kuchen gibt, oder?“ Etwas unschuldig blickte mich Claas aus seinen blaugrünen Augen an.

„Jaaa, das weiß ich“, sagte ich mit groß aufgeschlagenen Augen, „und wenn ich schon mal in Amsterdam bin, dann sollte ich auch in einem echten Coffeeshop sitzen.“ Offenbar hörte das der junge Kellner, der gleich zu uns an den Tisch kam und mich in hervorragendem Deutsch fragte, was ich bestellen wolle.

„Äh, habt ihr Kuchen?“, fragte ich ihn.

Claas’ Grinsen stachelte mich irgendwie an. Dann legte er auch noch seine Hand auf mein Knie und kam mit seinem Gesicht nah an mein Ohr:

„Es gibt hier sehr verrückte Kuchen, Hanni, aber vielleicht sollten wir erst woanders etwas Richtiges essen gehen?“, flüsterte er.

„Sooo? Verrückte Kuchen?“, flüsterte ich zurück. „Na, dann genehmige ich mir doch so einen verrückten Kuchen“, sagte ich etwas lauter, lehnte mich zurück und schaute den Kellner in seinem schwarzen Hoodie mit der Aufschrift des Coffeshops erwartungsvoll an. Eigentlich sah er ganz normal aus. Groß, blond, schlank, keine fettigen Haare, keine roten Augen. Ich bestellte mir einen Hasch-Brownie und überredete Claas, einen mitzuessen. Erst rollte er mit den Augen, aber dann grinste er und machte den Kellner mit dem Zeige- und Mittelfinger seiner rechten Hand darauf aufmerksam, dass er gleich zwei von der Sorte bringen solle.

„Du überraschst mich immer wieder, Hanni Liebig“, sagte Claas und schüttelte lächelnd den Kopf.

Ich wusste nicht so recht, was ich von ihm und mir halten sollte. Einerseits empfand ich eine Vertrautheit, eine Art tiefe Verbundenheit. Ich wusste nicht, wann mich das letzte Mal jemand so ernst nahm wie Claas. Außer Doro natürlich. Aber heute fühlte ich mich noch mehr verstanden. Es war, als konnte Claas meine Angst und meine Selbstzweifel spüren, einen Teil davon aufnehmen und sie so für mich etwas leichter werden lassen. Ich fühlte mich wie neu erwacht und voller Mut. Andererseits kam der Gedanke, dass wir zusammenarbeiteten und dass Gefühlsduselei nicht gerade ein Zeichen von Professionalität war. Aber für heute wollte ich diesen Gedanken einfach mal wegschieben. Oder nicht?

„Du weißt hoffentlich, dass diese Gebäck nicht ohne isse?", unterbrach Claas meine Überlegungen.

Na ja, um ehrlich zu sein, wusste ich zwar, dass Cannabis in Amsterdam für viele eine Alltagsdroge ist, aber genau kannte ich mich mit dem Konsum weicher Drogen nicht aus.

„Na, es wird mich schon nicht umhauen", antwortete ich. „Gefährlicher als mein Sprung in die Tiefe heute Vormittag wird es auch nicht sein", sagte ich, und ich wusste in dem Moment nicht, ob ich damit Claas beruhigen wollte oder mich selbst.

Etwas hibbelig kramte ich nach meiner Sonnenbrille. Für Ende April hatte die Sonne erstaunlich viel Kraft. Ich setzte sie auf und beschloss, so zu tun, als wäre ich heute eine andere Hanni. So wie ich hier saß – in meiner neuen Marlene-Hose mit Jeansjacke über meinem Kurt-Cobain-Schlafshirt (es war das einzige dezente Shirt in Schwarz-Weiß, das ich dabeihatte) und mit Glücks-Chucks – war ich heute sowieso ein anderer Mensch. Ich konnte mir schon Doros Gesicht vorstellen, wenn ich ihr von alledem erzählen würde. Entspannt wollte ich mich wieder auf meinem etwas in die Jahre gekommenen Stuhl zurücklehnen, als der Keller zurückkam, um uns eine große Flasche Wasser, die Claas vorsorglich mitbestellt hatte, zwei Gläser und zwei hellblaue Teller mit je einem braunen Mini-Kuchen zu servieren.

„Das ist alles?", fragte ich und blickte enttäuscht zu Claas.

Der hob die Augenbrauen und die Schultern. „Glaub mir, das ist mehr als genug. Wenn ich dir einen Rat geben darf, dann iss langsam und am besten nicht alles auf einmal."

Während Claas unsere Gläser mit Wasser füllte, sah ich mir meinen Hasch-Brownie genauer an. Ehrlich gesagt hatte ich ein kleines bisschen mehr erwartet – wenigstens eine Physalis oder Puderzucker als Deko, so wie ich es von Doros Kuchentellern gewohnt war. Stattdessen bekam ich für sagenhafte 7,50 Euro, wie ich auf der Tafel am Eingang las, einen nackigen, kleinen braunen Kuchen, der ebenso gut aus dem Supermarkt hätte sein können.

Mit der Kuchengabel stach ich ein erstes kleines Stück ab, und ich merkte, dass es sich um eine sehr klebrige und sehr dunkle Angelegenheit handelte. Ich kostete und verzog das Gesicht.

„Schmeckt es nicht?", fragte Claas, und er versuchte, sein Grinsen mit einem Schluck Wasser zu überspielen.

„Na ja, ziemlich schokoladig, aber irgendwie auch nicht", nuschelte ich mit halbvollem Mund, schluckte, und ergänzte: „Schmeckt komisch. Ein bisschen wie Bio." Ich hielt die Lippen geschlossen und leckte mit der Zungenspitze die braune Masse von den Schneidezähnen. Ich freute mich über das Glas Wasser, ohne das ich diesen besonderen Kuchen vermutlich nie hinunterbekommen hätte, und lachte, als ich Claas' verzogenes Gesicht bemerkte, nachdem er von seinem Kuchen gekostet hatte.

„Isse lange her …", stöhnte er mit hochgezogener Stirn. Ich konnte mir gut vorstellen, wie Claas als junger Mann mit Freunden hier im Coffeeshop oder chillend im Park Hasch-Brownies genascht oder Joints geraucht hatte.

Nachdem wir fertig gegessen hatten – das letzte Stück musste ich mir echt reinwürgen – beschlossen wir noch eine Runde spazieren zu gehen. Claas bestand wieder darauf, die

Rechnung zu bezahlen und so langsam wurde es mir schon unangenehm, ständig von ihm eingeladen zu werden.

Aus Vorsicht darauf, dass mir jetzt schwindelig werden könnte, stand ich extra sehr langsam von meinem Stuhl auf. Aber was soll ich sagen: Ich merkte nichts. Auch später nicht, als wir entlang der Kanäle durch die Stadt schlenderten, Giebelhäuser aus dem 17. Jahrhundert bewunderten und uns über einige auf den Kanalbrücken für ein Selfie posierende Touristen lustig machten.

Doch irgendwann machten wir uns auch über andere Dinge lustig: über den weißen Fahrradhelm einer Frau, die gerade an uns vorbeifuhr, über die Hosenträger, des jungen Mannes, der vor uns lief, oder über die Spatzen, die unter dem Tisch eines Cafés darauf warteten, dass ein paar Kuchenkrümel für sie herunterfielen. Ich hatte lange nicht mehr so viel gelacht, und irgendwann meinte Claas, dass wir dringend etwas Richtiges essen gehen sollten.

Ein paar Minuten später saßen wir in einem zweistöckigen Lagerhaus mit Blick auf die Gracht. Es war ein Restaurant für Pancakes, und eine junge brünette Kellnerin der Pancake-Crew fragte nach meiner Bestellung. Und da ich mich zwischen Pancake mit Ziegenkäse, Spinat und Cashewnüssen und Pancake mit Gouda und gebratenem Speck nicht entscheiden konnte, bestellte ich einfach beide Gerichte. Ich hätte ein ganzes Pferd aus Pancakes essen können, was mich nach diesem aufregenden Tag auch nicht wunderte.

Als mir der Geruch frischgebackener Pfannkuchen in die Nase stieg, wäre ich am liebsten sofort in die Küche gestürzt. Stattdessen setzte ich mich auf einen der mahagonifarbenen

Bistrostühle an den Tisch, den Claas für uns aussuchte. Es war ein schönes Ambiente, etwas rustikal mit rohem Mauerwerk und mit dunklen Stützbalken an der Decke. Claas schien es ähnlich zu gehen wie mir, denn auch er bestellte zwei Portionen für sich, einmal mit frischen Pilzen und einmal mit Lachs und zwei große Heineken für uns beide.

„Ich glaube, unsere Kuchen wirken langsam", sagte er zu mir. Ich verstand, was er sagte, aber es fiel mir schwer, sofort zu reagieren. Erst ein paar Sekunden später lächelte ich und sagte: „Jaaa, ich habe ganz schön Hunger." Claas grinste zurück und machte Platz für die Kellnerin, die gerade unsere Biergläser servierte.

„Prost, Claaaas", sagte ich und ein paar Sekunden später bekam ich einen Gackeranfall. Ich hätte mich darüber beömmeln können, dass ich eben mit einem Glas und mit Claas anstieß. War das nicht ein schöner Zufall? Glas und Claas? Als Claas begriff, was ich meinte, lachte er mit und erklärte mir, dass Claas die niederländische Form von Klaus wäre. Also hatte ich seine Visitenkarte damals sogar richtig gelesen. Daraufhin musste ich (allerdings etwas verzögert) noch mehr lachen. Claus, also vielmehr Claas, lachte laut mit und zeigte mir noch mehr von seinen weißen Zähnen.

„Weißt du eigentlich, dass du echt schöne Zähne hast?", sagte ich und beugte mich sehr weit über den Tisch. In dem Moment kam die Kellnerin mit unseren Tellern und ich richtete meinen Oberkörper wieder auf. Fast wollte ich ihr behilflich sein beim Servieren, denn sie machte alles seeehr, seeehr langsam. Bis ich merkte, dass ich heute auch nicht die Schnellste war, denn statt mit dem Essen anzufangen, blickte ich strahlend auf meine Teller. Und dann musste ich wieder kichern, denn ich versuchte mir mich als ein Honigkuchenpferd vorzustellen, dass sich freudig über seine Pfannkuchen hermachte. War das nicht wieder ein schöner Zufall? Honigkuchenpferd und Pfannkuchen? Das klang doch total kuchig? Ich versuchte, es Claas zu erklären, aber mein Gegacker war lauter als meine Worte.

Weil alles wie in Slowmotion ablief, beschloss ich, meinen Pancake zusammenzurollen und mit der Hand zu essen. Die Gefahr zu verhungern, weil ich versucht hätte, anständig mit Messer und Gabel zu essen, wäre einfach zu groß gewesen. Auch Claas musste erstaunlich viel lachen und tat es mir nach. Mit unseren Pfannkuchenrollen in der Hand saßen wir uns eine Weile gegenüber, ließen es uns schmecken und lachten, bis uns der Bauch wehtat.

Weil das Pancake-Haus am Donnerstagabend brechend voll war, hatten wir nicht das Gefühl, jemandem auf die Nerven zu gehen. Außer der Kellnerin, die wir oft zu uns winkten, wenn wir Bier nachbestellen wollten, aber ewig nach Worten rangen. Also ich zumindest. Etwas später wollte ich noch einen Tee, denn komischerweise fröstelte es mich zwischendurch. Ich wollte Ingwertee. Einen großen Pott Ingwertee, brachte die Worte aber einfach nicht über meine breit grinsenden Lippen. Die Kellnerin rollte mit den Augen, als ich versuchte, Ingwertee auf der Karte zu finden, um ihr zu zeigen, was ich wollte.

„Pancakes mit heißen Himbeeren isse auch sehr lecker", sagte Claas auf einmal, und um die Kellnerin noch ein bisschen weiter zu ärgern, bestellten wir uns noch eine Portion davon. Ich versuchte, immer noch eine Zutat zu ergänzen, Sahne und Vanilleeis – aber das dauerte natürlich ein bisschen, erst recht, weil ich zwischen den Sätzen von Wahnsinnslachanfällen überrollt wurde.

Die Kellnerin legte uns einfach Zettel und Stift auf den Tisch, so dass wir ihr unsere Wünsche in Ruhe aufschreiben konnten. Die Liste wurde immer länger, denn ich wollte nicht nur Eis und Sahne, sondern auch Schokoladensauce, Apfelmus und Oliven. Claas strich Wörter, wie *Kapern*, *Marshmallow* oder *rote Grütze* langsam wieder durch, und übrig blieben: *heiße Himbeeren, Sahne, Vanilleeis und zwei Gabeln.*

„Hartmann hasst Himbeeren. Das weiß ich genau", fiel mir plötzlich ein.

„Warum?", fragte Claas und schaute mich so interessiert an, als hätte ich ihm gerade gesagt, dass Hartmann heimlich Alkohol trinkt im Büro.

„Ich hatte mal selbstgemachte Himbeertorte ins Büro mitgebracht, und da hat er gesagt, dass er diese kleinen Minikernchen in den Himbeeren nicht ausstehen kann, weil die noch Tage später in seinen Backenzähnen kleben würden." Ich redete ungefähr so, als würde ich Matti gerade die Geschichte vom kleinen schwarzen Wutmonster vorlesen. Hochspannend vom Anfang bis zum Ende.

Nach einer Weile antwortete Claas: „Dann muss er sich die Zähne besser putzen." Doch da hatte ich leider schon vergessen, was ich zuvor gesagt hatte, und meinte: „Deine Zähne sind doch bestimmt nicht echt, oder?" Wieder lachte ich entspannt. Bevor Claas darauf antworten konnte, redete ich einfach weiter:

„Das darfst du Hartmann aber nicht verraten!"

Jetzt beugte sich Claas ganz nah zu mir und flüsterte: „Was? Dass wir so lachen müssen?"

„Nein", sagte ich, nachdem ich mir das leuchtende Blaugrün seiner Augen und das Haargummi, das er um seinen halb hochgesteckten Messy Bun trug, genau angesehen hatte. Erst jetzt fiel mir auf, dass das Gummi rosa war. Wie schön. Ich mag Rosa.

„Ich meinte, das mit der rosa Torte und den Kernchen in Hartmanns Zähnen", ergänzte ich, stolz, dass ich seine Frage noch nicht vergessen hatte.

„Du bist echt süß, Hanni. Ich mag dein Lachen", sagte Claas etwas unerwartet und lächelte mich lange an. Ich lachte einfach zurück, denn ich konnte nicht anders. Es war, als hätte mir jemand eine Art Maulsperre umgehängt, so dass mein Gesicht im Dauergrinse-Zustand feststeckte. Mir taten schon die Kiefer weh.

„Weiß dein Mann eigentlich, was du hier machst in Amsterdam?", fragte Claas mit gerunzelter Stirn, aber doch nicht ganz ernst zu nehmend.

„Neiiiin", sagte ich und gackerte fröhlich weiter.

Genau in dem Moment stellte uns die Kellnerin in Zeitlupe die heißen Himbeeren und die Pancakes mit Eis und Sahne auf den Tisch. Beim Anblick der Himbeeren fuhren Claas und ich uns automatisch mit der Zunge über die Zähne. Als wir fertig waren mit Lachen, waren die Himbeeren kalt, aber immer noch köstlich. Claas packte alle Zutaten in seinen Pancake und rollte ihn zusammen. Ich konnte nichts weiter tun, als ihm genüsslich zuzusehen und zwei Knöpfe meiner etwas engen, hochgeschnittenen Marlene-Hose zu öffnen, um Platz für die nächste Runde zu schaffen.

„Das T-Shirt habe ich übrigens auch", meinte Claas, der bemerkte, dass ich es gerade aus der Hose ziehen musste, um nicht zu platzen. Ich war eigentlich satt, konnte aber nicht aufhören zu essen.

„Das glaube ich nicht. Willst du wissen, wie alt das ist?", antwortete ich und zog meine Jeansjacke aus. Vorbei war es mit der Kälte. In dem Tee, den mir die Kellnerin vorhin gebracht hatte, war etwas zu viel Ingwer. Ich drehte mich mit dem Rücken zu Claas, um ihm die Wahrheit meines T-Shirts zu präsentieren, denn von vorn war nur ein kleiner verwaschener Schriftzug mit „Nirvana" zu erkennen. Ich hatte das T-Shirt extra falsch herum angezogen, um nicht herumzulaufen wie eine alte Hippie-Tante, die nicht einsehen wollte, dass sie älter geworden war. Aber Claas hatte offenbar einen guten Durchblick gehabt, denn er sagte weiter:

„Wusste ich doch, dass es Kurt is. Ich habe dasselbe. Kann ich dir zeigen. Zuhause." Bei dem Wort „zuhause" zog Claas die Augenbrauen auffällig weit nach oben.

Hoffentlich nicht gev…

Ich wachte auf und wusste nicht, wo ich war. Ich lag auf einer angenehm weichen Matratze unter einer leichten Daunendecke mit grauem Denim-Bezug, die bis über meine Nase gezogen war. Sie roch nach frischer Wäsche. Über mir hing ein weißes halbdurchsichtiges Tuch in zwei großen Wellen. War ich im Himmel?

Ich schob die Bettdecke etwas tiefer und spähte nach links und nach rechts. Neben mir im Bett lag eine wild aufgeschlagene Decke, jedoch mit dunkelblauem Bezug und passend dazu das Daunenkissen, in dessen Mitte eine Kuhle zu erkennen war. Keine Frage, ich befand mich in einem fremden Doppelbett mitten in einem fremden, hellen Schlafzimmer mit einem weißen, deckenhohen Kleiderschrank und geschmackvollen Landschaftsgemälden an himmelblau gestrichenen Wänden. Allerdings stand hier kein Bügelbrett mit einem Korb voll gewaschener Wäsche darauf und kein Stuhl, auf dem schmutzige Arbeitshosen und Socken lagen. Es war also auf jeden Fall nicht das Schlafzimmer, das ich von zuhause kannte. Ich bekam feuchte Hände, und das Herz pochte mir bis zum Hals wie ein Tischtennisball, der über die Platte sprang: Ping. Pong. Ping. Pong.

Vorsichtig hob ich meine Decke an und bemerkte, dass ich nur meinen schwarzen Slip trug. Ich schreckte hoch und musste auch noch feststellen, dass ich einen Dösschädel hatte. Ich schaute mich nach meinen Klamotten um und sah Kurt Cobain auf einem Kuhfell neben meinem Bett liegen, daneben die Marlene-Hose und meinen schwarzen BH. Die Socken hatte ich noch an. Galt das als halb angezogen?

So langsam dämmerte mir, dass ich nicht in Berlin war, sondern in Amsterdam. Allerdings war das hier auch nicht das Hotel, in das ich eingecheckt hatte. Aber wenn es das nicht war, was war es dann? Ich konnte doch unmöglich im Schlafzimmer von Claas Willemsen aufgewacht sein, noch dazu fast nackt. Ich schnappte mir BH und T-Shirt und zog beides umständlich unter der Bettdecke an. Dann stand ich auf und stieg in meine Hose. Meine Beine fühlten sich zittrig an. Mein ganzer Körper zitterte. Oh Gott, Hanni, was hast du getan? Verzweifelt schlug ich die Hände vors Gesicht. Mein Atem roch fürchterlich und passte zu dem Geschmack auf meiner pelzigen Zunge. Hatte ich gestern Abend gekotzt? Irgendwie dämmerte mir das Bild, wie ich vom Rand in den Kanal gekotzt hatte.

Auf dem Nachttisch stand eine Wasser Flasche und ein frisches Glas. Ich öffnete die Flasche und trank gierig daraus. Ich dachte weiter nach, aber mir wollte einfach nicht einfallen, was nach meiner Kotzerei geschehen war. Wobei … da war ein Auto. Claas und ich saßen auf der Rückbank eines Autos, oder vielmehr lag ich auf der Rückbank, mein Kopf auf Claas' Schoß. Ich glaub', es ging mir nicht so gut…

Rechts vom Bett war eine leicht geöffnete Tür. Vorsichtig lugte ich durch den Türspalt und entdeckte dahinter ein cremefarbenes gefliestes Bad mit einem großen Waschbecken und einer Toilette, die aussah wie ein modernes weißes Boot mit Flachdach. Ich schloss die Tür hinter mir ab, ging auf die Toilette und spritzte mir danach kaltes Wasser ins Gesicht.

Ich schaute in den Spiegel und zog automatisch den Kopf

ein. Ich sah aus wie C. C. Catch in den 80ern. Mein Pony stand in alle Himmelsrichtungen ab. Meine Panda-Augen und der rot verschmierte Lippenstift fügten sich hervorragend in dieses Bild. Ich wusch mir, so gut es ging, die Schminke aus dem Gesicht und tupfte es mit etwas Toilettenpapier trocken, um das blütenweiße Handtuch nicht zu versauen. Vorsichtig ging ich zurück in das Schlafzimmer.

Es gab einen Balkon, dessen doppelte Flügeltür aus Glas und mit dunkelgrünen Fensterläden halb offen stand. Die Sonne schien, die Vögel zwitscherten. Wenn ich nicht einen wichtigen Teil meines Gedächtnisses verloren hätte, würde ich mich hier glatt wohlfühlen. Ich schaute aus dem Fenster in den Garten. Das bordeauxrote Sonnensegel kam mir bekannt vor. Es ließ sich nicht mehr leugnen, ich war im Haus, oder vielmehr im Schlafzimmer von Claas Willemsen aufgewacht. Mein Hirn ratterte. Ich überlegte, ging nochmal alles durch: Ich war mit dem Zug nach Amsterdam gefahren, um mit Claas Willemsen, der neuen großen Hoffnung unseres Verlages, über Vermarktungsstrategien seines neuesten Selbstfindungsbuches zu beraten.

Sehr weit waren wir damit nicht gekommen. Claas zeigte mir wunderschöne Orte und einen bezaubernden Buchladen in Amsterdam, und gestern … gestern waren wir mit seinem Neffen im Kletterwald gewesen. Fiete! Der Junge hieß Fiete. Ich wusste noch alles, auch noch, dass ich mein Leben aufs Spiel gesetzt hatte in diesem Kletterwald. Wir wollten in die Stadt, etwas essen gehen. Es gab Kuchen … klebrigen Schokoladenkuchen, oh Gott, nein – in einem Coffeeshop. Der Kuchen war schuld. Wie konnte ich mich nur so gehen lassen? Hanni, du blöde Kuh, du hast Drogen genommen!

Und dann, was war dann? Wir waren essen, in einem Lokal, es gab Pfannkuchen und Himbeeren dazu. Ich hatte alles wieder ausgekotzt, und wir sind in einem Auto hierher gefahren. Ab da ist Schluss. Ich habe keine Ahnung, wie ich in Claas' Schlafzimmer gekommen bin. Was hatte ich getan? Was hatten wir getan? Ich fühlte mich schäbig. Schäbig und verlogen und verkatert. Kurt war schuld. Kurt Cobain. Er starb an einer Überdosis und sein Bild auf meinem T-Shirt hatte mich verführt. Genauso muss es gewesen sein. Anders konnte ich mir meinen Leichtsinn nicht erklären. Ich rauche nicht, ich trinke nicht (außer letzten Freitag, aber das war quasi ein Notfall), und jetzt das.

Ich hatte Drogen genommen und danach mit Claas Willemsen ... Super, Hanni! Echt, ganz großes Kino!

Ich musste hier weg, und zwar schnell und vor allem unauffällig.

Leise öffnete ich die Schlafzimmertür, an der zwei gleiche Bademäntel in Dunkelblau hingen. War Claas verheiratet oder nicht? Ich wusste nur, dass ich es war. Noch! Oh Mann, wie konnte ich es nur so weit kommen lassen!

Draußen klapperte Geschirr, und ein Duft von Kaffee stieg mir in die Nase. Ich öffnete die Tür etwas weiter und hörte einen Wasserkocher rauschen und einen Toaster schnippen. Vorsichtig spähte ich in den Gang.

Es gab kein geschlossenes Treppenhaus, sondern eine offene Galerie. Ich drückte mich an die Wand und versuchte mich unsichtbar daran entlangzuschieben. Von hier oben sah das Wohnzimmer ganz anders aus. Plötzlich tauchte unter meinem Podest der grau melierte Haarschopf von Claas auf. Aber Gott sei Dank so, dass er mit dem Rücken zu mir stand.

Er trug dasselbe T-Shirt wie ich mit Kurt Cobain in Schwarz-Weiß. Was hatte das bloß zu bedeuten: War er ein Perverser? Erschrocken lehnte ich mich zurück an die Wand und schlich Richtung Treppe.

Als ich bemerkte, dass Claas ein Tablett mit hellen Tellern und Tassen auf die Terrasse trug, wollte ich schnell meine Chance ergreifen. Da es hier keine alte Holztreppe gab wie bei uns zuhause, sondern eine feste aus anthrazitfarbenem Stein, hatte ich kein Knarzen zu befürchten, und tippelte los. Leise war ich aber trotzdem nicht, denn diese Treppe war glatt. Ich landete so ungünstig mit dem Steißbein auf der Kante einer Stufe, dass mir der Atem einen Moment lang aussetzte.

„Hanni?“, hörte ich Claas rufen, dem mein Plumps wohl nicht entgangen war.

Vor Schreck spürte ich keinen Schmerz. Im Gegenteil, das Adrenalin schoss durch meinen Körper und setzte einen Befehl frei: FLUCHT!

Ich hievte mich hoch und flitzte in den Eingangsbereich des Hauses. An der Garderobe sah ich meine Beuteltasche und die Jeansjacke hängen, darunter standen meine Glücksschuhe. Hektisch versuchte ich, die Dinger über meine Füße zu zerren, die rote Lasche steckte fest, die Schnürsenkel ließ ich offen. Mit zittrigen Händen griff ich nach Jacke und Tasche und hoffte inständig, dass Handy und Portemonnaie noch darin steckten. Zeit zum Nachsehen blieb mir nicht. Auf keinen Fall konnte ich Claas noch einmal in die Augen sehen. Voller Panik drehte ich mich zum Ausgang. Ich hielt die Klinke in der Hand, als Claas plötzlich mit sanfter Stimme hinter mir fragte: „Hanni? Was isse los?“

Ich schloss die Augen und atmete tief durch. Am liebsten wäre ich jetzt so klein und unsichtbar, dass ich durch den bronzefarbenen Briefkastenschlitz dieser wunderschönen schwarzen Haustür passen würde. Passte ich aber nicht. Also öffnete ich einfach die Tür und tippelte die Eingangstreppe hinunter. Ich musste aufpassen, dass ich mit den offenen Schuhen nicht erneut stürzte. Aber ich konnte unmöglich stehen bleiben, um sie richtig zu schnüren. Ich konnte mich ja noch nicht einmal umdrehen.

„Haaanniie!", rief Claas mir nach. Doch ich lief einfach weiter den Kiesweg entlang, an dessen Ende ich endlich abbiegen konnte, sodass ich für Claas nicht mehr zu sehen war.

Ich lief einfach weiter Richtung Zentrum. Zum Glück waren Handy und Portemonnaie in der Tasche, wie ich im Laufen feststellte. Ich musste dringend zurück ins Hotel, mein Handy aufladen. Der Akku war leer. Ich entdeckte die Straßenbahnschienen und folgte ihnen bis zur nächsten Haltestelle. Ich hatte Glück und fand die richtige Bahnlinie, die nach Haarlem fuhr. Ich musste nur in die andere Richtung und die Straßenseite wechseln, was in Amsterdam nicht einfach ist, wenn man nicht von einer Herde klingelnder Radfahrer überrollt werden will. In der Straßenbahn konnte ich das Ticket persönlich bei einer Frau am Schalter kaufen. Sie bestätigte mir auch auf Englisch, dass ich in der richtigen Bahn saß und dass mein Hotel direkt an der Endhaltestelle lag. Ich erinnerte mich, dass vor dem Hotel Bahnen und Busse ins Zentrum gestartet waren. Erleichtert ließ ich mich auf einem der Plätze nieder und band mir endlich die Schuhe zu.

Im Hotel steckte ich sofort mein Handy ans Ladekabel. Ich musste dringend wissen, wann der nächste Zug nach Berlin fuhr. Auf keinen Fall konnte ich bis morgen warten und mit dem Ticket von Hartmann wieder sechs Mal umsteigen.

Als mein Handy ausreichend Saft hatte und sich endlich einschalten ließ, begann ich sofort mit der Recherche. Ich wollte mich vom Klingelton der eingehenden Nachrichten nicht ablenken lassen, aber das ging nicht. Ungefragt poppte das Fenster auf: Anruf von Willemsen (3) und noch 6 WhatsApp-Nachrichten von Karla sowie eine von Markus:

Guten Morgen mein Schatz! Ich hoffe, es geht Dir gut. Die Kinder freuen sich auf morgen und wollen Dir was kochen. Besondere Wünsche? Ich vermisse Dich! Knutschi.

Sofort spürte ich den Druck von Tränen durch meine Unterlider aufsteigen, so als hätte mir jemand Augentropfen gegeben. Ich wusste nicht, wann Markus mir das letzte Mal so liebevolle Worte geschrieben oder gesagt hatte. Ausgerechnet jetzt. Ich fühlte mich elend. Ich schwitzte und mir war übel. Aber ich durfte nicht schlappmachen. Ich musste dringend weg. Ich holte mir ein Glas Wasser aus dem Bad, trank und schaute weiter nach Zügen.

Der nächste Zug fuhr in eineinhalb Stunden. Nur einmal umsteigen in Hannover. Ich wäre um 17:26 Uhr in Berlin. Das musste ich schaffen. Wie immer, wenn es schnell gehen musste, hatte ich das Passwort nicht parat. Das letzte Mal, dass ich ein Zugticket reserviert hatte, war fast zwei Jahre her. Da war ich mit Karla und Frieda zu Markus' Mutter nach Greifswald gefahren. Passwort zurücksetzen und der ganze Quatsch nervten mich zwar tierisch, aber immer noch besser, als am riesigen Centraal Station anzustehen. Endlich war die Reservierung erfolgreich abgeschlossen und ich konnte sogar noch jeweils einen Fenstersitzplatz in Fahrtrichtung ergattern, was für einen Freitag nicht selbstverständlich war. Ich stellte mich unter die Dusche, zog einen frischen Pulli und die Jeans an und packte meine Sachen zusammen.

An der Rezeption stand wieder das junge hübsche Ding, das Claas und mich vorgestern im Restaurant schon bedient hatte. *2. Leerjaar* stand auf dem silbernen Anstecker an ihrer weißen Bluse. Musste sie deshalb fast einschlafen, als ich bei ihr auschecken wollte? Während sie zeitlupenartig etwas in den Computer tippte, steckte ich mir nach und nach einen Großteil der Kekse und Bonbons ein, die nicht gerade umweltfreundlich einzeln in Folie mit Hotel-Logo verpackt waren. Aber das war mir egal. Ich musste etwas essen. Als die Azubine endlich „Have a nice day" sagte, flitzte ich noch rasch zum Kaffeeautomaten, um meinen umweltfreundlichen wiederverwendbaren Becher darunterzustellen.

Knapp, aber rechtzeitig erreichte ich den Zug. Ich stieg irgendwo ein – natürlich am ganz falschen Ende. Langsam, fast etwas lethargisch, schob ich mich von einem Zugabteil zum nächsten. Als hätte mir jemand eins mit der Bratpfanne übergezogen, plumpste ich in meinen Sitz. Ich war so fertig, dass ich auf der Stelle hätte einschlafen können. Aber meine Gedanken kreisten wie ein Propeller durch den Kopf: schnell, laut und unkontrollierbar. Ich konnte mich nicht dagegen wehren und wollte mich am liebsten für immer hier verkriechen. Da niemand neben mir saß, stellte ich meinen Rucksack mit der Jacke auf den Sitz und ließ erschöpft meinen Kopf darauf fallen. Nur ein paar Sekunden später wurde ich durch das Brummen meines Handys aus den Gedanken gerissen.

Claas Willemsen leuchtete auf dem Display, aber ich konnte unmöglich mit ihm sprechen. Was sollte ich ihm sagen? Dass ich mich an letzte Nacht nicht erinnern konnte? Und dass ich mir vorkam wie eine Lügnerin, eine Betrügerin, eine Verarschte, eine Versagerin? Wie ein Teenager, der von der Klosterschule Ausgang bekommen hatte und alles ausprobieren musste, was ging? Natürlich konnte ich mich daran erinnern, dass ich diesen beschissenen Brownie gegessen habe. Ich konnte mich auch noch an meinen Hunger erinnern und an die Pancakes, die wir gegessen hatten. Aber wo und wann und mit wem ich eingeschlafen war, verbarg sich weiterhin in meinem Hirn unter einer nebligen Wolke. Als hätte mir jemand Zuckerwatte in den Kopf gepustet. Ab dem Moment, in dem ich mit Claas dieses Lokal verlassen hatte, verklebte sich alles zu einer undurchsichtigen Masse. Wollte Claas tatsächlich die Gelegenheit schamlos ausnutzen? Das konnte ich mir kaum vorstellen. Andererseits: Wie lange kannte ich diesen Mann? 48 Stunden? Ich wusste nichts über ihn, ich hatte mich von seinem Motivationsgequatsche einwickeln lassen und tatsächlich geglaubt, jemand würde mich verstehen, mir helfen können, zufriedener zu werden? „Tzzz" zischte es laut aus meinem Mund. Danach liefen mir Tränenströme über das Gesicht. Es war sinnlos, sie aufhalten zu wollen. Auch wenn ich Claas nicht lange kannte, könnte ich schwören, dass er ein guter und ehrlicher Mensch war. Und das war das Schlimmste an der Sache. Es hätte alles so schön sein können: ein neuer Job mit einem angenehmen Autor. Markus, den ich damit finanziell entlasten und vielleicht auch wieder stolz auf mich machen konnte. Stattdessen … Mist, wie konnte ich mich nur so gehen lassen?

Wieder brummte mein Handy und wieder stand Claas' Name auf dem Display. Einige Sekunden später zwitscherte es und ich las seine Nachricht:

Hanni, was ist los? Hab ich was falsch gemacht? Können wir spreche?

Ich drückte den Text weg und schrieb gleich an Doro. Mein Anker, mein Fels in der Heimat. Sie musste mich retten.

Ich will sterben, kann ich das nachher bei dir tun? Im Café? Ca. 18 Uhr?

Als ob Doro telepathisch mit mir verbunden wäre, färbten sich die Häkchen im Lesestatus sofort blau. Erwartungsvoll starrte ich auf das Wörtchen *schreibt...* oben im Display und atmete erleichtert auf, als ich Doros Antwort las:

Oh, oh :-/

Aber na klar! – ich halte dein Pfötchen ....

Bis später, meine Süße!!

Die Aussicht auf Doros Kakao und auf ihre nach frischem Weichspüler duftenden Arme brachte mich zur Ruhe, sodass ich, wie ein Kleinkind auf beide Sitze gekauert, in einen tiefen Schlaf fiel. Selbst nachdem mich die Zugbegleiterin kontrolliert hatte, konnte ich weiterschlafen. Ich war so fertig und so kaputt, dass ich erst durch die laute Durchsage des Zugführers kurz vor Hannover aufwachte. Wie bei Matti, wenn er ganz fest geschlafen hatte, liefen mir die Spuckefäden am Mundwinkel herunter.

Am Bahnhof fiel mir ein, dass ich zwar für Matti die kleine Schatzkiste gekauft hatte (wenngleich er sich Lego und Star-Wars-Spielzeug wünschte), aber für Frieda und Karla hatte ich nichts. Also steuerte ich direkt auf die erste große Presse- und Buchhandlung zu. Ich hasse diese riesigen und unüberschaubaren Buchläden. Hier war vor lauter Bäumen der Wald nicht zu sehen, und die Lust aufs Lesen konnte hier drinnen in diesem kalten Licht sogar mir vergehen. Die lieblose und seelenlose Ansammlung sämtlicher Bestseller ließ einem keine Luft zum Atmen, geschweige denn die Möglichkeit, ein gutes Buch zu entdecken, dessen Autor nicht jedem ein Begriff war. Nichts gegen die Verkäuferinnen hier, aber ich würde nie auf die Idee kommen, mir von ihnen eine Empfehlung geben zu lassen. Aber ich wollte hier auch nicht glücklich werden – was am heutigen Tag ohnehin nicht mehr zu schaffen war.

Planlos lief ich weiter nach hinten in die Kinder- und Jugendbuchabteilung, wo ich ein neues Magazin „Teen Spirit – Jugendlich. Glücklich. Entspannt" entdeckte. Das wäre vielleicht sogar etwas für Karla gewesen, doch es erinnerte mich zu sehr an *Smells Like Teen Spirit* von Nirvana und somit an Claas und an das gemeinsame Kurt-Cobain-Shirt. Abgesehen davon wollte ich mit Spiritualität und Achtsamkeit erst einmal nichts mehr zu tun haben. Also schnappte ich mir den nächstbesten Liebesroman mit dem Titel „Jungs sind wie Kaugummi", den Karla mir zwar nicht gleich aus der Hand reißen, den sie dann aber doch ziemlich schnell ausgelesen haben würde. Für Frieda kaufte ich einfach die neue *Geolino* und ein kleines Notizbuch mit einem grünen Wellensittich darauf. Und ich brauchte dringend Ablenkung, also griff ich wahllos nach bunten Frauenmagazinen mit Modetipps, Rezepten und Trendfrisuren. Am Ende schleppte ich mich daran fast dämlich, aber etwas Strafe tat mir gut.

Zurück im Nest

Als ich mit dem Taxi beim *Pomodoro* angekommen war, musste ich feststellen, dass Doro nicht da war. An ihrer Tür klebte ein Zettel mit ihrer Handschrift: „Wegen Notfall geschlossen. Freue mich, euch morgen früh wieder begrüßen zu dürfen!". Ich wollte sie gerade auf ihrem Handy anrufen, als ich ihre Nachricht las:

Sitze mit Kurti in der Notaufnahme. Armbruch, rechts.
Scheißfußball!!!
Ich melde mich. Versprochen!
Lass dich nicht ärgern!

Ach Gott, der Arme oder vielmehr: die Arme. Wenn Kurti einen Gips bekam, bedeutet das für Doro, wieder von vorn anfangen. Kind anziehen, Kind ausziehen, Kind füttern? Kurti ist Rechtshänder.

Alles klar. Gute Besserung!
Ich umarme dich!

Ich beschloss, zu Fuß nach Hause zu gehen. Nach der langen Fahrerei war es nicht die schlechteste Idee, mir die Beine zu vertreten, außerdem helfen Spaziergänge, den Kopf freizubekommen. Beziehungsweise voll mit guten Ideen, denn die bräuchte ich dringend. Was sollte ich Markus und den Kindern sagen? Überraschung! Habe wegen anstehender Bombendrohung am Amsterdamer Bahnhof lieber ein paar Züge früher genommen? Oder: Wir waren früher fertig. Oder: Ich hatte solche Sehnsucht nach euch!

Die Luft tat gut. Und zum ersten Mal an diesem Tag spürte ich so etwas wie Hunger. Die Kekse und die Lutschbonbons aus dem Hotel waren nur etwas, um einen hohlen Zahn zu füllen. Im Biomarkt holte ich mir ein paar fertige Wraps und einen Smoothie, setzte mich auf eine Bank vor dem Laden und genoss die neue Energie. Zumindest fühlte ich mich in der Lage, meiner Familie gegenüberzutreten, und falls ich heulen sollte, würde ich einfach sagen, dass es Freudentränen wären. Was ja nicht gelogen war, denn je mehr ich wieder an Frieda, Karla und Matti dachte, umso mehr freute ich mich darauf, sie in die Arme nehmen zu können. Auch auf Markus freute ich mich, sehr sogar. Wann hatte ich mich das letzte Mal so nach ihm gesehnt? Jetzt, durch diese dumme Sache, wurde mir wieder bewusst, wie sehr ich ihn liebte und dass ich auf keinen Fall unsere Ehe aufs Spiel setzen wollte. Ich dumme, egoistische Kuh! Was meine frühzeitige Rückkehr anging, wollte ich ihnen verklickern, dass Claas, also Herr Willemsen, und ich schneller mit der Arbeit fertig waren als gedacht und dass ich keine Lust gehabt hätte, noch eine Nacht länger allein im Hotel zu verbringen.

Leise schloss ich die Tür auf und stellte vorsichtig meine Sachen im Flur ab. Auf dem Telefonschränkchen standen frische Rosen aus dem Supermarkt und daneben lag ein gelber Haftzettel:

Danke für den Einblick in dein Leben. Hat Spaß gemacht!

PS: Was hätte ich nur ohne deine Hinweis-Zettel gemacht?

Liebe Grüße, Mama

Okay, 1 : 0 für dich, Mama, dachte ich. Ich war erleichtert, dass sie schon weg war. Vielleicht würde ich sie morgen nochmal anrufen, um mich zu bedanken. Oder übermorgen.

Ich wunderte mich über die Stille. Normalerweise herrschte um diese Uhrzeit reges Treiben im Haus. Auch der Anblick eines fast schuhfreien Fußbodens im Flur fiel mir sofort auf, als ich mich auszog. Ich ging in die Küche, die außerordentlich aufgeräumt war. Sehr lange konnte meine Mutter noch nicht weg sein. Dann hörte ich jemanden kichern. Es war eindeutig eine weibliche Stimme. Sie kam aus dem Wohnzimmer, das gleich an den Essbereich hinter der Schiebetür anschließt. Normalerweise stand diese Tür offen, heute aber war sie bis auf einen Spalt breit geschlossen. Ich blieb stehen, lugte vorsichtig durch den geöffneten Schlitz und zuckte unwillkürlich zurück.

Markus und Jutta saßen eng nebeneinander auf dem Sofa, das links an der Wand steht, und auch wenn ich die beiden nur kurz von der Seite gesehen hatte, konnte ich registrieren, dass Jutta Markus über den Rücken strich und ihn verständnisvoll anlächelte, so als hätte er es im Moment sehr schwer im Leben und bräuchte dringend eine Schulter beziehungsweise die Hand einer jungen hübschen Frau im Nacken – denn dort war Jutta's Hand inzwischen angekommen, wie ich beim zweiten Blick durch den Türspalt sehen konnte. Anscheinend waren die beiden so sehr miteinander beschäftigt, dass sie nicht bemerkten, wie ich sie beobachtete. Jutta kraulte Markus den Nacken, als wäre er ihr Kätzchen. Entweder gingen die mütterlichen Gefühle mit ihr durch, oder sie wagte es, sich an meinen Mann ranzumachen. Ihre braunorangen bemalten Wangen und die mit quietschrosa Gloss gepuschten Lippen, die aussahen, als wären sie von einem Schwarm Bienen gestochen worden, ließen sich sogar von hier aus erkennen. Ihre lange blonde Mähne war locker zusammengesteckt, aber garantiert vorher eingedreht, denn ich konnte mich nicht erinnern, dass Jutta „Engelslocken“ hatte. Ihr grauer Wollpulli war wie zufällig über die rechte Schulter gerutscht, sodass der Träger ihres dunkelroten BHs zu erkennen war. Sie hockte im Schneidersitz auf *meinem* Sofa, dem einzigen Möbelstück, von dem ich wusste, dass ich es mir ausgesucht und dass ich es bezahlt hatte, als ich noch Geld verdiente. Markus saß, die Unterarme auf die Oberschenkel gestützt, neben ihr in Jeans, weißem Shirt und wie immer barfuß. Er machte einen tiefen Atemzug, und Jutta lächelte ihn verlegen an. Leider gelang es mir nicht rechtzeitig, ein Stöhnen zu unterdrücken. Vor Schreck hielt ich mir mit der Hand den Mund zu, aber zu spät. Markus drehte sich zur Tür und rief leise: „Hallo?“ Schnell zog ich mich hinter die Tür zurück. „Was ist denn?“, hörte ich Juttas zarte Stimme.

„Hast du das nicht gehört?“, fragte Markus, und ich hörte, wie er vom Sofa aufstand.

„Nein“, sagte Jutta leise. *Nein, mein Schatz* äffte ich sie in Gedanken nach und rollte mit den Augen. Dann hörte ich das Parkett knarzen, was nur bedeuten konnte, dass Markus aufgestanden war. Ich biss mir auf die Lippen und überlegte, ob ich mich verstecken sollte – im eigenen Haus, das muss man sich mal vorstellen!

Ich sah, wie die Tür aufgeschoben wurde, und hielt mit geschwellter Brust die Luft an. Mir fiel leider nichts Besseres ein, als zum Kühlschrank zu huschen, die Tür zu öffnen und den Kopf hineinzustecken.

„Hanni? Was machst du denn hier?“, hörte ich Markus’ Stimme.

Das Erste, was ich im Kühlschrank sah, war …

„Äh … Milch. Ich suche Milch“, stammelte ich, nahm die

Milchflasche heraus und drehte mich langsam zu ihm um.

„Milch?“, sagt Markus langsam, als hätte er vergessen, was Milch ist. „Aber, du wolltest doch erst morgen zurück sein?“

War das nicht der typische Satz von jemandem, der sich ertappt fühlte? Wenn ich bei „Versteckte Kamera“ gelandet war, dann war das jetzt der richtige Moment für die Auflösung.

„Hanniii?“, sagte jetzt auch Jutta und trat durch die Tür. Als würde sie frieren, verschränkte sie die Arme vor der Brust und stellte sich neben Markus. Markus schaute mich immer noch an, als wäre ich gerade auf meinem Hexenbesen durchs Fenster hereingeflogen. Als ihm offenbar dämmerte, wer ich war, kam er auf mich zu und wollte mich umarmen. Fast so, als wäre nichts gewesen vorhin – auf *meinem* Sofa. Geschickt wich ich ihm aus.

„Oh, hallo, Jutta. Du auch hier?“, sagte ich und bemühte mich, ganz lässig zu bleiben.

Jetzt starrten mich beide an, als wäre ich diejenige, die nicht mehr alle Tassen im Schrank hat. Ich musste mich sehr zusammenreißen, um nicht gleich auszurasten oder schlimmer noch: loszuheulen, also redete ich drauflos:

„Och, wir sind so gut durchgekommen mit dem Projekt, dass ich dachte, es wäre doch toll, wenn ich schon früher nachhause komme und wir das Wochenende mit den Kindern zusammen hätten. Apropos Kinder: Wo stecken die eigentlich? Ich habe ihnen doch was mitgebracht. Wisst ihr?“ Ratlos starrten mich die beiden an, doch ich plapperte weiter. „Amsterdam ist noch schöner als vor Jahren, als ich schon mal dort war. Aber, na ja, in den eigenen vier Wänden, bei der eigenen Familie ist es eben doch am schönsten. Das weißt du sicher am besten, Jutta, nicht wahr?“

Den letzten Satz konnte ich mir nicht verkneifen. Und es war auch der einzige Satz, bei dem ich Jutta in die Augen sah. Sie hielt meinem Blick nicht stand, und ich wusste nicht, ob ich darüber siegesfroh jubeln oder ob ich losheulen sollte. Ich entschied mich für Ersteres und grinste beide an.

„Und was war hier so los?", fragte ich etwas außer Atem, holte mir ein Glas aus dem dunkelroten Küchenbüffet und schenkte mir Milch ein. Meine Hände zitterten, aber ich versuchte, mir nichts anmerken zu lassen. Ich schraubte die Flasche wieder zu und stellte sie zurück in den Kühlschrank. Dann lehne ich mich an das Büffet.

„Och nichts", Markus seufzte, „nichts Besonderes." Lässig steckte er die Hände in die Gesäßtaschen seiner Jeans und stellte sich neben mich an unser Büffet – den Verkuppler vom Flohmarkt damals … Damals, als alles noch leicht und unbeschwert gewesen war zwischen Markus und mir. Als es nur uns beide gab und wir nicht genug voneinander bekommen konnten. Und jetzt? Wo standen wir jetzt? Entfernten wir uns gerade immer weiter voneinander?

„Frieda geht es wieder gut, Karla hat eine Drei in der Mathearbeit, und deine Mutter war mit Matti in der Schwimmhalle", erzählte Markus und lächelte. Das mit Frieda glaubte ich ihm, das mit Karla wusste ich ja, und das mit meiner Mutter fiel mir schwer zu glauben.

„Aber jetzt komm doch erstmal her!" Markus drehte sich zu mir und breitete wieder die Arme aus, aber ich tat so, als hätte ich es nicht bemerkt, und trank gierig meine Milch weiter. Weil Jutta immer noch wie angewurzelt in unserer Küche stand und niemand etwas sagte, fragte ich sie, ob bei ihr und der Familie alles in Ordnung war. Markus spürte meine Distanziertheit und versuchte nicht, sich mir noch einmal zu nähern. Also spielten wir das Spielchen: *Vorhin ist nichts passiert* noch eine Weile weiter.

„Guuut. Oskar schnupft zwar mal wieder, aber sonst sind alle fit“, sagte Jutta mit einer Selbstverständlichkeit, und ich hätte ihr für so viel Dreistigkeit am liebsten ihre Spange aus den Haaren gezogen, ohne das Ding vorher zu öffnen. Ganz langsam würde ich es machen, denn ihre Haare waren ja sooo schön laaang. Offenbar spürte Jutta die Blitze, die ich aus meinen Augen auf sie abfeuerte, denn plötzlich hatte sie es eilig.

„Na ja, ich geh dann mal. Ist ja auch schon spät“, sagte sie, während sie sich mit der rechten Hand über den Nacken strich, den Blick auf ihre Füße gerichtet. „Tschüssi, Markus, und danke nochmal für deine Hilfe mit dem Handy!“

„Kein Problem!“, sagte Markus betont beiläufig, und mir fiel auf, dass er Jutta nicht ansah.

Handy, na klar! Für wie blöd hält die mich eigentlich? Endlich ging sie und ließ die Haustür ins Schloss fallen. Ich stellte das leere Glas auf die Spüle.

„Oskar hatte mit Juttas Handy gespielt. Und dann ließ es sich nicht mehr entsperren. Ich ... äh ... habe Jutta mit dem Code und dem Freischalten geholfen“, stammelte Markus, seufzte und hob die Schultern. „Mensch, das war jetzt aber auch 'ne Überraschung. Ich hab' erst morgen mit dir gerechnet.“ Wieder versuchte Markus, mir näher zu kommen, aber ich wich ihm aus.

Ich wusste nicht, was ich sagen sollte. Dass ich die beiden heimlich beobachtet und gesehen hatte, wie Jutta ihm über den Rücken strich und ihm den Nacken kraulte? Das war so absurd, dass ich nicht wagte, es auszusprechen. Aber noch absurder war, dass ich heute Morgen so gut wie nackt in einem anderen Bett aufgewacht war und mich nicht erinnern konnte, wieso. Mir schwirrte der Kopf. Erschöpft ließ ich mich auf einen der Stühle sinken.

„Du sagst ja gar nichts? Bist du müde? Du siehst echt fertig aus“, quasselte Markus. „Du hast sicher Hunger. Ich könnte dir was kochen. Pasta?“ Als Markus weiterreden wollte, unterbrach ich ihn einfach:

„Kannst du mir erklären, warum Jutta deinen Rücken streichelt, wenn ich nicht da bin oder wenn ihr zumindest glaubt, ich bin nicht da?“

Markus wühlte im Vorratsschrank und kramte eine Tüte Nudeln und eine Flasche passierte Tomaten heraus. „Was meinst du?“, fragte er, als wäre er völlig unbeeindruckt von meiner Frage.

„Ich meine es so, wie ich es sagte. Warum tätschelt dir unsere Nachbarin den Rücken und schmachtet dich an wie ein ausgehungertes Hündchen die Wursttheke beim Metzger?“

Markus hantierte unbeirrt weiter und ließ Wasser in den Kochtopf laufen. Erwartungsvoll starrte ich ihn an, aber es interessierte ihn offenbar nicht. Stattdessen stellte er den Topf auf den Herd und schaltete ihn an.

„Hallo? Erde an Mars?“ Langsam wurde ich schnippisch – die einzige Möglichkeit, Markus' Aufmerksamkeit zu bekommen.

„Ich weiß ehrlich nicht, was du meinst. Ich habe das nicht mitbekommen, dass Jutta mich angefasst hat. Vielleicht wollte sie nur nett sein“, antwortete Markus und begann, eine Zwiebel zu schälen.

„Willst du mich auf den Arm nehmen?“

„Nein, wieso?“

Wütend erhob ich mich vom Stuhl und baute mich hinter Markus auf. „Die liebe nette Jutta hat dir den Rücken bis zum Nacken gestreichelt!“ Automatisch wanderte mein Blick von Markus’ Steißbein bis zum Hals. „Es fehlte nicht viel, und sie hätte dir das Shirt vom Leib gerissen!“ Ich wurde lauter, obwohl ich das nicht wollte.

„Jetzt übertreibst du aber!“ Markus drehte sich zu mir um und trocknete sich die Hände am Küchentuch ab. „Jutta hatte ihr Handy nicht mehr starten können, und Maik ist übers Wochenende mit seinen Kumpels zum Angeln gefahren. Sie hatte einfach Angst, dass sie im Zweifel niemanden erreichen kann. Alle Telefonnummern sind schließlich in dem Teil gespeichert“, erklärte er mir vorwurfsvoll. Dann drehte er sich wieder von mir weg und fing an, meine Lieblingsgeflügelwürstchen zu schneiden.

„Ich übertreibe?“, rief ich, langsam hysterisch. „Gut, dann werde ich am Sonntag erst mal rüber zu Maik gehen und ihn fragen, ob er nach einer Angeltour nicht gern eine Massage von mir hätte.“

„Untersteh dich!“, sagte Markus und richtete, mehr zum Spaß, das spitze Messer auf mich.

„Markus, ich meine es ernst! Sag mir endlich, was hier gespielt wird! Und vor allem, wo die Kinder sind. Die werdet ihr für euer Techtelmechtel doch nicht in ihre Zimmer eingesperrt haben?“

Wütend schmiss Markus das Messer auf die Arbeitsfläche und drehte sich zu mir. Ich erschrak, hielt den Blick jedoch auf ihn gerichtet. Stöhnend fuhr er sich mit einer Hand durchs Gesicht und begann zu reden:

„Die Kinder sind bei deiner Mutter. Ich weiß nicht, was in

sie gefahren ist, aber die Kinder hatten echt Spaß mit ihr", Markus verschränkte die Arme vor der Brust und lehnte sich rücklings an die Tischkante, „wir wollten dich überraschen, dachten, du freust dich, wenn wir morgen einen freien Abend nur für uns hätten. Ich habe einen Tisch bei *Pierre* reserviert, wollte den verpatzten Hochzeitstag wiedergutmachen. Dann hat mich vorhin dieses Arschloch von *SKANDLEV* angerufen, um mir zu sagen, dass sie die Folgeaufträge in anderen Filialen lieber einer großen Tischlerei übertragen wollen. Wir würden ihnen zu langsam arbeiten. Dabei war es deren Schuld, dass wir nicht vorwärtskamen, weil sie unbedingt ihre Scheißlampen aus Fernost mit verbaut haben mussten, die aber ewig nicht geliefert wurden." Markus löste die Arme vor der Brust und steckte die Hände in die Hosentaschen. „Wir hatten uns einfach zu sehr auf diese Idioten eingestellt. David hatte von vornherein ein komisches Gefühl. Ich könnte mich ..." Markus presste die Lippen aufeinander.

„Und was hat Jutta damit zu tun?", fragte ich und verschränkte nun auch einmal die Arme vor der Brust.

„Was hast du denn jetzt schon wieder mit Jutta? Ich meine, hast du mir eigentlich gerade zugehört?"

„Ja, das habe ich. Ich habe dir sehr genau zugehört und dich vor allem sehr genau beobachten können vorhin. Also, wieso lässt du dir von unserer Nachbarin den Rücken kraulen?" Vorwurfsvoll blickte ich Markus an.

„Jutta war einfach in dem Moment da. Sie hat mir nur zugehört", blaffte Markus mich an.

„Und warum hast du nicht einfach mich angerufen?"

„Ich dachte, du bist gestresst, hast viel zu tun in Amsterdam. Kann ja keiner ahnen, dass du schon fertig bist", stammelte

Markus. „Außerdem ...“ Er hielt inne, so als müsste er seine Worte genauer überlegen.

„Außerdem?“, fragte ich herausfordernd.

„Nichts“, zischte Markus.

„Was meinst du mit *außerdem*?“

„Hanni, was hättest du mir denn gesagt? Mach dir nichts draus, es wird sich schon was Neues finden?“ Markus’ Ton wurde leiser.

Ich stand auf und sagte: „Ich glaube, ich brauche frische Luft.“

Noch bevor Markus etwas sagen konnte, verließ ich die Küche, schlüpfte wie ferngesteuert in meine Jacke und in die schwarzen Boots, schnappte mir die Glücksschuhe und ließ die Tür hinter mir ins Schloss fallen. Mein erster Gang führte mich zur Mülltonne. Es wurde Zeit, sich von altem Ballast zu befreien. Löcher, die Glück bringen sollen: So ein Quatsch! Wie hatte ich nur auf Matti hören können?

Nestflüchter

„Pfff … Aber das passt zu der. Kaum ist die Frau aus dem Haus, schmeißt sich Superwoman an den Nachbarn ran", bemerkte Doro, während sie mit kraftvollen Armbewegungen den Holzboden ihres Cafés kehrte. Ich hatte gerade das Haus verlassen, als sie mich von dort aus anrief. Sie musste noch aufräumen und Kassensturz machen, weil sie heute Nachmittag alles fallen gelassen hatte, um mit Kurti ins Krankenhaus zu rasen. Kurtis Arm war Gott sei Dank doch nicht gebrochen, musste aber mindestens vier Wochen mit einer Schiene ruhiggestellt werden, was die Sache für Doro auch nicht besser machte. Ich half ihr, die letzten Stühle auf die Tische zu stellen und Geschirr in die Spülmaschine zu räumen.

„Was findest du an der bitte super?" Angewidert verzog ich das Gesicht und formte ein Doppelkinn.

„Mensch, Hanni, das war ein Scherz! Außerdem rede ich von Männern. Männer finden es super, wenn eine Frau sich auftakelt und verständnisvoll tut, ihnen den Rücken streichelt und sie aus ihrer Not rettet." Zum Spaß hob Doro den rechten Arm und ballte die Faust wie Superman.

„Würde Ben so was gefallen?", fragte ich etwas unsicher.

„Weiß nicht." Doro zog eine Schulter hoch. „Ich könnte mir vorstellen, dass er genauso ein Blitzmerker ist wie dein Markus und es gar nicht schnallt, wenn eine Frau ihn anbaggert. Und wenn er es dann geschnallt hätte, würde er den Unschuldigen spielen, wie immer, und behaupten, er wollte nicht unhöflich sein und einfach gehen." Doro klimperte mit den Wimpern. Es war immer köstlich, ihr zuzuhören, wenn sie sich über Ben oder die Kinder aufregte. Alles, was sie zu erzählen hatte, kam mir bekannt vor, aber es aus ihrem Mund zu hören, verlieh dem Ganzen so viel Witz, dass auch ich über unsere Probleme zuhause lachen konnte. Doch heute funktionierte es nicht. Heute konnte ich nicht lachen, sosehr ich es mir auch wünschte.

„Markus hat es ja bemerkt, und er hat zugegeben, dass es ihm gefallen hat, von ihr getröstet zu werden. Stell dir bloß vor, ich wäre nicht zufällig gerade nachhause gekommen!" Meine Stimme wurde höher.

Doro stützte sich auf ihrem Besen ab. „Hanni, Markus kann zwar manchmal ein echter Blödmann sein, aber deshalb ist er noch lange kein Arsch. Du glaubst doch nicht allen Ernstes, dass er dich mit dieser unterversorgten Trulla betrügen würde?"

„Nein, aber …" Ich griff wieder nach dem Lappen und wischte zum hundertsten Mal über den sauberen Tresen. „Vielleicht habe ich es ja nicht anders verdient. Ich meine … Ich wusste doch, dass ihm die *SKANDLEV*-Typen Probleme machen, und dann lass' ich ihn auch noch allein mit den Kindern", sagte ich unsicher.

„Äh, hallo? Alles klar bei dir? Darf ich dich daran erinnern, dass du arbeiten musstest und dass du sogar deine Mutter ins Haus gelassen hast, damit sie deinen armen geplagten Mann unterstützen kann?" Doro stellte den Besen an die Wand, wischte sich die Hände an ihrer roten Schürze ab und kam auf mich zu. Während sie immer größer zu werden schien, hatte ich das Gefühl, als würde ich immer kleiner werden. Wie ein ausgeschimpfter Hund blickte ich auf Doro, die sich vor mir auf einen der Hocker setzte, von ihrem Wasser trank und seufzte.

„Ich habe es trotzdem nicht anders verdient!“, brach es aus mir heraus und dann war es nicht mehr aufzuhalten. „Ich bin heute früh im Bett von Claas Willemsen aufgewacht, und ich kann mich nicht erinnern, wie ich dahin gekommen bin. Ich habe Kuchen im Coffeeshop gegessen und weiß nur noch, dass ich danach auch noch Pancakes gegessen habe mit Claas. Mehr weiß ich nicht.“ Weiter konnte ich nicht reden. Meine Stimme wurde immer brüchiger. Ich fing an zu weinen, und Doro konnte offenbar nur noch … *nackt* … *Kurt Cobain* … *Scheißglücksschuhe* … *abgehauen* … verstehen, denn bei diesen Worten riss sie die zusammengekniffenen Augen kurz auf.

„Okaaaay“, sagte Doro, und ich konnte die Fragezeichen über ihrem Kopf deutlich sehen, genauso wie das leichte Grinsen, das sie zu unterdrücken versuchte.

„Was ist daran denn okaaay? Doro! Ich habe Drogen genommen! Und *ich* habe meinen Mann betrogen! Verstehst du? Ich! Ich bin die Betrügerin!“, jammerte ich aus tiefstem Herzen.

„Nun mal langsam.“ Doro versuchte, sachlich zu wirken. Und reichte mir ein Taschentuch, in das ich beherzt, wie ein Elefant hineinschniefte.

„Du sagst, du kannst dich nicht erinnern? Was macht dich dann so sicher, dass du mit Claas … dass dieser Claas und du, also, dass ihr miteinander geschlafen habt?“ Doro sprach leiser, so als wollte sie sichergehen, dass uns niemand hören konnte.

„Doro!“, sagte ich, als hätte sie gerade in der Nase gebohrt. „Ich bin bis auf den Slip nackt im Bett von Claas Willemsen aufgewacht. Das ist doch eindeutig, oder?“

Als Doro sah, dass ich wieder zum Heulen ansetzte, reichte sie mir ein weiteres Taschentuch.

„Na ja, normal ist es nicht, aber es ist auch nicht unnormal, nackt zu schlafen, wenn man keinen Schlafanzug dabeihat, oder?“ Doro hatte immer mehr Mühe, ein Lachen zu unterdrücken, und zugegeben, mir gefiel ihre Begründung. Dass ich nicht gern in enger Jeans und BH schlafen wollte, war nicht abwegig. Aber ich hätte doch mein T-Shirt tragen können und überhaupt: Warum hat mich Claas nicht einfach ins Hotel gebracht? Doro erkannte sicher meinen zweifelnden Blick und sah, dass ich an meinem Daumennagel kaute. Das hatte ich früher schon getan, es mir aber wegen der Kinder mühsam abgewöhnt – bis jetzt.

„Hör auf damit“, ermahnte mich Doro und strich behutsam meine Hand vom Mund. „Du musst mit Claas Willemsen reden. Du musst ihn fragen, was passiert ist. Da wirst du wohl nicht drum rumkommen.“

„Hey, wo warst du denn?“ Markus eilte mir im Flur entgegen, kaum dass ich die Haustür hinter mir geschlossen hatte.

„Bei Doro“, sagte ich kurz.

„Möchtest du noch was essen? Ich habe deine Lieblingspasta gekocht.“ Markus schaute mich an wie Matti, wenn er „Ich war es nicht“ zu mir sagte.

„Ich hab' immer noch keinen Hunger, aber danke.“ Ich wollte gerade die Treppe hinauf, ein heißes Bad einlaufen lassen, als mich Markus sanft an der Schulter festhielt. Ich wollte nicht, ich konnte nicht. Ich konnte ihm nicht in die

Augen sehen. Ich fühlte mich verletzt und mies – ich war Opfer und Täter zugleich.

„Hanni, da war nichts, ehrlich. Und es wäre auch nie etwas gewesen mit Jutta. Hanni, ich liebe dich, und ich hab' dich vermisst, schon lange, um ehrlich zu sein!" Markus' Stimme klang zärtlich, und würde ich mich nicht so schuldig fühlen, hätte er damit glatt mein Herz zum Schmelzen gebracht. Aber mein Herz fühlte sich einfach nur schwer an.

„Warum sagst du mir das erst jetzt?", fragte ich leise, den Blick immer noch zur Treppe gerichtet.

„Vielleicht habe ich es erst jetzt wieder begriffen. Vielleicht hatte ich aber auch einfach nur Angst."

„Angst? Du? Gibt es tatsächlich etwas, vor dem du Angst hast?", sagte ich ironisch.

„Wie meinst du das? Natürlich habe ich Angst. Angst um die Firma, um das Haus, um die Raten. Angst um dich, Angst, dass wir uns immer mehr voneinander entfernen. Hanni, ich weiß, dass ich einiges falsch gemacht habe in letzter Zeit. Ich war viel zu sehr mit mir und mit der Firma beschäftigt. Ich habe unseren Hochzeitstag vergessen, aber glaub mir, du und die Kinder, ihr seid mir das Wichtigste." Markus umarmte mich von hinten und ich spürte seinen warmen Atem an meiner Schulter.

„Nicht nur du hast etwas falsch gemacht. Ich fürchte, ich habe noch mehr falsch gemacht", sagte ich leise, den Blick auf meine Füße gerichtet.

„Nein, Hannilein, du hast nichts falsch gemacht. Im Gegenteil, du …"

„Ich bin heute Morgen nicht in meinem Hotelbett aufgewacht", fiel ich Markus mit fester Stimme ins Wort. Einen

Moment, der sich jedoch anfühlte wie eine Ewigkeit, herrschte Stille. Nur Koko war zu hören, der in Friedas Zimmer plapperte.

„Äh, und? Also, ich verstehe nicht", stammelte Markus und löste die Arme von mir. „Was meinst du damit? Du bist nicht in deinem Hotelbett aufgewacht?" Markus sprach vorsichtig.

Langsam drehte ich mich zu ihm um, den Blick immer noch zu Boden gerichtet. Der leichte Duft von gebratenen Geflügelwürstchen und gedünsteten Tomaten, der sonst ein Gefühl von Gemütlichkeit und Harmonie in mir hervorrief, musste jetzt einfach verpuffen. Wie schön es jetzt sein könnte. Nur Markus und ich, keine maulenden Kinderstimmen, ein Essen zu zweit, wie ich es mir schon lange gewünscht hatte. Warum nur musste ich alles kaputt machen? Warum musste Jutta heute auf meinem Sofa sitzen? Ich wünschte, das alles wäre nur ein dummer Traum, aber das war es nicht. Und Markus' eisigem Blick nach zu urteilen, würde die Situation noch schlimmer werden, als sie ohnehin schon war. Hätte ich nur auf Doro gehört. Hätte ich nur meine dumme Klappe gehalten und erst einmal mit Claas geredet. Aber was wird der mir schon erzählen? Ich wollte es mir gar nicht ausmalen, wenn ich daran dachte, wie enttäuscht und ratlos er mir heute Morgen in seinem Kurt-Cobain-Shirt nachgerufen hatte.

„Ich meine damit, dass ich heute Morgen im Haus von Claas Willemsen aufgewacht bin. Ich weiß nicht, wie ich dahin gekommen bin."

„Was?", stöhnte Markus leise und sah mich fragend an. „Wie meinst du das? Ich verstehe nicht ganz." Er wich einen Schritt zurück.

„Wir waren gestern Abend noch was essen, davor waren wir jedoch zufällig in einem Coffeeshop, in dem ich so einen blöden Kuchen gegessen habe, und …" Ich stockte. Mir blieb fast die Luft weg vor Aufregung, vor Angst. Vielleicht sollte ich lieber nichts mehr sagen.

Seufzend strich sich Markus durch die Haare. „Was für einen Kuchen? Und was hat das mit diesem … mit diesem Willemsen zu tun?" Markus wurde lauter. Ich glaube, so langsam begriff er, was ich ihm da gerade versucht hatte zu erklären.

„Es war kein normaler Kuchen. Mensch, Markus, ich war in Amsterdam. Ich wollte eigentlich erst gar nicht. Aber, aber dann ... Ich war gut drauf. Bin vorher von einem meterhohen Baum gesprungen. Ich war, ich war glücklich. Ich habe mich endlich wieder stark und zufrieden gefühlt, und ich dachte, so ein dummer Brownie wird mich schon nicht umhauen."

Markus verschränkte die Arme und drehte sich weg von mir. Auf seinem Gesicht lag ein leicht arrogantes Lächeln. Er blickte ins Leere, so als wollte, nein, als müsste er mir nicht länger zuhören. Er sagte nichts, niemand sagte etwas – außer Koko, der sich vermutlich wieder mit seinem eigenen Spiegelbild unterhielt: „Guuter, guuuter Koko, Koko guuuter."

Wutschnaubend stürmte Markus in den Flur und zog seine Jacke an und kramte, wie immer, in den Taschen nach seinem Schlüssel.

„Markus, bleib hier! Das hat doch keinen Sinn. Wir müssen reden!" Ich versuchte, ihn zu beschwichtigen, obwohl ich längst wusste, dass das sinnlos war.

„Wir müssen gar nichts! Du, Hanni, du solltest lieber überlegen, ob du nicht zu weit gegangen bist." Auf einmal war

Markus' Stimme brüchig. Er war immer noch wütend, keine Frage, aber, wenn ich es richtig sah, war auch Verzweiflung und Traurigkeit in seinen Augen. Markus hatte recht. Ich hatte Mist gebaut, und es brachte nichts, jetzt, wo wir beide in Rage waren, noch weiter darüber zu diskutieren. Also blieb mir nichts anderes übrig, als zuzusehen, wie die Tür hinter ihm ins Schloss fiel.

Alle Vögel sind schon da

„Mama, Mama!“ Rumms. Matti polterte auf meinen Hintern. „Mami“, hörte ich auch Friedas Stimme, und: „Du pennst immer noch?“, was eindeutig aus Karlas Mund stammte.

Ich drehte mich um, blinzelte mit den Augen und stellte fest, dass ich die ganze Nacht und, wie mir ein halbwacher Blick auf die Leuchtziffern unseres DVD-Players verriet, den ganzen Vormittag auf dem Sofa im Wohnzimmer geschlafen hatte. Ich streichelte Matti über das Köpfchen und gab Frieda einen zärtlichen Kuss auf ihren süßen Mund, den sie mir entgegenstreckte.

„Wie seid ihr eigentlich hergekommen?“, fragte ich nach einer Weile.

„Äh, durch die Tür vielleicht?“, sagte Karla, die es vorzog, mit verschränkten Armen im Türrahmen stehen zu bleiben, statt sich mit aufs Sofa zu kuscheln.

„Danke für die Aufklärung“, sagte ich, „Aber ich meinte eigentlich Papa. Warum hat der euch denn heute schon aus Leipzig geholt?“

Der Blick in die drei ratlosen Gesichter meiner Kinder stürzte mich in Zweifel. Ich meine, ich war doch hier zuhause, oder? Und ich hatte keine Drogen und keinen Alkohol zu mir genommen. Warum starrten sie mich dann so an? Ich hörte Absätze auf dem Parkett im Esszimmer. Es waren ganz eindeutig nicht die Schritte von Markus, sondern:

„Hallo, mein Kind“, sagte meine Mutter, die in makellos glänzenden schwarzen Stiefeletten, schwarzer Stoffhose und einem locker fallendem roten Blusen-Shirt mit V-Ausschnitt neben Karla stand.

Ich schreckte hoch. „Was machst du denn hier?“

„Na, das nenne ich mal wieder eine herzliche Begrüßung“, antwortete meine Mutter, und wie Karla verschränkte sie die Arme vor der Brust. Zwei vorwurfsvolle Augenpaare, die sich auf mich richteten.

„Hast du mal auf die Uhr gesehen, mein Schatz?“, fragte meine Mutter.

„Äh, nein, aber wie du weißt, war ich auf einer wichtigen Geschäftsreise, und da wird es mir doch erlaubt sein, mich auszuruhen“, sagte ich sarkastisch.

„Entschuldige, wenn wir dich geweckt haben. Eigentlich wollte Markus die Kinder morgen holen, aber er klang am Telefon etwas … sagen wir, durcheinander und hat mich gebeten, die Kinder zu bringen. Ich wollte ihn noch fragen, ob das nicht bis morgen Zeit hätte, aber da hatte er schon aufgelegt. Ich habe mir halt Sorgen gemacht, wie du dir vielleicht vorstellen kannst“, sagte meine Mutter scharf. Konnte ich mir zwar nicht vorstellen, aber was spielte das für eine Rolle?

„Ja ... na ja, Markus hat auch viel um die Ohren mit der Werkstatt. Und ich, ich war von der Reise so kaputt. Danke, dass du die Kinder hergebracht hast“, sagte ich und sah immer noch fragende Gesichter um mich herum. Die hochgezogenen Augenbrauen meiner Mutter sprachen Bände.

Ich stand auf, band mir die Haare zusammen und ging Richtung Küche.

„Ich brauche jetzt erstmal einen Kaffee, magst du auch einen?“, fragte ich sie im Vorbeigehen, wobei ich ihr einen ernsten Blick zuwarf.

„Ja, wenn du schon mal dabei bist", antwortete meine Mutter, die offensichtlich merkte, dass wir kein Gespräch für Kinderohren führen würden.

„Matti, Frieda, geht ihr schon mal hoch, eure Sachen auspacken? Karla hilfst du Matti?"

„Ach, wieso immer ich?", keifte Karla. Nichts anderes hatte ich erwartet.

„Hast du uns nichts mitgebracht?", fragte Matti mit vorgeschobener Schnute. Ich bückte mich zu ihm hinunter, streichelte über sein Näschen und sagte: „Na klar habe ich euch was mitgebracht! Aber erst auspacken, okay?" Dann rollte auch er genervt die Augen und zog ab. Auf halbem Weg drehte sich Matti um und fragte:

„Mama? Hast du eigentlich Zähne geputzt?"

„Warum?"

„Du riechst nach Ei."

„Ähm, ja, dann sollte ich vielleicht gleich mal Zähne putzen." Ich schob Matti sanft zur Küchentür hinaus. Warum musste dieser freche Kerl immer sagen, was er dachte?

„Willst du vielleicht erst mal ins Bad, bevor wir Kaffee trinken?", fragte meine Mutter, so wie ich das Karla fragte, als sie anfing, nach pubertierenden Ausdünstungen zu riechen. Aber im Gegensatz zu Karla war ich keine 14 mehr, und das sollte meine Mutter endlich kapieren.

„Wieso?"

„Du musst doch sicher gleich wieder gehen. Ich dusche nachher", entgegnete ich bestimmt. Sie sollte ja nicht denken, dass sie mich verunsichern konnte – auch nicht mit ihrem typischen Du-musst-es-ja-wissen-Blick, bei dem sie beide Augenbrauen hochzog und sichtlich Brustkorb und

Schultern zum Einatmen hob.

Ich gab Kaffeepulver in die Bodum-Kanne und goss heißes Wasser auf und versuchte, ein höfliches Gespräch zu führen:

„Wie geht es dir? Was habt ihr in Leipzig gemacht, du und die Kinder?"

„Nett, dass du fragst. Mir geht es gut, und ich glaube, deinen Kindern auch."

„Schön, das freut mich." Langsam drückte ich das Kaffeesieb in der Kanne nach unten.

„Willst du nicht wissen, wie es gelaufen ist, als du weg warst?" Nun zog meine Mutter nur noch *eine* Augenbraue hoch, aber ich würde mich ganz sicher nicht auf eine Diskussion über meine Zettel-Anweisungen einlassen.

„Ich weiß doch, dass es gut läuft, wenn du da bist", sagte ich, ohne das Gesicht zu verziehen.

„So? Den Eindruck hatte ich aber nicht, beim Anblick der Zettelwirtschaft, die du mir bereitet hast."

„Ja, Mama", sagte ich beschwichtigend und verkniff mir, sie darauf aufmerksam zu machen, dass sie sich schließlich nicht oft um meine Kinder gekümmert hatte und ich deshalb lieber einiges für sie und Markus notierte.

„Ich habe ja auch nichts gesagt." Einen Augenblick lang herrschte eine Stille, die kaum zu ertragen war. Ich wollte, dass sie ging. Stattdessen schenkte ich uns Kaffee ein.

„Danke." Meine Mutter setzte sich an unseren kleinen Küchentisch, der Gott sei Dank sauber war, nachdem ich gestern Abend nicht mit Markus gegessen hatte. Wo er wohl war? Mein Kopfkarussell sprang sofort an. Und das Letzte, was ich jetzt brauchte, war es, meine vorwurfsvolle Mutter zu unterhalten.

„Also, was hat Markus vorhin gemeint mit ‚Hilfe in den nächsten Tagen'? Fährt einer von euch wieder weg?"

Das wüsste ich auch gern. Nach unserem Streit gestern Abend hatte ich Markus nicht wiedergesehen. Und bisher hatte ich nicht einmal Zeit gehabt, auf meinem Handy nachzusehen, ob er eine Nachricht hinterlassen hatte.

„Weg, ja, weg. Markus muss für ein paar Tage dienstlich weg", stammelte ich und nahm zwei Tassen aus dem Schrank. „Ich weiß auch nicht, wann er wiederkommt. Also, eigentlich." Die Augen meiner Mutter weiteten sich.

„Also, er kommt schon wieder", das hoffte ich zumindest, „aber es ist noch nicht klar, wann, und ähm ja, jetzt müssen wir halt schauen. Ich arbeite auch wieder. Also eigentlich. Ich weiß noch nicht genau, wie lange …" Ich fing an zu schwitzen, was nicht förderlich war für meinen bisherigen Körpergeruch. Ich wusste nicht, was ich meiner Mutter sagen sollte. Sie meinte:

„Ach so, sag doch gleich, dass ihr mich noch ein paar Tage länger hier braucht. Das hätte mich Markus doch sofort fragen können. Dann hätte ich frische Sachen mitgebracht oder wäre gar nicht erst nach Leipzig zurückgefahren. Mmmh, lass mich überlegen: Morgen habe ich zwar eine Verabredung, aber es würde reichen, wenn ich Montag früh zurückkomme. Reicht doch, wenn ich Matti um neun Uhr in die Kita bringe, oder?"

Wie? Was? Was redete sie da?

„Wie, wie meinst du das? Also, nein, so war das nicht gemeint. Ich, ich … also es ist nett, wenn du uns helfen willst, aber …"

„Das ist kein Problem für mich, Hanni. Ich kann doch

verstehen, dass ihr beide arbeiten müsst. Und ich finde es wunderbar, dass du endlich wieder arbeiten gehst. Hab' mich eh gefragt, wie lange du es noch zuhause aushalten willst." Meine Mutter strahlte über das ganze Gesicht.

„Nein, nein das geht doch nicht", versuchte ich es wieder höflich, aber der Verzweiflung nahe. Doch meine Mutter ließ sich nicht irritieren.

„Papperlapapp, ich fahre jetzt nach Hause. Du duschst und machst dir ein schönes Wochenende mit den Kindern und am Montag startest du voll durch, während ich die Bande Kinder übernehme." Sie hätte mir ebenso gut einen Eimer kaltes Wasser über den Kopf schütten können. Ich war wie gelähmt. Ich konnte nichts sagen, was für meine Mutter wohl einem „Fantastisch, so machen wir es" gleichkam.

Selbst ist die Vogelmutter

Montagmorgen stand ich extra um 4:45 Uhr auf, allerdings nicht, um mich in Ruhe fertig zu machen, sondern um Frühstück und Brote für die Kinder vorzubereiten. Ich genieße es immer, morgens die Erste zu sein, die durchs Haus geistert. Manchmal setze ich mich auch zuerst mit einer Tasse Kaffee hinaus in den dunklen Garten. Dafür reichte meine Geduld heute jedoch nicht. Ich war unglaublich aufgeregt. Eigentlich müsste ich hundemüde sein. Mein Wochenende bestand vor allem daraus, Wäscheberge im Keller zu zähmen, mich von Matti mit dem Fußball abschießen zu lassen und die Kreuzverhöre meiner Töchter zu ertragen *(Was ist mit Papa? Wie lange bleibt Oma? Willst du jetzt immer arbeiten gehen?)*. Abgesehen davon hatte ich die letzten beiden Nächte kaum geschlafen. Außer einer WhatsApp, in der Markus mir mitteilte, dass er vorübergehend bei David wohnen konnte, erhielt ich von Markus keine Nachricht. Auch Claas bereitete mir weiterhin Kopfzerbrechen, und ich überlegte, wie ich Hartmann davon überzeugen könnte, mir demnächst oder besser so schnell wie möglich einen neuen Aufgabenbereich zu übertragen. Nachdem ich im Bad meinen Pony gebändigt und etwas Schminke aufgelegt hatte, stand ich ratlos vor unserem Kleiderschrank im Schlafzimmer. Ich wechselte ungefähr zwanzigmal das Outfit, obwohl ich wusste, dass die meisten Leute im Verlag schlicht und einfach gekleidet waren. Schließlich zog ich Jeans, Blusenshirt und Strickjacke an. Keinen Blazer, erst recht keinen Rock oder eine schwarze Hose. Mir fehlte ein Ohrring. Ich schaute unter dem Bett nach und bemerkte, dass die große dunkelblaue Reisetasche fehlte. Markus musste vorgestern Abend oder gestern hier gewesen sein, um Sachen zu holen.

Ich lief zurück ins Bad und erst jetzt fiel mir auf, dass auch sein Rasierapparat und das Duschbad fehlten. Seine Zahnbürste stand noch am Waschbeckenrand, weshalb mir wahrscheinlich nicht aufgefallen war, dass doch einige seiner Sachen fehlten. Ich hatte gehofft, dass ich ihn nochmal sehen würde vor seinem „Auszug". Oh Gott, wie das klang, „Auszug"!

Bevor ich in Grübelei und Selbstvorwürfen versinken konnte, klingelte in Karlas Zimmer der Wecker. Wenn ich jetzt nicht in ihr Zimmer ging, würde der Wecker noch heute Nachmittag klingeln, und ich wollte die Kinder gern wach haben, bevor meine Mutter in der Tür stand. Ich lief mehrmals zu ihren Betten, streichelte, rüttelte, redete und bettelte, aber keiner hörte auf mich. Schließlich klingelte es an der Tür, und wie von der Tarantel gestochen sprangen Matti und Karla aus dem Bett und riefen: „Omaaa, Omaaa!" Nur Frieda brauchte eine Weile, um sich zu erinnern, dass Montag war, dass Oma kommen wollte und dass die Schule bald anfangen würde. Dann lief sie im Schlafanzug meiner Mutter entgegen.

Die war mit zwei mittelgroßen Koffern angereist, und allmählich bekam ich Angst, dass sie hier einziehen wollte.

„Hallo, mein Schatz, gut siehst du aus", sagte sie zu mir. Ich sah sie erstaunt an. Aber gut, nach Diskussion und Streiterei stand mir gerade sowieso nicht der Sinn. Ich hielt es für besser, mich gleich aus der Affäre zu ziehen, Karla und Frieda wussten, wann sie losmussten, und meine Mutter hatte Matti letzte Woche schon ein paar Mal zum Kindergarten gebracht. Essen hatte ich ihnen vorbereitet, also gönnte ich mir die Zeit, mit dem Fahrrad zum Verlag zu fahren, statt die S-Bahn zu nehmen. Vielleicht kämen mir dabei noch ein paar Ideen, wie ich Hartmann überreden könnte, Claas Willemsen jemand anderem anzuvertrauen. Ich meine, ich war im Prinzip wieder alleinerziehend und brauchte regelmäßige Arbeitszeiten und ein Home-Office, aber das wäre wahrscheinlich sogar alles weiterhin möglich.

Auf dem Fahrrad musste ich unwillkürlich an die kleine Tour auf Claas' Gepäckträger denken. Oh Mann, wie soll das gehen? Wie um alles in der Welt soll ich weiterhin mit diesem Mann zusammenarbeiten? *Ich schaffe das. Ich schaffe das,* murmelte ich vor mich hin.

Zumindest wusste ich ja, dass Claas nicht sofort vorhatte, wieder nach Berlin zu reisen, und dass wir die ersten wichtigen Schritte festgelegt hatten. Daran würde ich mich halten und professionell und unvoreingenommen an die Arbeit gehen. Ich war schließlich keine 17 mehr! Über den Ausrutscher in Amsterdam würde ich ja wohl drüberstehen. Und außerdem sollten Privates und Arbeit nicht vermischt werden. Wir waren doch hier nicht im Kindergarten! Ich versuchte, Gelassenheit auszustrahlen, auch wenn in mir ein Schwarm Hummeln brummte.

Mein neuer Arbeitsplatz war schöner als der alte damals. Ich würde mir ein helles Büro mit einer Volontärin, die alle Bereiche im Verlag durchlaufen musste, teilen. Das hatte mir Anna

letzte Woche am Telefon gesagt. Ihr Büro war gleich nebenan und würde wohl die nächsten eineinhalb Jahre von einem anderen Kollegen besetzt sein. Ich war nicht traurig, dass ich nicht Annas Tisch bekommen hatte, sondern dass ich mit der Volontärin zusammenarbeiten würde, die allerdings noch nicht da war. Mein PC, Telefon etc. waren bereits eingerichtet. Ich überlegte mir, gleich morgen eine Pflanze und ein paar Familienfotos mitzubringen. Obwohl, nein, das mit den Fotos sollte ich lieber sein lassen. Von Hartmann hatte ich eine handgeschriebene Nachricht auf dem Tisch liegen, die ich nur schwer entziffern konnte: *Willkommen zurück, Frau Liebig. Bin diese Woche dienstlich in Frankfurt und London unterwegs. Bei dringenden Angelegenheiten wenden Sie sich an die Kolleginnen oder schreiben Sie mir eine Mail. Ich bin sicher, Sie kriegen das hin. Herr Willemsen war jedenfalls begeistert von Ihnen! Weiter so!*
Wie gern hätte ich mich über dieses Lob gefreut. Stattdessen überlegte ich, wie Claas das wohl gemeint haben könnte und was genau er Hartmann über uns erzählt hatte. Andererseits konnte ich mir bei Claas nicht vorstellen, dass er Blödsinn über mich erzählte.

„Hallo", riss mich eine freundliche Frauenstimme aus meinem kleinen Albtraum. „Ich bin Svea. Sie müssen Frau Liebig sein?"

„Äh, ja, ja, die bin ich. Dann bist du, sind Sie sicher die Volontärin?", antwortete ich dem sympathisch aussehenden hellblonden Fräulein.

„Ja, richtig. Ich soll ein paar Monate in dieser Abteilung mitarbeiten, und Herr Hartmann hat gesagt, dass Sie vielleicht meine Hilfe gebrauchen könnten."

Svea war taff, sie half mir sehr gut und führte mich durch die sozialen Welten von Instagram, YouTube und Facebook, Dinge, die ich von Karla schon gehört hatte, die ich aber kaum kannte und die, neben Zeitplanerstellung und Budgetprüfung, fortan meinen Arbeitsalltag bestimmen sollten. Ich kniete mich in die Arbeit. Ich telefonierte mit Theaterbühnen, Kulturzentren, Hotels, Cateringfirmen, mit den Gestaltern im Verlag. Ich schrieb und beantwortete gefühlte tausend E-Mails am Tag, wobei ich den Leuten immer dasselbe erklärte: dass sie Infos zu Claas Willemsen, Flyer und Plakate in den kommenden Wochen erhalten würden; dass wir ihnen ein Buchexemplar kostenlos zur Verfügung stellen könnten; dass Claas Willemsen selbstverständlich alle seine Bücher im Anschluss an die Veranstaltung signieren würde; und, nein: Claas Willemsen würde während der Veranstaltung niemanden hypnotisieren oder verzaubern. Wenn es etwas gab, was mit Claas gleich abzusprechen war, schickte ich ihm entweder eine Mail, auf die er immer schnell antwortete, jedoch nie, ohne darunter nachzuhaken; was mit mir los sei und warum ich damals so schnell verschwunden sei. Diese Fragen ignorierte ich jedes Mal und bedankte mich stattdessen immer höflich für die schnelle Zuarbeit. Wenn er versuchte, mich auf dem Handy zu erreichen, ging ich nicht ran, und wenn dann der Anruf ins Büro kam, schickte ich Svea vor und ließ ihm von ihr ausrichten, dass ich in einer wichtigen Besprechung sei, er könne alles mit ihr bereden.

Es gab so viel Arbeit, dass ich bald öfter vergaß, für wen der ganze Aufriss eigentlich stattfand, und es war sogar so viel, dass ich inzwischen froh war, dass meine Mutter für mich zuhause den Laden schmiss. Denn neben der Arbeit im Verlag hatte ich auch noch mit chronischer Müdigkeit, ab und zu sogar mit Schwindelgefühlen zu kämpfen. Vermutlich musste sich mein Körper erst an die neue Belastung gewöhnen. Ich konnte nicht sagen, dass mir die Arbeit keinen Spaß machte; vor allem das Organisatorische beherrschte ich gut. Um nichts zu vergessen oder verrückt zu werden, orientierte ich mich streng an meinen *To Do's*, die ich mir nach wie vor jeden Morgen auf einen Zettel notierte.

Svea und ich waren inzwischen ein gut eingespieltes Team und manchmal gönnten wir uns eine kurze Mittagspause bei Doro. Und trotzdem: Irgendetwas fehlte mir. Ich hatte den Eindruck, dass ich viel machte, aber am Ende des Tages wusste ich nicht mehr, was ich eigentlich gemacht hatte – auch dann nicht, wenn ich auf meiner Liste das letzte Häkchen setzen konnte. Außer ein paar seltenen Terminen bei Veranstaltern, um die Bühnen- und Sitzmöglichkeiten zu besichtigen und um mit ihnen die Anmoderation für den Leseabend mit *Claas Willemsen* zu besprechen, verbrachte ich die meiste Zeit vor dem Computer und am Handy – nicht gerade das, was ich in den letzten fünf Jahren vermisst hatte. Was ich vermisste, war, die Zeit mit Büchern zu verbringen, aber zurück ins Lektorat sollte ich wohl nicht so schnell wechseln können.

„Frau Liebig, wo ich sie hier gerade treffe", rief mir Hartmann betont freundlich hinterher. Ich wollte gerade zur Toilette gehen, als er mich auf dem Gang erwischte. Er trug, wie immer, eine schwarze Anzughose, aber dieses Mal hatte er ein rosafarbenes, gestärktes Hemd dazu an. War die rosa Welle für Herren nicht längst durch?

„Hallo, Herr Hartmann, schön, Sie wiederzusehen", sagte ich ebenso freundlich.

„Na, haben Sie sich im Haus gut eingelebt?“ Hartmann lachte mich mit weit aufgerissenem Mund an.

„Ja, nett, dass Sie fragen“ (nach fast drei Wochen, die ich mittlerweile im Haus gewesen bin). „Ich komme so weit klar. Hätte aber schon ein paar Dinge, die ich mit Ihnen besprechen müsste.“

„Selbstverständlich, selbstverständlich. Aber sagen Sie mal, haben Sie heute schon Zeitung gelesen?“ Er tätschelte mir die Schulter.

Upps, die Zeitung. Ich wollte mir endlich angewöhnen, jeden Morgen eine vom Tresen im Eingangsbereich mitzunehmen.

„Ähm, heute noch nicht, ist gerade zu viel zu tun“, antwortete ich etwas verlegen.

„Na dann kommen Sie mal in ein paar Minuten zu mir ins Büro!“ Hartmann grinste und zog eine Augenbraue hoch. Mir rutschte vor Aufregung fast das Herz in die Hose, und ich spürte, dass meine Hände feucht wurden.

„Natürlich. Ich komme gleich zu Ihnen“, sagte ich, so gut es ging, in ruhigem Ton.

Als Hartmann endlich weiterging, flitzte ich erst zur Toilette, wo ich überlegte, was um Himmels willen in der Zeitung stehen und ausgerechnet mich interessieren könnte. Es konnte nur mit Claas zu tun haben, da war ich mir sicher. Aber was? Hatten die Medien meine Pressemeldungen in den falschen Hals bekommen? Bis jetzt hatte niemand telefonisch nachgehakt. Es war unprofessionell, dass ich nicht selbst daran gedacht zu hatte, die Medien zu verfolgen. Ich sprintete nach unten ins Foyer, holte mir alle Tageszeitungen und rannte zurück ins Büro, wo Svea gerade einen Joghurt löffelte.

„Sei so lieb und hilf mir, nach Berichten über Claas Willemsen zu suchen", sagte ich hastig. Hektisch breitete ich die Zeitungsseiten vor ihr aus, sodass ihr fast der Becher mit dem Joghurt über das Shirt kippte. Roch irgendwie lecker nach Pfirsich, das Zeug, könnte ich eigentlich auch mal wieder besorgen, dachte ich, als ich eilig die Seiten durchblätterte. Nirgends ein Bild von Claas zu sehen, dafür fiel mir in der *Morgenpost* eine Annonce auf, die hübsch mit Büchern und einer geschlängelten Wörterkette gestaltet war, sodass ich kurz innehielt, um zu übersetzen, was darinstand: *Kleiner Buchladen im südlichen Stadtteil aus Altersgründen abzugeben. Bitte melden unter 0163/45 68 112.*

Das wär's, dachte ich einen Moment lang, ein Buchladen, der nur mir gehört, und niemand, der mir hineinredet.

„Hier! Ich hab' was!", riss mich Svea aus meinem Traum.

„Zeig her!" Ich beugte mich über sie.

Eine humorvolle Geschichte über das, was im Leben wirklich zählt, lautete die Überschrift eines großen Artikels mit einem gut getroffenen Bild von Claas, auf dem er eine schwarze Lederjacke trug und geheimnisvoll lächelte.

Eilig überflog ich die Zeilen, in denen sich der Redakteur sehr positiv zum neuen Buch von Life Coach Willemsen äußerte und ihm den gleichen großen Erfolg prophezeite, wie ihn der aus Amsterdam stammende Autor in den Niederlanden bereits habe. Alle Termine der Lesetour waren abgedruckt und der Verlag mehrfach genannt. Klang doch gut! Mal sehen, wie Hartmann das Ganze sah.

Hochflug kommt vor dem Fall

Wie ich es von früher kannte, roch es in Hartmanns Büro unangenehm nach neu verlegtem Teppichboden. Und wie früher sah es leer und aufgeräumt aus, sodass man meinen könnte, dieser Mann hätte nichts zu tun oder reagiere hochsensibel auf Dinge wie Zettel, Stifte, Karten mit Sprüchen, leere Kaffeebecher oder Duftkerzen. Dinge, die sich bei mir und Svea türmten (dazu noch Bio-Gummibärchen und Müsliriegel). Nur ein offenes Bücherregal mit sortierten Werken aus dem Verlag konnte in diesem Raum Aufmerksamkeit auf sich ziehen. Der Rest war weiß und wie geleckt.

„Setzen Sie sich, Frau Liebig“, sagte er höflich und fragte, ob ich einen Kaffee wollte. Nanu, was war denn mit dem los? So entgegenkommend kannte ich Hartmann nur, wenn er etwas wollte. Ich lehnte den Kaffee dankend ab, bat stattdessen um ein Glas Wasser, an dem ich mich festhalten könnte.

„Ich muss sagen, die Berichterstattung hat mich beeindruckt. So viel Presse hatten wir lange nicht. Nicht nur *Tagesanzeiger* und *Morgenpost*, sogar der *Tagesspiegel* rückt uns mit Herrn Willemsen ins Licht. Wie ich es mir gedacht habe“, sagte Hartmann selbstzufrieden.

„Ich muss zugeben, dass ich anfangs skeptisch gewesen bin, was Ihre Auswahl an Locations betrifft. Ich meine, da passen nicht viele Leute rein, und die großen Buchhandlungen sind nicht dabei. Aber vermutlich stehen die Leute drauf. Der Vorverkauf für die Karten und die Vorbestellungen für das Buch laufen jedenfalls fantastisch.“

„Das freut mich", sagte ich irritiert, denn ich wusste nicht, was er jetzt noch von mir hören wollte.

„Das sollte es auch, Frau Liebig. Ich hatte Ihnen bereits angedeutet, dass ich vorhabe, den Bereich Marketing und soziale Medien zu erweitern. Unter anderem planen wir eine neue Blogger-Kampagne. Blogger erhalten die Bücher von Claas Willemsen und anderen Autoren aus der Sparte ‚Lebenshilfe' und rezensieren sie dann. Dafür braucht es aber jemanden, der etwas davon versteht. Und deshalb habe ich mir überlegt, Sie als neue Leiterin für den Social-Media-Bereich einzusetzen."

Mir fiel buchstäblich die Kinnlade herunter. Wahrscheinlich sollte ich mich jetzt freuen. Stattdessen war ich nur verwirrt. Ich meine, wie kam der darauf, dass ausgerechnet ich, Hanni Liebig, die YouTube bis vor kurzem noch für einen Musiksender im Fernsehen gehalten hatte, die Richtige für einen Social-Media-Posten wäre? Der ganze Quatsch interessierte mich überhaupt nicht. Ich wusste zwar dank Svea inzwischen um die Wichtigkeit solcher Kanäle, aber das war nicht meine Welt. Ganz bestimmt nicht!

„Oh, das, das, also, das klingt gut." Nervös rutschte ich auf dem quietschenden Leder meines Stuhls herum. Hartmann entwich ein hohes Japsen, dann wurde seine Miene zunehmend ernster. „Mehr haben Sie dazu nicht zu sagen?" Zwar stand mein Mund immer noch offen, aber es kamen keine Worte heraus. Lässig lehnte sich Hartmann auf seinem Stuhl zurück: „Aber lassen Sie mal, ich kann Sie verstehen. So ein Angebot muss man erst einmal verdauen. Apropos verdauen: Ich lade am Freitag zu einem kleinen Empfang bei mir zuhause ein. Nur ein paar enge Kollegen und Kolleginnen.

Ich würde mich freuen, wenn Sie mit Ihrem Mann kommen. Dann könnte ich die Neuerung im Verlag gleich allen mitteilen." Erwartungsvoll schaute er mich an.

„Oh, das ist sehr nett, aber ich fürchte, dass ich nicht kommen kann." Hartmanns Blick verfinsterte sich. Etwas grimmig, nein, mit forschendem Hartmann-Blick sah er mich an, was nicht dazu beitrug, meine Nervosität zu drosseln.

„Wissen Sie, mein Mann ist doch selbstständig und geschäftlich gerade viel unterwegs. Ich glaube nicht, dass er kann, und, und, und jemand muss ja auf die Kinder aufpassen", sagte ich und hätte mir in den Hintern treten können für mein unprofessionelles Geplapper.

„Nun, wenn das so ist, Frau Liebig. Dann wäre es an der Zeit, Ihrem Mann mitzuteilen, dass Sie gerade Karriere machen und dass er Sie künftig dabei unterstützen sollte." Hartmann hob das Kinn. Ganz Unrecht hatte er nicht. Schließlich wollte Markus auch, dass ich wieder arbeite. Vielleicht war diese Beförderung ein gutes Mittel, ihn endlich aus seinem Schneckenhaus herauszuholen. Bis auf ein paar kurze Anrufe zuhause, um sich nach den Kindern zu erkundigen, meldete er sich noch immer nicht bei mir. Ich war wütend auf ihn, und gleichzeitig vermisste ich ihn so sehr. Genauso wie die Kinder ihren Vater vermissten, wenngleich sie nicht mehr täglich nach ihm fragten. Den Mädels erklärte ich, dass ihr Papa und ich eine kleine Auszeit brauchen und uns auf die Arbeit konzentrieren wollen; dass es nichts mit ihnen zu tun hat. Matti ließen wir weiterhin in dem Glauben, dass sein Papa gerade woanders sehr viele Möbel bauen muss, dass er aber bald wiederkommt. „Frau Liebig?", fragte Hartmann mit hochgezogener Stirn.

„Äh, ja. Was? Ach so. Ja … also, ich werde sehen, was sich einrichten lässt", stotterte ich und stand auf.

Es war fast Mitternacht, als ich von dem Klingeln meines Handys geweckt wurde. Ich war, wieder mal auf dem Sofa vor irgendeiner Netflix-Serie eingeschlafen. Nachdem ich heute mehrmals versucht hatte, Markus zu erreichen, rief er mich endlich zurück. Und selbst das tat er nur, weil er dachte, es sei etwas mit den Kindern. Als ich ihn beruhigte und erzählte, dass es um mich und um meine Beförderung ginge, sagte er nur:

„Das klingt toll, Hanni. Ehrlich, ich freue mich für dich!" Danach herrschte erstmal großes Schweigen. Ich nippte an meinem Rotweinglas, das ich mir vorhin gegönnt, dann aber kaum angerührt hatte. Der Wein schmeckte mir nicht. Ich verzog das Gesicht und stellte das Glas wieder zurück auf den Tisch. Ich gab mir einen Ruck und fragte Markus, ob er mich am Freitag zu dem Empfang begleiten würde. Ich hoffte so, dass er mein Entgegenkommen annehmen würde, doch er sagte nur:

„Ich weiß nicht, ich glaube eher nicht."

Das war's. Ich war nicht nur wütend auf diesen Dickschädel, der sich bitten ließ, obwohl er sich selbst nicht besser verhalten hatte als ich (sofern ich das beurteilen durfte). Ich war vor allem traurig, verletzt. Wie oft hatte ich davon geträumt, ihn stolz zu machen. Jetzt gelang das endlich, und was machte er? Mich am ausgestreckten Arm verhungern lassen. Apropos Hunger.

Ich brauchte jetzt dringend Schokolade. Ich schlurfte zum Büffet im Esszimmer, wobei mir sofort die Bilder von damals erschienen – als Markus und ich uns das erste Mal auf dem Trödelmarkt begegnet waren ...

Ich öffnete die Schublade, in der wir ab und zu Süßigkeiten lagerten, und – griff ins Leere. Eines meiner rücksichtsvollen Kinder hatte anständigerweise das zerknüllte Schokoladenpapier darin liegen lassen.

Ich stöhnte leise, als meine Mutter im Pyjama und mit einem Glas Wasser in der Hand plötzlich hinter mir stand und sagte: „Falls du Schokolade suchst, die habe ich ganz oben auf den Küchenschrank gelegt. Du hast gesagt, dass die Kinder zu viel Süßes essen."

Wir aßen beide von der Schokolade. Ich war mir sicher, dass meine Mutter längst ahnte, dass es zwischen mir und Markus nicht nur ein bisschen kriselte, aber sie hielt sich zurück, stellte keine Fragen. Ich erzählte ihr von dem Gespräch mit Hartmann. Vorhin. als die Kinder noch wach waren, hatte ich das nicht gewollt. Ich hatte Begeisterung erwartet, schließlich hatte ihre Tochter einen richtigen Job bekommen, nicht zu vergleichen mit der Arbeit einer einfachen Lektorin oder gar einer Hausfrau. Doch stattdessen fragte sie mich sanft und zum ersten Mal in meinem Leben, was *ich* denn wollte. Das fühlte sich gut und zugleich merkwürdig an. Endlich fragte mich jemand, was ich wollte, doch statt Erleichterung breitete sich Schwere in mir aus.

Im Sturzflug

Als ich vor Hartmanns Haus (oder sollte ich lieber sagen: Stadtvilla?) ankam, hatte ich mir in den neuen Pumps, die ich gestern vor lauter Frust noch gekauft hatte, gefühlt zehn Blasen an den Füßen gerieben. Was würde ich jetzt darum geben, in meinen Glücksschuhen zu stecken? Doch ich blieb tapfer, denn auch wenn diese Dinger drückten und rieben, ich lief anders darin, aufrechter, eleganter, sexyer, und heute wäre schließlich mein Tag, mit oder ohne Markus. Das Tränchen, das sich seinen Weg bahnen wollte, unterdrückte ich. Nach unserem letzten Telefonat schrieb ich Markus mehrere Nachrichten, bat ihn darum, es sich zu überlegen, entschuldigte mich bei ihm, aber er verhielt sich immer noch ausweichend. Ich wusste nicht, wie es weitergehen sollte zwischen uns. Ob es überhaupt weitergehen würde. Gestern Abend im Bad hatte mich Frieda gefragt, ob wir uns scheiden lassen würden. Es tat mir weh, die Kinder anlügen zu müssen. Und ich war wirklich kurz davor gewesen, Claas anzurufen und ihn zu fragen, was in dieser dummen Nacht passiert war. Doch als der Anruf rausgehen wollte, verließ mich der Mut, und ich drückte schnell den roten Auflege-Button. Ich redete mir ein, dass Grübeln mich nicht weiterbrachte, und beschloss deshalb, mich von nun an voll und ganz auf meine Karriere als Social-Media-Abteilungsleiterin zu konzentrieren.

Ich zupfte meinen Pony zurecht, streifte meinen Blazer glatt und drückte auf den schwarzen Klingelknopf. Hartmann öffnete persönlich und stellte mich drinnen seiner Frau vor, die mich ein wenig an Herzogin Kate erinnerte: hübsch, schlank und langhaarig.

„Guten Abend Frau Liebig, schön, dass Sie kommen konnten", begrüßte sie mich, und als ich genauer hinsah, erkannte ich, dass sie doch ein paar Falten unter ihrem Make-up versteckte.

„Guten Abend", erwiderte ich und blickte von Hartmann zu Kate. „Ich danke Ihnen für die Einladung", sagte ich verhalten. Hatte seine Frau vor ein paar Jahren nicht ausgesehen wie Margaret Thatcher? Und jetzt stand hier eine andere, jüngere und, zugegeben, viel attraktivere Frau.

Hartmann räusperte sich und sagte: „Darf ich vorstellen? Meine Frau Kati. Wir haben vor zwei Jahren geheiratet."

Ich spürte Röte aufsteigen und sagte hastig: „Oh wie schön. Schön Sie kennenzulernen." Hatte er wirklich *Kati* gesagt? Gott, bitte, lass sie mich nicht aus Versehen *Kate* nennen!

Für einen kleinen Empfang hatten Hartmann und *Kati* groß aufgetragen. Beim Anblick des Büffets lief mir das Wasser im Mund zusammen, obwohl ich heute Mittag gut gegessen hatte. Ich liebe Büffets, gleichzeitig hasse ich sie, weil man sich immer entscheiden muss, was man auf den Teller lädt.

Doch bevor ich mich auf das Essen stürzen könnte, würde es noch eine Ewigkeit dauern. Hartmann stellte mich vielen Leuten vor, die meisten waren Männer aus dem Verlag oder Verlagsvertreter. Ich blieb geduldig und freute mich, als Hartmann endlich vor das Büffet trat und um Aufmerksamkeit bat. Doch statt die Leute, vor allem mich, endlich essen zu lassen, bat er mich, mit vorzutreten. Mit zusammengepresstem Kiefer (die Pumps und ich werden garantiert keine Freunde) stolzierte ich elegant, fast cool, nach vorn.

Hartmann stellte mich kurz vor, dann überreichte er mir auf einmal das Mikrofon. „Nicht so schüchtern, Frau Liebig", flüsterte er mir zu. „Sagen Sie ihnen, wie wir den Verlag wieder auf Kurs bringen und welche Ideen Sie haben!"

Welche Ideen ich habe? Seinen Verlag auf Kurs zu bringen?

„Ähm, ähm … ja, also, ähm. Um ehrlich zu sein, bin ich überrascht. Ich hatte nicht damit gerechnet, dass das, also, dass es so viele interessieren wird, was ich zu sagen habe. Und eigentlich … also, eigentlich gibt es auch nicht viel zu sagen. Herr Hartmann hat mich ja bereits vorgestellt, und ich, ja ich, also ich und meine Kolleginnen, na, im Prinzip alle aus dem Verlag, werden alles daransetzen, eben diesen auf neuen Kurs zu bringen." Wow, Hanni – wenn du mit dieser Rede keinen Preis gewinnst? Die Herrschaften und Kati schauten mich an, als hätte ich gerade Arabisch gesprochen, einige schauten verlegen zu Boden.

„Also, was ich damit sagen will, ist: dass doch immer viele Leute an den richtigen Strippen ziehen müssen, um ein Unternehmen wie den Hartmann Verlag mit Erfolg zu krönen. Es, es ... es wäre falsch, mir allein dafür zu huldigen oder mich allein dafür verantwortlich zu machen. Abgesehen davon, liebe Gäste, Sie sehen aus, als ob Sie Hunger hätten. Was soll ich Sie da noch länger mit meinem Gequatsche über Social Media aufhalten? In diesem Sinne, Herr Hartmann bitte ich Sie, uns alle endlich zu erlösen und das Büffet zu eröffnen!" Hartmann lächelte und auch die anderen Gäste klatschten Beifall.

Ich war von oben bis unten nassgeschwitzt und hätte nur zu gern meinen Blazer ausgezogen, aber den Anblick von Schweißflecken, die bis zur Taille reichten, wollte ich niemandem antun. Erst recht nicht denen, die mir zu nahekamen, so wie Hartmann, der mir die Schulter tätschelte und sagte: „Sie verstehen eben, was die Menschen berührt. Sehr gut." Dann ging er weiter und ließ mich allein stehen. Ich kannte hier wirklich niemanden und wäre am liebsten wieder abgehauen. Zaghaft nippte ich an meinem Glas Sekt und überlegte, was Doro jetzt an meiner Stelle machen würde. Ich denke, sie würde das Büffet stürmen. Ich nahm mir einen der Teller und lud mir drei Stück von dem zarten, saftigen Fleisch auf, das von einer knusprigen Kräuterpanade umhüllt war. Dazu nahm ich einen zweiten Teller für das Trüffel-Risotto und ein, zwei grüne Salatblätter, aber nur, um die Honig-Balsamico-Vinaigrette, die auf dem Tischkärtchen angepriesen wurde, zu probieren. Ich stellte mich an einen der runden und mit weißem Stoff überzogenen Tische und begann zu futtern.

Nach einer Weile gesellte sich die zuvorkommende Kati mit einem Salatteller und einem Glas Weißwein zu mir und empfahl mir, von den Rosmarin-Kartoffelecken mit Avocado-Limonen-Dip zu probieren. Wegen meiner Rede sprach sie mich nicht an. Na ja, vielleicht besser so. Das Essen war wirklich lecker, aber ich hatte mehr Appetit, als ich tatsächlich essen konnte, und als Kati mich höflich fragte, ob es mir schmecke, musste ich leise aufstoßen. In dem Moment, als Kati mich fragte, ob alles in Ordnung sei mit mir, konnte ich sie nur schmerzverzerrt anschauen. Mir war plötzlich übel, so übel, dass ich ganz schnell zur Toilette wollte. Aber so schnell war ich nicht. Es war nicht mehr aufzuhalten. Der Druck aus meinem Magen war bis in die Speiseröhre hochgestiegen, und als ich versuchte meinen Mund, der mit Erbrochenem gefüllt war, zuzuhalten, spritzte es auch schon aus mir heraus – direkt auf meine neuen Pumps.

„Schon mal daran gedacht, dass du schwanger sein könntest?“, fragte meine Mutter, als sie mich heulend im Badezimmer entdeckte.

„Was? Wie kommst du denn darauf?“

„Du bist morgens immer müde, musst brechen, wenn ich das richtig rieche?“ Sie streichelte mir sanft über den Rücken und sah mich durch den Spiegel an. Ich sah aus wie ein Pandabär. Schwarze Augenringe und drumherum weiß wie Kalk.

„Quatsch. Das ist einfach nur der Stress in letzter Zeit“, sagte ich matt. „Glaub mir, ich weiß, wie man schwanger wird!“ Leise ahnte ich, dass sie recht haben könnte.

„Entschuldige, so habe ich das nicht gemeint. Ichdachtenur…“EtwashilflosstandmeineMutterinihremcremefarbenen Satinpyjama und ihren bordeauxroten Pantoffeln neben mir, in der Hand immer noch das Buch, das ich ihr schon vor ewigen Zeiten empfohlen hatte. Ich hatte gehofft, sie würde schlafen, als ich vorhin im Flur schluchzend meine geschwollenen Füße aus den Pumps gewürgt hatte. Stattdessen kam sie mit ihrer schwarzen Lesebrille auf dem Kopf aus dem Wohnzimmer. Völlig verheult war ich an ihr vorbei ins Bad gelaufen.

„Kann ich dir etwas bringen, brauchst du etwas?“, fragte meine Mutter zögernd.

„Nein! Nein! Ich brauche nichts“, stöhnte ich, „ich möchte jetzt lieber allein sein.“

Ich putzte mir die Zähne, zog ein frisches T-Shirt an und legte mich ins Bett. Ich war müde. Aber sosehr ich auch versuchte, diesen Gedanken zu verdrängen – er ließ mir keine Ruhe: Sie war überfällig. Wenn ich richtig rechnete, hätte meine Regel schon vor zehn, vielleicht auch elf Tagen kommen sollen. Markus und ich verhüteten seit Jahren mit Kondom, weil ich die Pille nicht mehr nehmen wollte. Seitdem hatte sich mein Zyklus immer mal verändert. Es war also nicht ungewöhnlich, dass sich meine Regel verschob. Aber elf Tage „darüber"! Das hatte ich das letzte Mal erlebt, als ich mit Matti schwanger war. Und Sex mit Markus hatte ich auch schon länger nicht erlebt, käme eigentlich nur … Oh nein, oh nein, nein, nein. Ich konnte unmöglich von Claas schwanger sein. Mein Herz begann zu rasen, schweißgebadet lag ich allein in meinem, nein, noch unserem Bett, wälzte mich von der einen Seite auf die andere, stand zwischendurch auf, um mir Wasser aus dem Bad zu holen. Stop, Hanni! Jetzt beruhige dich! Du weißt doch nicht, ob du *überhaupt* schwanger bist.

Morgen früh würde ich sofort losgehen und einen Test holen. Oder sollte ich gleich gehen? In eine Bereitschaftsapotheke? Nein, lieber nicht.

Dicke Luft im Vogelnest, Vol. 2

Es muss gegen fünf Uhr früh gewesen sein, als ich nassgeschwitzt und völlig erschöpft endlich einschlief. Kurz vor sieben Uhr weckte mich Matti, um mir zu sagen, dass heute Samstag sei und wir alle ausschlafen konnten. Ich wollte ihn überreden, sich noch zu mir ins Bett zu kuscheln, aber das war hoffnungslos. Außerdem dauerte es nicht lange, bis mein Gehirn wieder zu rattern begann, und plötzlich war ich hellwach. Ich öffnete für Matti eine Folge *Paw Patrol* auf dem Handy und flitzte ins Bad. Beim Zähneputzen überlegte ich, wo ich mir an einem Samstagvormittag, an dem die ganze Stadt auf den Beinen war, möglichst unauffällig einen Test holen könnte. Meiner Mutter und Matti erzählte ich, dass ich etwas im Verlag vergessen hätte und es schnell holen wolle. Frieda und Karla lagen eh noch in ihren Betten.

Ich musste sichergehen, dass mich niemand sah, den ich kannte. Deshalb radelte ich einfach in die entgegengesetzte Richtung, in die ich sonst fuhr, um zur Arbeit, zur Kita oder zu Doro zu kommen. Früher war ich öfter in dieser Gegend mit dem Kinderwagen unterwegs. Ich wusste, dass nach ein paar Minuten ein Bäcker, eine Apotheke, eine nette Buchhandlung, ein Blumenladen und ein paar kleine traditionelle Cafés kommen müssten. Ich würde in die Apotheke fahren, die hoffentlich noch existierte, und am besten gleich zwei Tests mitnehmen, falls der eine nicht richtig funktionierte. Ich strampelte los und hoffte, der Fahrtwind könnte meine Gedanken wegpusten, aber das tat er nicht. Im Kopf war ich in Amsterdam, im Kletterwald, im Coffeeshop, im Pancake-Restaurant, in Claas' wunderschönem Haus, aber weiter ging es einfach nicht. Meine Erinnerung an diese eine Nacht war ausgelöscht.

Plötzlich wurde ich auf einen Werbe-Aufsteller mit einem knallroten Pfeil aufmerksam. Er zeigte ein großes aufgeschlagenes Buch, in dem stand: *Wundervolle Geschichten in gemütlichem Ambiente genießen*. Ich fuhr langsamer und stieg vor dem Buchladen vom Fahrrad. Gott, wie lang war das her, dass ich hier stand? Da musste Frieda noch im Kinderwagen gewesen sein. Sie konnte stundenlang spazieren gefahren werden, aber wehe der Wagen bewegte sich zu lange nicht. Ich erinnerte mich, wie ich damals vor dem Schaufenster stand und mir vorstellte, dass es *mein* Buchladen wäre. Wie damals reckte ich vor dem Schaufenster den Hals und erspähte Bücherrücken und Magazine in vollgestopften Regalen, und auf dem Ladentisch stand immer noch die alte Kasse mit Kurbel. Die Frau hinter dem Verkaufstisch war noch dieselbe zierliche Person, die mit ihrem dunklen Pagenschnitt und den rot geschminkten Lippen ein wenig an Mireille Mathieu erinnerte, nur ihr Gesicht wirkte inzwischen etwas eingefallener. Als sie mich von weitem anlächelte, fühlte ich mich wie ertappt. Etwas gestellt lächelte ich zurück und blickte schnell in die Auslage, die vor dem Schaufenster stand und die aussah wie ein alter Leierkasten. „Rund um die Schwangerschaft – Der Bestsellerratgeber" zum Aktionspreis von 5,99 Euro stach mir ins Auge. Sofort besann ich mich meiner eigentlichen Absicht und radelte weiter Richtung Apotheke.

Den ersten Test der vier Tests (im Doppelpack à zwei Stück), die ich gekauft hatte, hielt ich direkt unter den Urinstrahl (oh Gott, das Wort erinnerte mich an das Leuchtschwert von Darth Vader). Als sich die rosa Farbe nach oben saugte und der Ergebnisstreifen noch vor dem Kontrollstreifen erschien, hoffte ich, mit meinem „Urinstrahl“ einfach nur falsch getroffen zu haben. Oder hatte ich den Teststreifen zu doll vollgepullert? Ich wartete ein paar Minuten, in denen ich in unserem kleinen, abschließbaren Gästebad auf und ab ging wie ein Tiger im Käfig, und trank viel Wasser aus einem Zahnputzbecher. Den abgetrockneten Zahnputzbecher nutzte ich gleich als Auffangbehältnis. Dieses Mal achtete ich exakt darauf, den Teststreifen nur bis zu der gestrichelten Markierung in den Urin zu tauchen. Wieder dauerte es nur vier, fünf Sekunden, bis zu erkennen war, dass der Ergebnisstreifen sich vom weißen Untergrund durch ein dunkles Rosa absetzte. Ich saß auf dem Klodeckel und starrte ins Leere. Dann starrte ich noch einmal auf die Teststreifen, doch es blieb dabei: Beide Tests hatten zwei Streifen, keiner der Streifen wurde blasser oder verschwand. Die letzten Tests wollte ich aufheben für morgen, um, wie es empfohlen wurde, gleich früh mit dem ersten Urin zu testen. Allerdings hatte ich wenig Hoffnung, mit einem höher konzentrierten Urinstrahl ein weniger schlimmes Ergebnis zu erzielen.

„Du blöde, doofe Arschkuh!“, hörte ich Matti draußen schreien, als ich am Sonntagmorgen mit dem dritten Schwangerschaftstest auf unserem Gästeklo saß. „Jetzt hast du’s kaputt gemacht", schrie Frieda zurück. „Ich hasse dich, ich hasse euch alle!" Ich hörte, wie sie die Treppe nach oben in ihr Zimmer stampfte. Wenn Frieda ausrastete, musste es schlimm sein. Ich konnte aber nicht hinausgehen, um nachzusehen, was passiert war, denn ich saß immer noch wie versteinert auf unserem Gästeklo mit drei positiven Schwangerschaftstests in den Händen. Einen weiteren Test konnte ich mir sparen.

„Mama?", hörte ich Karla, „Maamaa, Frieda tickt nicht mehr ganz richtig und schreit doof rum. Ich muss Mathe machen!" Gott, es war doch jetzt schon kaum auszuhalten. Wie sollte hier jemals noch ein Kind reinpassen? Was hast du nur getan, Hanni Liebig? Wie konnte das passieren? Ausgerechnet dir. Du hast doch schon drei Kinder! Du wolltest endlich wieder etwas anderes erleben, du wolltest an dich denken, Geld verdienen! Stattdessen lässt du dich von einem holländischen Life Coach schwängern und setzt damit nicht nur deine Karriere, sondern deine Ehe, deine ganze Familie aufs Spiel! Oder sollte alles nur ein böser Traum sein? Könnte ich jetzt bitte aufwachen?

Ich schluckte die aufsteigenden Tränen hinunter, als ich hörte, wie Matti laut heulend durchs Haus stiefelte. Ich musste sofort hier raus, sonst würden sie sich noch die Köpfe einschlagen. Ich musste mich um meine Kinder kümmern. Ich hatte keine Zeit, keine Nerven, mir jetzt über ein viertes Kind Gedanken zu machen. Ich stand auf, spritzte mir kaltes Wasser ins Gesicht, rubbelte mich trocken und atmete tief ein und aus. Bereit für den Gang in die Höhle der Löwen.

Oh Gott, fast hätte ich das Wichtigste vergessen. Schnell wickelte ich die Teststreifen und die Verpackungen in Klopapier und packte sie in eine Kosmetikeimertüte, die ich fest verknotete. Ich wollte gerade mit der Tüte nach draußen zur

Mülltonne eilen, als meine Mutter die Haustür aufschloss und vor mir stand. „Sagt mal, habt ihr noch Blumenerde in der Garage? Ich wollte vorne das Beet für ein paar neue Pflanzen vorbereiten." Sie versuchte, sich mit den schmutzigen Gartenhandschuhen ein paar Haarsträhnen aus dem Gesicht zu streichen.

„Ich schau gleich hinten nach, muss nur schnell …"

Ungeduldig versuchte ich, mich an ihr vorbei nach draußen zu drängeln. „Lass doch, das kann ich doch mit rausnehmen." Meine Mutter schnappte nach meiner Tüte. „Was is'n da drin?"

Mit geweiteten Augen starrte ich sie an.

„Was? Ist es explosiv, oder was?", fragte sie.

„Nein!", fuhr ich sie an und riss ihr den Beutel aus der Hand. „Misch dich doch nicht immer ein!" Ich ging einfach an ihr vorbei und erntete ein theatralisches „Entschuldigung! Dann schaue ich am besten selbst nach der Erde – oder mische ich mich dann auch wieder ein?"

Ich achtete nicht auf sie. Ich hatte jetzt andere Probleme. Schwungvoll öffnete ich die schwarze Tonne, und als ich gerade eine andere Tüte unseres Hausmülls über meinen geheimnisvollen Beutel drapieren wollte, hörte ich Juttas zaghafte Stimme hinter mir:

„Hallo, Hanni."

Ich spürte, wie mein Puls wieder anstieg, nachdem er von dem Testergebnis-Schock noch nicht richtig runtergefahren war.

„Hallo, Jutta", sagte ich nüchtern, ohne den Blick von meiner hoffentlich gut versteckten Mülltüte zu wenden.

„Wie geht's euch denn? Macht dir die neue Arbeit Spaß?", fragte sie vorsichtig.

Ich atmete tief ein und aus und drehte mich zu ihr um.

„Gut, uns geht es gut. Fantastisch. Die Arbeit ist super. Hätte ich nicht gedacht. Die Kinder sind gesund, und das Wetter ist ja wieder traumhaft, nicht wahr?“ Ich schüttelte den Kopf, um meinen Pony gleichmäßig zu verteilen, und lächelte, ohne die Augen zu bewegen.

„Und selbst? Alles gut bei euch?“, fragte ich höflichkeitshalber, obwohl mich das ungefähr so interessierte wie die Formel zur Berechnung der Lichtgeschwindigkeit.

„Äh, ja, alles okay“, sagte Jutta zögernd und senkte den Blick.

„Du, hör mal Hanni, ich wollte dir noch sagen …“ Jetzt sah sie mir wieder ins Gesicht und ich konnte dunkle Schatten unter ihren Augen erkennen. Ungewöhnlich, dass Jutta das Haus ungeschminkt verließ.

„Ja“, sagte ich kühl.

„Ich, ich …“, stotterte sie und strich sich die heute irgendwie strähnig aussehenden Haare hinters Ohr. „Äh, wir planen, im Sommer ein kleines Straßenfest zu organisieren. Und, und ich wollte fragen, ob du, ob ihr damit einverstanden wärt?“

Kritisch zog ich eine Augenbraue hoch.

„Straßenfest? Hier?“, hakte ich nach.

„Ja, wir dachten, es wäre doch ganz nett, wenn wir uns alle mal …“

„Ach, ich weiß nicht, ob das so eine gute Idee ist“, sagte ich schroff.

„Äh, wieso denn …?“ Sie brach ab und schaute mich aus ihren dunkel umrandeten Augen hilflos an.

„Also, das kann ich dir sagen“, fuhr ich eisig fort. „Da klingelt man einfach bei seinem Nachbarn, dessen Frau gerade nicht zuhause ist. Und dann …“

„Schon gut, Hanni“, fiel Jutta mir ins Wort, „worauf willst du hinaus?“ Ihr Gesicht wurde starr.

„Findest du es normal, deinem Nachbarn den Rücken zu massieren?“ Wütend knallte ich den Deckel der Mülltonne zu.

„Den Rücken massieren? Du spinnst doch. Ich hatte Markus den Arm um die Schultern gelegt. Eine freundschaftliche Geste, die unter Nachbarn ja wohl erlaubt sein wird!“ Nervös zog Jutta die Henkel ihrer schwarzen Michael-Kors-Handtasche über die Schulter und hielt sie so fest, dass sich die Knöchel ihrer Fingergelenke weiß färbten.

„Ich war selbst etwas durch den Wind an diesem Tag, Hanni. Kann sein, dass es aufdringlich wirkte, aber glaub mir, ich wollte mich nicht hinter deinem Rücken an Markus ranschmeißen. Da war nichts und es wäre nie etwas passiert.“

Ich hatte genug gehört, drehte mich um und ging zurück ins Haus.

Ich wollte gerade nach oben gehen, um nachzusehen, ob die Kinder noch unverletzt waren, als mir auffiel, dass es gar nicht mehr laut war im Haus. Leise schlich ich mich hoch und schaute durch den Türspalt von Karlas Zimmer, in dem es zwar wieder einmal aussah, als hätte ein Waschbär gewütet, aber Karla schien tatsächlich brav am Schreibtisch über ihren Hausaufgaben zu brüten, und hinter ihr durften Frieda und Matti auf ihrem Fußboden mit Legobausteinen spielen. Vermutlich spürten sie, dass irgendetwas nicht stimmte mit mir – und mit ihrem Vater. Das war manchmal verrückt bei ihnen. Sie konnten einem auf unsensibelste Art den letzten Nerv rauben, hatten aber gleichzeitig feine Antennen und spürten sofort, wenn Mama oder Papa schlecht drauf waren.

Dann wurden sie unsicher und hielten die Klappe oder halfen auf einmal mit beim Abwasch oder beim Aufräumen. Merkwürdig, jetzt, wo ich sie zu dritt friedlich beieinander sah, dachte ich, wie schön es doch war, wie schön alles sein könnte, wenn ich nicht so verdammt leichtsinnig und egoistisch gewesen wäre.

Ich musste mich zusammenreißen. Also ging ich zu meiner Mutter in den Garten, um ihr mit der Erde zu helfen. Ohne ein Wort zu reden, gruben wir beide die Beete um, schnitten Büsche zurück und schleppten die restliche Blumenerde, die noch da war, vor das Haus. Ich war ihr dankbar, dass sie mir nicht böse zu sein schien, dass sie mit mir stillschweigend die Zeit verbrachte und mich trotzdem ablenkte. Diese Arbeit und das Nichts-sagen-Müssen waren wohltuend. Einfach machen, weitermachen und nicht nachdenken. Vielleicht sollte das meine Lösung, mein künftiger Weg sein.

Immer noch in Gedanken versunken, strich ich mit den Händen die lockere frische Erde glatt, als ich hörte, wie ein Auto in unsere Einfahrt fuhr. Es war Markus, der unseren braunen VW-Bus abstellte und ausstieg. Obwohl das hier natürlich auch sein Zuhause war, hatte ich jetzt nicht mit ihm gerechnet.

Langsam und mit gesenktem Blick ging Markus auf mich zu. Wie auf Regieanweisung verließ meine Mutter den Vorgarten, rief Markus nur zu: „Oh, hallo, Markus. Ich setze Kaffee auf“, und ging ins Haus.

Ich richtete mich auf und musste kurz das Gesicht schmerzhaft verziehen, weil mein rechtes Bein eingeschlafen war und es sich anfühlte, als würden tausend Stecknadeln meine Muskeln piksen.

„Na, alles klar?", fragte Markus wie beiläufig und blickte zu Boden.

„Autsch, ja, ja … alles klar", stöhnte ich und versuchte zu lächeln.

„Ich war gerade hier in der Gegend, und da dachte ich …",

„… du könntest mal wieder zuhause vorbeischauen?", beendete ich den Satz und schaute Markus mit schräg gelegtem Kopf an.

„Ja", antwortete er kurz und strich sich mit den Händen über das Gesicht. Er sah müde aus.

„Und, weil ich fragen wollte, ob wir heute zusammen essen gehen wollen. Ich habe für 19 Uhr einen Tisch bei *Pierre* reserviert. Also, nur wenn du magst." Unsicher blickte Markus auf seine Füße und schob die Hände in die Seitentaschen seiner braunen Arbeitshose.

Ich wusste nicht, wie ich reagieren sollte. Markus hob den Kopf und sah mich fragend an. „Was ist? Hast du schon was anderes vor? Wir können auch ein andermal …" Er zog die Schultern hoch.

„Was. Äh, nein. Nein, nein. Oder doch, also vielleicht doch ein andermal. Weißt du, ich …" Am liebsten hätte ich geschrien: JA! Gern, aber nur, wenn du mir nicht böse bist, dass ich schwanger bin, das Kind aber höchstwahrscheinlich nicht von dir ist.

Unsicher schaute Markus mich weiter an.

Als wäre mir gerade die Erleuchtung gekommen, schlug ich mir mit der Hand an die Stirn. Dann tat ich so, als würde ich auf meine Uhr schauen, und stotterte: „Was? Schon so spät? Weißt du, ich, ich muss los. Ich bin mit Doro verabredet. Es ist wichtig und, und, sie wartet bestimmt schon auf mich."

Zum Davonflattern!

„Na das nenn' ich 'ne Steigerung zu deinem Angler-Auftritt von neulich", empfing mich Doro im Café, wo sie gerade leer getrunkene Latte-Macchiato-Gläser von meinem Lieblingstisch vorn am Fenster abräumte. Etwas verwirrt schaute ich erst sie an, dann mich. Doro meinte die rosa Gartencrocs und die abgenutzte Blümchen-Schürze. Aber was spielte das jetzt für eine Rolle? Ich stöhnte und schaute sie verzweifelt an. „Na, wenigstens die Lockendinger haste weggelassen", sagte Doro grinsend, woraufhin ich sie anblaffte: „Mann, Doro, ich hab' echt andere Probleme." Eigentlich wollte ich mich an dem Tisch niederlassen, aber Doro führte mich elegant hinter ihren Tresen, wohl wissend, dass nicht jeder der Gäste mit anhören musste, was ich zu erzählen hatte. Zum Glück waren es nur ein paar mit Selfie-Sticks und Reiseführer ausgestattete Touris, die uns vielleicht nicht einmal verstanden. Trotzdem starrten sie mich und meinen Gärtnerinnen-Look neugierig an. Doro hatte recht, ich sollte mich lieber hinter ihrem Tresen verstecken. Ich wusste nicht, was sie von uns gedacht haben, aber die Touris standen auf und verließen wortlos den Laden. Das Geld legten sie auf den Tresen und warteten nicht ab, bis Doro ihnen das Wechselgeld geben konnte.

„Ich glaube, für heute kann ich schließen. War ein Scheißtag, kaum Gäste, und eben ist auch noch mein Kaffeeautomat ausgestiegen." Doro blickte den Touris nach. „Also, was wolltest du mir erzählen?", fragte sie dann.

„Ist nicht wichtig. Bin nur schwanger." Resigniert ließ ich

mich auf den Fußboden sinken und lehnte mich an einen der Unterschränke aus Edelstahl.

Doros geweitete Augen folgten mir. „Was?“, sagte sie mit hoher Stimme. „Im Ernst, Hanni? Ich meine, bist du dir sicher?“ Doro kniete sich zu mir herunter und setzte sich neben mich.

„Ja“, sagte ich. „Mehrere Tests belegen es.“ Ich atmete laut.

„Aber ich dachte, du und Markus. Ihr wolltet nicht nochmal ein Kind.“

„Wollten wir ja auch nicht. Im Übrigen glaube ich nicht, dass Markus der Vater ist.“ Mit eingezogenem Hals drehte ich mich zu Doro.

„Nee, oder? Du willst jetzt nicht sagen, dass dieser Mentaldoktor, dieser Willemsen … Hanni!“ Doro schlug die Hand vor den Mund. „Das nenn' ich tatsächlich ein ernstes Problem“, sagte sie.

„Was soll ich denn jetzt machen, Doro?“

„Was sagt denn Markus dazu?“

„Der weiß es noch nicht.“

„Und Claas Willemsen?“

„Der weiß es auch nicht.“ Ich wollte anfangen zu heulen.

„Nun mal langsam!“ Doro legte mir den Arm um die Schultern.

„Bist du sicher, dass Claas der Vater ist? Kann es nicht sein, dass Markus ...? Ich meine, vielleicht ist ja doch Markus der Vater, dann wäre die Sache nur noch halb so schlimm.“

„Wenn ich richtig gerechnet habe, war mein Eisprung in etwa zu der Zeit, als ich in Amsterdam war. Und Sex mit Markus ist lange her“, sagte ich mit hoffnungsloser Miene.

„Mmhhh, dann wird dir nichts weiter übrigbleiben, als

endlich mit Claas zu reden", sagte Doro, als das Glöckchen ihrer Eingangstür läutete.

Doro hievte sich vom Fußboden hoch und sagte: „Tut mir leid, wir haben geschlossen." Nichtsahnend hob ich den Kopf über den Tresen, woraufhin sich meine Augen blitzartig weiteten. Ich hätte mich sofort wieder bücken sollen, aber mein Körper blieb wie zur Salzsäule erstarrt, sodass mein Kopf sichtbar blieb

„Hanni?", sagte Claas und ging langsam auf mich zu.

„Ja", sagte ich matt, richtete mich weiter auf und band langsam die dumme Schürze ab.

„Was machst du hier?", fragte ich vorsichtig.

Unschuldig zog Claas die Augenbrauen hoch.

„In ein paar Tagen isse unsere erste Leseshow hier in der Stadt. Ich wollte vorher nochmal mit dir reden. Hartmann hat mir deine Adresse gegeben. Ich habe ihm gesagt, dass wir verabredet sind bei dir, dass ich aber deine Adresse verbummelt habe. Deine Mutter hat mir gesagt, dass du vielleicht hier bist."

Na toll, von Datenschutz hatte mein Chef wohl noch nie etwas gehört. In der ganzen Aufregung hatte ich den Termin in der kleinen Arena im Tempodrom glatt vergessen – oder verdrängt. Svea hielt mich zwar mit allem, was ich ihr übertrug, auf dem Laufenden, aber in den letzten Tagen überschlugen sich einfach die Ereignisse.

„Weißt du, wie lange ich versucht habe, dich zu erreichen? Warum bist du denn damals einfach verschwunden? Ich habe mir Sorge gemacht, weißt du das?"

„Zu Recht!", fuhr ich ihn an. „Ich meine, was hast du dir dabei gedacht, mich in meinem Zustand einfach abzuschleppen?"

Claas schaute mich verständnislos an. Doro blickte verlegen nach unten und ging dann nach hinten in die kleine Küche.

„Aber du wolltest doch unbedingt diesen Cake essen. Ich hatte dich doch noch … äh wie sagt man? … geschützt!"

„Gewarnt!" Mit verschränkten Armen baute ich mich vor Claas auf.

„Wieso hast du mich nicht einfach ins Hotel zurückgebracht? Wieso bin ich in deinem Bett aufgewacht?"

„Du wolltest in meinem Bett schlafen … weil … du hattest Angst, dass der Weihnachtsmann kommt … durch den Kamin, wenn du auf meinem Sofa schläfst. Du bist in meinem Bett und ich …" Bevor Claas weiterreden konnte, hörte ich Doro in der Küche rumoren.

„Ich weiß nicht, was du meinst. Ich weiß nur, dass ich bis auf den Slip ausgezogen in deinem Bett aufgewacht bin. Kannst du mir das erklären?"

„Nein, ich habe ja geschlafen, äh, auf dem Sofa." Als er versuchte, auf mich zuzugehen, und die Arme hob, wich ich hastig zurück und sagte:

„Ich bin schwanger!"

„Oh wie schön. Das isse doch toll, Hanni!"

„Sag mal, verstehst du eigentlich, was ich dir gerade gesagt habe? Ich bin schwanger, von dir!", sagte ich.

Claas fasste sich mit der Hand an die Stirn und stützte die andere in die Hüfte.

„Hanni, hör mal. Ich glaube, du siehst Gespenster!" Ehe er weitersprach, zog er seine schwarze Lederjacke aus und hängte sie über einen der Barhocker. Er trug ein weißes Hemd und eine dunkelgraue Jeans und sah wieder unglaublich gut aus, mit seinen Lachfältchen, den weißen Zähnen, dem leicht melierten Messy Bun.

„Ich dachte eigentlich, du weißt, dass ich nicht auf Frauen stehe. Es hat nix mit dir zu tue."

Dann hielt Claas seine rechte Hand hoch, um auf seinen dezenten weißgoldenen Ring zu deuten, und sagte: „Ich bin verheiratet seit neun Jahre. Mit Adam. Weißt du nicht mehr? Er hatte uns abgeholt nach die Pancakes."

Ich versuchte, Claas' Worten zu folgen, und in dem Moment, als ich begriff, was er da sagte, fühlte es sich an, als würde sich in mir eine Blockade lösen. Ich sah plötzlich diesen Weihnachtsmann vor mir, von dem Claas gerade sprach. Es war nicht so ein knuffiger Weihnachtsmann wie aus der Coca-Cola-Werbung, sondern einer im türkisenen Bademantel und mit schrecklich gruseliger Maske, so wie ihn früher meine Oma für uns gespielt hatte – ein Kindheitstrauma, das ich aus Claas' Kamin habe kommen sehen. Mir fiel auch wieder ein, dass es Adam war, der uns nach Hause gefahren hatte.

Auf einmal fühlte ich mich ganz leicht – kein Wunder bei dem schweren Schuldgefühl, das ich in den letzten Tagen mit mir herumgeschleppt hatte. Dankbar fiel ich Claas um den Hals. Ich hätte die ganze Welt umarmen können. Mir wurde klar, warum in Claas' Haus keine Dinge zu sehen waren, die auf eine Frau passten, keine Damenschuhe im Flur, kein Parfüm, keine Schminke im Badezimmer, obwohl er doch offensichtlich einen Ehering trug.

„Es war Adams Idee, dich mit nach Hause zu nehmen. Er hatte Angst, dass du dich im Hotel übergeben musst im Schlaf. Dir war heiß, du hast geschwitzt. Du hast dich ausgezogen."

Lachend schüttelte ich den Kopf, als plötzlich wieder

jemand die Tür vom Café öffnete. Es war Markus, der mit grimmigem Gesicht auf uns zuging. Zwischen zusammengepressten Zähnen zischte er Claas an:

„Ist das dieser Mental-Gockel, dieser Psychoheini, der nichts Besseres zu tun hat, als Frauen abzufüllen und dann abzuschleppen?“ Er packte Claas am Ausschnitt seines Hemdes und zog ihn zu sich heran.

„Hey, hey, beruhigen Sie sich!“ Claas hob ergeben die Hände.

Drohend sah Markus Claas ins Gesicht, seine Nasenflügel bebten.

Ich sprang hinzu und wollte Markus von Claas wegzerren. „Sag mal, was soll denn das! Spinnst du?“, schrie ich ihn an. Jetzt kam Doro aus ihrer Küche und schaute mit geweiteten Augen auf die zwei Männer, die sich angingen wie kleine Jungs auf dem Schulhof. Auch sie versuchte, Markus an der Schulter zu packen.

„Markus komm, lass gut sein“, sagte Doro besänftigend. Doch Markus achtete nicht auf sie. Ich stand direkt hinter ihm, als er seinen rechten Ellenbogen ruckartig nach hinten zog, um zum Schlag gegen Claas auszuholen. Da hatte ich mich vor ein paar Minuten über meine zurückgewonnene Erinnerung gefreut und wurde jetzt mit einem kräftigen Kinnhaken ins nächste Nirwana versetzt.

Aus der Ferne vernahm ich Stimmen. Alle redeten durcheinander. Ich versuchte, die Augen zu öffnen. „Da, da, sie kommt zu sich!“ War das Markus?

Drei Gesichter starrten mich an. Ich brauchte einen Moment, um zu erkennen, wer das war. Von links schaute mich Claas an, der aber auch schon besser ausgesehen hatte. Ein blauroter Fleck zierte sein Augenlid. Rechts von mir sah ich Markus' Gesicht, seine Nasenlöcher waren mit weißem Zellstoff zugestopft, und in der Mitte erschien Doro: „Na, Kleene, wieder alles klar?", sagte sie und streichelte meine Stirn.

„Was ist, wo bin ich?", stöhnte ich.

„Bei mir im Café, keine Angst. Alles wird gut!"

„Warum hast du mir denn nichts gesagt, Hanni?" Markus kam näher mit seinem Gesicht. Wenn ich das richtig fühlte, musste ich auf seinem Schoß liegen.

„Was sagen?"

„Na, dass du schwanger bist." Markus gab mir einen Kuss auf die Wange. Es fühlte sich schön an, vertraut. Moment mal, was hatte er gesagt? Schwanger? Langsam dämmerte mir, was passiert war.

„Ich hab's ihm gesagt, Hanni", sagte Doro.

„Claas ist nicht, er kann nicht der Vater, weißt du, er …" Ich war zu erschöpft, um weiterzureden.

Nestbautrieb

Markus zog wieder ein und meine Mutter zog aus. Ich war ihr dankbar und zugleich erleichtert, dass sie wieder ging. Auch wenn wir uns in den letzten Tagen etwas angenähert hatten, war dennoch klar, dass es ein Zusammenleben von uns beiden nur auf Zeit geben könnte. Im Grunde merkte ich meiner Mutter an, dass auch sie froh war, erst einmal wieder nach Hause zu können. Die Kinder fanden es schade, jetzt hatten sie niemanden mehr, der ihnen alles unkommentiert hinterhertrug und der sie von vorn bis hinten mit Schnitzel, selbstgebackenem Kuchen und Chauffeurdiensten verwöhnte. Aber dass Markus wieder zuhause war, machte vieles wett. Vor allem Karla war anzumerken, dass sie sich Sorgen wegen ihrer Eltern gemacht hatte. Sie zog sich oft zurück, büffelte Mathe (sie stand tatsächlich wieder auf eins), und wir diskutierten auch nicht mehr so oft. Ich glaube, sie hatte Angst, dass sie am Streit ihrer Eltern schuld war. Seit Markus' Rückkehr wirkte sie wieder leichter, nicht mehr so nachdenklich. Auch Frieda lachte wieder öfter, und Matti war froh, dass ihm endlich wieder jemand die Autorennbahn aufbaute. Wir Mädels stellten uns einfach zu dämlich dabei an, gebogene Schienen zu einer achtförmigen Schleife zu verbinden. Weil die Kids in letzter Zeit genug Familienstress erleben mussten, erzählten Markus und ich ihnen noch nicht, dass wieder Nachwuchs im Hause Liebig anstehen würde. Das mussten wir zwei ja erstmal selbst begreifen.

Dass nur Markus der Vater des Kindes sein konnte, war

klar. Dass wir bereits vor meiner Reise nach Amsterdam den Glückstreffer gelandet hatten, wurde mir allerdings erst bewusst, als mir Markus erzählte, was genau in jener Nacht passiert war, als ich mit Doro bei *Pierre* zu viel Wein getrunken hatte. Meine Frauenärztin konnte diesen Zeitpunkt nur bestätigten. Was meinen Alkohol- und Drogenkonsum anging, konnte sie mich zum Glück beruhigen. Sie war sich sicher, dass im frühen Stadium einer Schwangerschaft das *Alles-oder-nichts-Prinzip* griff und über dem *Nichts-Moment* lag ich inzwischen einige Tage drüber …

Mittlerweile war eine deutliche Wölbung zu erkennen. Das ging mir bei allen Schwangerschaften so. Kaum war ich ein paar Tage schwanger, verformte sich mein Becken, und ich bekam eine Wampe, die nicht unbedingt schwanger, sondern einfach nur fett aussah. Sveas kritische Fragen – warum ich ständig auf die Toilette rennen würde, wo ich doch nicht mal mehr Kaffee tränke, oder warum ich neulich den Sekt abgelehnt hätte, als sie mit mir und ein paar Kollegen aus der Produktion auf ihren Geburtstag angestoßen hatte – wollte ich nicht mehr mit einer Lüge beantworten. Deshalb lüftete ich bei ihr das Geheimnis, woraufhin sie lächelte, und sagte, dass sie auch viele Kinder haben wolle. Ich wollte sie nicht ihrer Illusionen berauben und hielt mich zurück mit klugen Ratschlägen. Sollte jeder selbst seine Erfahrungen machen.

„Na, Frau Liebig, was haben Sie denn auf dem Herzen?“, fragte Hartmann, als ich schwitzend auf seinem schwarzen Lederstuhl Platz nahm. Draußen herrschten hochsommerliche Temperaturen und geschwollene Hände und Füße machten mir schon zu schaffen. Ich setzte mich mit meinem türkis-weiß geblümten Kleidchen auf Hartmanns Lederstuhl und bereute es, dass ich meine weißen Leggins vorhin in die Fahrradtasche gesteckt hatte. Meine Oberschenkel klebten schon jetzt fest wie Kaugummi. Ich kam also gleich zur Sache:

„Ich wollte Sie nur darüber in Kenntnis setzen, dass ich in anderen Umständen bin. Um genau zu sein, bin ich in der 13. Woche“, sagte ich schnell und legte ein verlegenes Räuspern nach.

Hartmann blieb ganz ruhig, doch ich konnte zusehen, wie seine zunächst hochgezogenen Mundwinkel ganz langsam nach unten gingen. Dann räusperte er sich und verengte die Augen zu schmalen Schlitzen.

„Wie, was haben Sie gerade gesagt?“, fragte er leise.

„Äh, ich habe gesagt, dass ich schwanger bin. In etwa sechs Monaten ist es so weit. Ich wollte sie über die neue Situation informieren.“ Ich presste die Lippen aufeinander und schaute Hartmann erwartungsvoll an.

„Oha, das nenn' ich ja mal eine neue Situation. Wobei, so neu ist das bei Ihnen ja nicht. Also, das mit den Schwangerschaften.“ Hartmann lachte etwas dreckig.

Hatte ich das gerade richtig verstanden? Ich zog eine Augenbraue hoch.

„Na ja, ich meine ja nur, das wievielte Kind ist das jetzt? Das vierte, das fünfte? Ich dachte, Sie hätten langsam genug?“

Am liebsten hätte ich meinen Hormonen freien Lauf gelassen und geheult oder wäre aufgestanden und hätte geflucht: „Sie Arschloch … Kein Gefühl für Menschen und Bücher … egozentrischer Narzisst, der sich mit den Federn seiner Mitarbeiter schmückt …"

Stattdessen presste ich die Kiefer aufeinander, riss meine festgeklebten Oberschenkel vom Lederstuhl, baute mich vor Hartmann auf und sagte nur: „Und übrigens: Ich kündige!" Und so stand ich auf dem Gang des Hartmann Verlags: nassgeschwitzt, zum vierten Mal schwanger und ohne Job. Doch es fühlte sich an, als hätte ich endlich das Richtige getan. Denn ich hatte aus freien Stücken gehandelt, nicht ferngesteuert, nach den Vorstellungen anderer. Vielleicht war es ja das Würmchen im Bauch, das diese Energie in mir freisetzte. Ich freute mich auf das Baby, auch wenn ich es nicht geplant hatte. Aber wenn ich etwas gelernt hatte in den letzten Wochen, dann, dass das Leben nicht immer nach Plan läuft.

Auch wenn die Bedingungen für eine Selbstständigkeit nicht optimal waren, war ich mir schon in Hartmanns Büro sicher, dass ich weder nur Hausfrau sein noch in diesem Verlag weiterarbeiten würde. Auf keinen Fall konnte ich in mein altes Leben zurückkehren, da weitermachen, wo ich aufgehört hatte. Es wieder allen außer mir selbst recht machen – damit musste Schluss sein. Wahrscheinlich hatte alles genauso kommen müssen, damit ich endlich den Mut aufbrachte, meinen eigenen Traum in Angriff zu nehmen.

Als ich die Tür zu Hartmanns Büro hinter mir schloss, fiel mir wieder die Immobilien-Anzeige in der Zeitung ein, die noch auf meinem Arbeitsplatz, meinem Ex-Arbeitsplatz, liegen musste.

Zügig ging ich zurück in unser Büro. „Und?", fragte Svea,

kaum dass ich die Tür geöffnet hatte. Mit weit aufgerissenen Augen schaute sie mich über ihren Monitor hinweg an.

„Sag mal, weißt du noch, wo wir die *Morgenpost* mit dem Beitrag vom Willemsen hingelegt haben?“, fragte ich sie und tastete meinen Schreibtisch ab.

„Willst du mir nicht sagen, wie es bei Hartmann gelaufen ist?“

„Was? Ach so. Gut, es ist gut gelaufen. Ich hab' gekündigt.“

Mir blieben ungefähr sechs Monate, um alles vorzubereiten für die Eröffnung meines eigenen Buchladens, wo immer dieser sein sollte und wie immer ich, beziehungsweise wir, das Ganze finanzieren würden. Ich wusste nur, dass ich es durchziehen würde. Geld hatte ich vielleicht nicht, dafür kannte ich mich aber hervorragend aus in der Buchbranche und mittlerweile auch mit Marketing. Ich war kreativ und ich war schwanger – den Nestbautrieb würde ich diesmal nicht zuhause, sondern in meinem neuen Laden umsetzen. Das Erste, was ich brauchte, waren bezahlbare Gewerberäume und Markus' Rückendeckung.

Mit einem Karton voller persönlicher Sachen aus meinem Büro auf dem Gepäckträger radelte ich nach Hause.

Statt dort, wie erwartet, in Ruhe (es war ja erst elf Uhr) nachdenken zu können, fand ich Markus vor, der mir freudestrahlend erzählte, dass eine kleine Hotelkette auf ihn und seine selbstentworfenen Tische aufmerksam geworden sei. Sie stellten Markus in Aussicht, ihm den Auftrag zu geben, für sie 15 Tische anzufertigen und einen Teil ihrer neuen Stuhl-Serie zu produzieren. Ich freute mich riesig, Markus seit Langem wieder optimistisch und lebendig zu erleben.

„Und ich habe gekündigt!", eröffnete ich ihm daraufhin.

„Ach, deshalb warst du so früh zuhause", meinte Markus gelassen.

Ich hatte erwartet, dass er geschockt reagieren würde. Doch statt mich entsetzt anzusehen, küsste Markus mich liebevoll auf den Mund und sagte: „Das hast du richtig gemacht, Hanni Liebig." In dem Moment wusste ich, dass Markus begriff, dass sich etwas mit mir verändert hatte und dass es so, wie es früher gewesen war, nicht weitergehen würde.

„So wie ich dich gerade erleben darf, hast du bereits einen neuen Plan." Punkt eins meiner neuen To-do-Liste konnte also abgehakt werden: *Rückendeckung von Markus holen*. Und das war ein sehr wesentlicher Punkt, denn jetzt konnte ich in die Vollen gehen.

Punkt zwei meiner To-do-Liste lautete: *Gewerberäume suchen*.

Ich wollte die Buchhandlung in der Nähe haben, nicht jeden Tag stundenlang durch die Stadt fahren müssen, allzu groß sollte der Laden nicht sein, und ich wollte große Fenster. Nachdem mir Markus seine Unterstützung zugesichert hatte, konnte ich es kaum erwarten loszulegen, und noch am selben Tag tippte ich die Nummer aus der Zeitungsanzeige in mein Handy. Ich betete, dass es kein Maklerbüro sein würde, das eine teure Provision haben wollte. Zumindest stand davon nichts in der Anzeige.

Als sich am anderen Ende eine freundliche ältere Stimme

meldete und sagte, um welches Objekt es sich handelte, fühlte es sich an, als würde mein Magen einen Looping schlagen. Es war der kleine Buchladen, den ich auf dem Weg zur Apotheke wiederentdeckt hatte. Die Besitzerin, Bärbel Gröning, klang sehr sympathisch und hatte im Gegensatz zu Mireille Mathieu, an die sie mich erinnerte, eine tiefe und dennoch sehr warme Stimme. Ja, der Laden ist noch zu haben, und wenn ich Lust und Zeit hätte, könnte ich gleich am nächsten Vormittag vorbeikommen, um mit ihr alles Weitere zu besprechen. Und ob ich Lust hatte! Am liebsten wäre ich gleich zu ihr gegangen, aber Markus, der meine aufsteigende Euphorie bemerkte, gab mir mit Handzeichen zu verstehen, dass ich mich lieber zurückhalten sollte. Vermutlich hatte er recht. „Gut, dann komme ich morgen zehn Uhr zu Ihnen in den Laden“, sagte ich nüchtern, und Markus zeigte mir ein Daumen-Hoch.

Ich japste und fiel Markus um den Hals. Was für ein Tag. Erst meine Kündigung, und jetzt sah ich mich schon als stolze Besitzerin eines fantastischen Buchladens. In Gedanken richtete ich den Laden schon komplett neu ein: geweißte Wände, übersichtlich eingeräumte und von Markus angefertigte Regale, großer Präsentiertisch, kleine Café-Ecke … „Ich könnte jeden Tag mit dem Würmchen dorthin spazieren, und du oder wer auch immer könnte das Baby auch mal schnell abholen, nachdem ich es gestillt habe“, nuschelte ich in Markus' Schulter.

Ein „Hmmm“, vibrierte auf meiner Schulter.

„Alles klar? Was ist los? Freust du dich denn nicht für mich?“, fragte ich Markus und lehnte mich zurück.

„Doch“, antwortete er schnell mit hochgezogenen Augenbrauen. „Ich finde nur … ich meine … Hast du dir das auch gut überlegt?“ Nachdenklich sah er dabei auf eines meiner Schlüsselbeine, das er mit dem Zeigefinger sanft streichelte.

Ich atmete tief aus. „Na ja, so ganz richtig noch nicht.“ Erwartungsvoll sah Markus mich an. „Aber ich weiß ganz sicher, dass ich es will und dass mich jetzt nichts mehr aufhalten kann.“ Markus lächelte, aber seine Skepsis war ihm noch immer anzusehen. Ich konnte ihn ja verstehen. Es wäre viel Neues und viel Arbeit, die auf uns zukäme. Aber wenn ich es jetzt nicht probieren würde, würde ich es vielleicht für immer bereuen.

Mehr Elster als Spatz von Avignon

Ob ich ihr sagen sollte, dass ich schwanger bin? Vielleicht würde es Bärbel Gröning beeindrucken und sich positiv auf ihre Entscheidung auswirken. Ein paar Bewerber für ihren Laden gäbe es bereits, sagte sie gleich zu Beginn unseres Telefonats, aber da kannte sie ja mich noch nicht, dachte ich, während ich vor dem Kleiderschrank die Schultern zurückschob und meinen schon größer gewordenen Busen stolz herausschob. Das mit dem Busen fand ich großartig, doch leider hatten Bauch und Hüften ebenso an Umfang zugenommen, was allerdings nicht schwanger, sondern einfach nur schwammig und fett aussah. Um vor der zierlichen Frau Gröning nachher nicht wie eine gestopfte Weißwurst in der Pelle zu wirken, fielen sämtliche Tops und Jeanshosen, die ich in meinem Schrank finden konnte, aus – selbst wenn ich ihr gleich den Grund für meine breiten Hüften erklären würde. Ich erinnerte mich wieder an das luftig geschnittene Kleid mit den bunten Blümchen, das ich so gern in der Schwangerschaft mit Matti getragen hatte, zusammen mit dem hellblauen Cardigan, der mir gerade wieder in die Hände fiel. Dazu die hellbraunen Ballerinas, und mein Outfit wäre perfekt. Ich kramte in allen Fächern, ging jeden Kleiderbügel einzeln durch, aber nirgends war dieses Kleid zu finden. Karla … dachte ich, vielleicht hatte sie es sich „aus Versehen“ ausgeborgt, wie sie gern erklärte, wenn ich sie mit meinen Klamotten oder neuerdings auch mit alten, verwaschenen Pullis von Markus ertappte.

Ich setzte meine imaginären Scheuklappen auf, um mich nicht von dem mit Klamotten, Büchern, Heftern und Süßigkeitenpapier übersäten Fußboden ablenken zu lassen. Zielsicher ging ich auf ihren Kleiderständer zu und entdeckte das Kleid. Erleichtert stolzierte ich damit zurück ins Schlafzimmer, schlüpfte hinein und musste feststellen, dass nicht nur mein Oberkörper größer geworden war, sondern dass auch meine Beine an Länge dazugewonnen hatten. Das kann doch wohl nicht wahr sein, dachte ich, als ich mir den ausgefransten Saum des Kleids genauer betrachtete. Karla hatte es großzügig gekürzt, und nicht nur das: Sie hatte es auch noch schief und krumm geschnitten. Nichts in diesem Haus konnte man für sich bewahren. Alles musste man teilen. Na warte, Karla Liebig!

Jetzt half nur noch Trick 17. Ich schnappte mir ein weißes, weites Hemd von Markus, das ich in meinen blauen Ballonrock stopfte und um die Taille wieder herauszupfte, sodass der Stoff meinen Bauchansatz gut kaschieren konnte. Um den Bund knotete ich einen rosé gemusterten Seidenschal, damit man nicht sehen konnte, dass ich den Knopf vom Rock nicht mehr zubekam. Schick sah sicher anders aus, aber mit ein bisschen Make-up, zartrosa Lippen und meinem halben Dutt könnte das doch nach Bärbel Grönings französisch anmutendem Geschmack sein.

Als ich eine halbe Stunde später mein Fahrrad vor dem Laden anschloss, öffnete mir Frau Gröning schon die Tür. Sie hatte ein süßes Lächeln, wie ein Kind, dass sich gerade riesig über einen Becher Eis freut. Sie trug eine Culotte aus blauem Denim und darüber ein geringeltes Shirt. Ich konnte kaum glauben, dass sie schon sechsundsechzig war, und war froh, dass ich den dunkelblauen Blazer weggelassen hatte. Nicht nur weil ich schwitzte, als hätte ich gerade die Tour de France hinter mir, sondern weil ich damit vielleicht noch älter gewirkt hätte als Frau Gröning. Ein wenig nervös kramte ich in meiner Handtasche nach einem Taschentuch. „Puhh, ist das schon warm", rief ich ihr entgegen und fächelte mir mit dem Taschentuch vor dem Gesicht. Dann tat ich so, als würde ich hineinschnäuzen, wollte in Wirklichkeit aber nur den Schweiß von Kinn und Hals abwischen.

„Ich finde es eigentlich noch recht frisch", antwortete Frau Gröning freundlich und rieb sich an den Oberarmen, „mussten Sie weit radeln?"

„Nein, überhaupt nicht, es sind wirklich nur ein paar Minuten von meinem Zuhause bis hierher", sagte ich und ging ihr auf den Stufen entgegen. Jetzt, wo ich direkt vor ihr stand, sah ich ihr doch ein wenig die Zeichen der Zeit an: die dünne, fast durchscheinende Haut und die Schatten unter ihren Augen, die mir hinter der dick gerahmten Brille nicht sofort aufgefallen waren.

„Schön, dass Sie es so spontan einrichten konnten." Sie reichte mir ihre Hand, die sich in meiner schwitzigen Hand anfühlte wie ein kleines kaltes Kinderhändchen. Sie war wirklich sehr zart gebaut, kein Wunder, dass es sie fröstelte.

„Ich freue mich, dass es so schnell geklappt hat." Ihr Lächeln wirkte ansteckend auf mich.

„Kommen Sie, hier hinten können wir uns setzen, oder wollen Sie sich lieber erst ein bisschen umschauen? Sie haben ja gesagt, dass ihr letzter Besuch schon eine Weile zurückliegt. Ich meine mich auch an Ihr hübsches Gesicht zu erinnern." Grinsend rümpfte sie die Nase und zwinkerte mich an. Ich nickte und blickte mich um. Sehr viel verändert hatte sich seit meinem letzten Besuch anscheinend nicht: ein heller, nicht sehr großer Verkaufsraum mit deckenhohen Regalen, die zwar gut sortiert waren, die durch die Fülle jedoch ein wenig abschreckend wirkten. Mir persönlich machte es nichts aus, doch von meiner Arbeit im Verlag wusste ich, wie wichtig das Cover für Leser und Käufer war. Und hier blickte ich wie in einer Bibliothek fast nur auf Buchrücken.

„Sie haben immer noch eine sehr große Auswahl", bemerkte ich freundlich.

„Ja, das stimmt. Ich weiß, dass es etwas vollgestopft wirkt, aber so fragen mich die Kunden wenigstens und über das Gespräch verkaufe ich am Ende meistens sogar mehr als nur *ein* Buch."

Mir gefiel ihre selbstbewusste Art.

„Wie lange haben Sie den Laden denn schon?"

„Ach", seufzte sie, „fast einunddreißig Jahre." Sie nickte und wirkte dabei etwas nachdenklich.

„Es wird Zeit für mich, noch andere schöne Dinge zu sehen als Bücher. Kommen Sie, setzen wir uns einen Moment." Sie deutete auf eine kleine Sitzecke hinter dem Kassenbereich. Auf einem flachen Tisch standen eine Senseo-Maschine und ein Wasserkocher, darüber ein kleines Brett mit kleinen Gläsern und mit handgetöpferten Tassen mit marokkanischen Mustern. Auf dem Tisch in der Mitte standen zwei Elefanten aus Holz, daneben lagen ein Ordner, ein Handy und einige Zettel.

„Möchten Sie etwas trinken? Tee, Kaffee?"

„Ein Wasser würde mir genügen." Ich setzte mich auf einen der dunklen Holzstühle mit zebragestreiften Sitzpolstern. Ich stellte mir vor, was ich hier alles umräumen würde.

Als Erstes würde ich hier ein bisschen „ausmisten", ältere Werke, die in den obersten Reihen der Regale bereits Staub angesetzt haben mussten, über einen Bücherflohmarkt verkaufen, und die Regale später vermutlich mit dazu. Der Verkaufstresen mit den Glasschiebetüren an der Front wirkte ein wenig antik und müsste von Markus vielleicht aufgearbeitet werden. Mir schwebte ein großer Tisch mitten im Raum vor, auf dem ich alle Neuheiten und Lieblingswerke von mir präsentieren würde, versehen mit kleinen handgeschriebenen Info-Kärtchen von mir: „Druckfrisch", Vom Preisträger des …", „Für alle Sinne", „Spannung pur".

„Dann erzählen Sie doch mal, was haben Sie denn vor mit dem Laden?", fragte sie freundlich, während sie mir Wasser aus einer Karaffe einschenkte. Konnte sie Gedanken lesen? „Nun, was man eben so macht mit einem Buchladen", stammelte ich und legte meine kaltfeuchten Hände in den Schoß.

„Was genau wollen Sie denn anbieten?", hakte sie nach. Ich verstand die Frage nicht. „Na Bücher", antwortete ich zögernd.

Bärbel Gröning zog die Stirn hoch. „Ach, Sie wollen tatsächlich eine Buchhandlung betreiben?"

Wollte sie mich auf den Arm nehmen? „Natürlich, was dachten Sie denn?" Ich wurde immer leiser.

„Nun, ich habe schon einige kaufwillige Interessenten. Orientalische Friseure, eine große Optikerkette oder zuletzt eine offenbar gut betuchte junge Frau, die einen Dekorationsladen eröffnen will. Einen Buchladen wollte bisher niemand."

Ich stutzte, und bevor ich etwas sagen konnte, fragte sie mich, was ich denn bisher gemacht hätte und was mich nun zu ihr führe.

„Das klingt ja perfekt. Als Lektorin kennen Sie sich doch sicher bestens aus mit dem Buchmarkt“, sagte sie trocken und sah mich nachdenklich an. Ich trank einen großen Schluck Wasser und überlegte, wie ich darauf jetzt am besten reagieren sollte, als eine kurze Melodie im Eingangsbereich erklang und eine Frau, etwa so alt wie ich, den Laden betrat. Sophia, wie Frau Gröning sie nannte, erkundigte sich nach ihrer Bestellung. Die Art, wie die beiden miteinander redeten, klang sehr vertraut. Dezent beugte sich die Kundin über den Verkaufstisch zu Frau Gröning. Ich konnte nicht verstehen, was die beiden sagten, aber als die junge Frau die Augenbrauen hob und dann vorsichtig zu mir herübersah und nickte, ahnte ich, dass sie über mich redeten. Bärbel Gröning tippte einen Betrag in das EC-Kartenlesegerät und packte die Bücher in eine Papiertüte.

„Ach, Mensch“, seufzte Frau Gröning und setzte sich wieder mir gegenüber auf den Zebrastuhl. „Die Sophia.“ Sie lächelte.

„Sind Sie verwandt?“

„Nein, nicht verwandt, aber ich kenne Sophia schon seit sie als kleines Mädchen mit ihren Eltern hier in unser Haus gezogen ist. Sie lebt immer noch in der Wohnung, allerdings jetzt mit ihrer eigenen Familie. Ihre Eltern sind freiwillig für sie in eine kleinere Wohnung nach Marzahn gezogen. Eine bezahlbare Wohnung zu finden, ist ja fast unmöglich geworden.“ Sie atmete tief in den Brustkorb ein und legte die Hände auf die Oberschenkel. „Nun ja“, sie zuckte mit den Schultern, „wo waren wir stehen geblieben?“

„Äh“, ich überlegte kurz, doch bevor ich antworten konnte, begann Bärbel Gröning zu erzählen: wie alles hier angefangen hatte zu DDR-Zeiten, ohne Material, wenig Bücher, die Zensur … Aber sie hatte es schon damals geschafft, sich einen gewissen Ruf zu erarbeiten, auf den sie und ihr leider bereits verstorbener Mann sehr stolz waren. Sie schluckte und ihre Stimme klang etwas zittrig.

„Oh, das tut mir leid“, unterbrach ich sie. Am liebsten hätte ich meine Hand auf ihre gelegt. Sie schüttelte den Kopf und streckte abwehrend beide Handflächen in meine Richtung. „Ach, das ist alles lange her, vergeben und vergessen. Jetzt warten neue Herausforderungen auf mich.“ Ich lächelte und richtete meinen erschlafften Oberkörper wieder auf.

„Was sind denn Ihre Pläne?“, wollte ich wissen und hätte sie am liebsten gleich gefragt, was sie von meiner spontanen Idee, als Aushilfe für mich weiterzuarbeiten, halten würde, als sie, wieder völlig gefasst, sagte:

„Nun, ich verkaufe das alles und werde von hier weggehen.“ Ich versuchte meine Mundwinkel so gut es ging oben zu halten.

„Ach, Sie wollen so richtig verkaufen?“ Ohne dass ich es wollte, wurde meine Stimme piepsig, und vermutlich redete ich nicht nur wie Mickey Mouse, sondern sah gerade auch so aus.

„Natürlich, was dachten Sie denn? Dass ich den Laden verschenken möchte?“ Im Gegensatz zu vorhin, klang ihre Stimme jetzt nüchtern und klar.

Ein hoher Ton – um nicht zu sagen, ein leicht hysterischer Klang – entwich meiner Kehle. „Nein, nein“, sagte ich schnell, „natürlich nicht. Ich … ich … ich dachte eher an eine Art Übernahme … quasi … also auf Raten – Finanzierung sozusagen.“ Meine letzten Worte wurden immer leiser und ich sah Frau Gröning unsicher an. Die wiederum zog die Stirn hoch und eine ihrer Augenbrauen formte sich dabei wie die Spitze eines Dreiecks nach oben.

„Tut mir leid, da muss ich Sie leider enttäuschen", sagte sie und atmete lange aus. „Ich habe sehr konkrete Pläne, die sich mit monatlichen Raten nicht verwirklichen lassen. Aber ...", sie machte einen tiefen Atemzug, „es spricht ja nichts dagegen, einen Kredit aufzunehmen und der Bank monatliche Raten zu überweisen." Sie zwinkerte und lächelte und ich konnte ihren scharfsinnigen Gesichtsausdruck nicht so richtig einordnen.

Im Taubenschlag

Ich sollte mir nicht zu viel Zeit lassen. Pfff. Was denkt sich diese Frau denn? Dass ich Rockefeller bin? Stöhnend ließ ich mich auf unsere alte Hollywoodschaukel plumpsen. Eine von Markus' Flohmarkterrungenschaften, deren Metallgestell leider quietschte, was aber hier hinten neben dem kleinen Geräteschuppen niemanden störte. Ich saß gern in diesem schattigen Eckchen unseres Gartens. Ich dachte nach über Frau Gröning; über den Laden, der einfach perfekt war von der Größe, von der Lage, von der Ausrichtung der Schaufenster her; über die exorbitante Summe, die sie dafür haben wollte, und darüber, wie unmöglich es war, so viel Geld zusammenzubekommen. Selbst wenn ich einen Kredit dafür bekäme, müsste ich den wahrscheinlich bis zum Lebensende abbezahlen, denn eine Goldgrube bekam man mit einem Buchladen nicht geschenkt – dessen war ich mir bewusst, aber darum ging es mir auch nicht. Ich wollte selbstständig sein, und ich wollte eine Arbeit, die mich erfüllt und viele andere Menschen auch. Menschen, die Unterhaltung wollen, die Inspiration suchen, die emotionalen Input brauchen oder einfach mal ein Schwätzchen bei einer Tasse Kaffee.

„Kannst du Gedanken lesen?" Ich blinzelte Markus an, der mit zwei Kaffeepötten vor mir stand. Er hatte sich heute freigenommen, wollte die Garage ausmisten. Bei allem, was gerade passierte, brauchte er, glaube ich, einmal Zeit für sich, um sich zu sortieren.

„Man muss nicht Gedanken lesen können, wenn man dein

Gesicht sieht.“ Er setzte sich neben mich, und jeder, der noch nie auf unserer Hollywoodschaukel saß, könnte denken, dass sie gleich zusammenkrachen würde. „Meinst du, sie hält uns auch noch aus, wenn ich kesselrund bin?“

„Natürlich, diese Rarität stammt noch aus einer Zeit, als die Menschen noch etwas von ordentlichem Handwerk verstanden haben.“ Markus reichte mir meinen Becher und lehnte sich zurück. „Jetzt erzähl mal langsam, wie war es denn bei dieser Frau Gröning?“

Ich nahm einen Schluck vom Kaffee. „Da gibt es leider nicht viel zu erzählen. Der Laden ist perfekt, genauso, wie ich es mir vorstelle. Nur …“

„Der Preis?“, unterbrach mich Markus.

Ich seufzte und lehnte mich zu ihm zurück. „Ja, der Preis“, wiederholte ich und trank weiter aus meinem Becher.

„Wow“, hauchte Markus, als ich ihm die Summe – 120.000 Euro – nannte und dass Bärbel Gröning das Geld auf einmal haben wollte.

„Am liebsten wahrscheinlich noch in bar und in einem hübschen Koffer verpackt“, maulte ich und richtete mich wieder auf.

Markus schien wenig überrascht von den Forderungen. „Ein super Preis für die Lage. Und Eigentum ist sinnvoller als Miete zahlen.“ Er presste die Lippen zusammen und sah mich mit seinem „Tja-so-ist-das-nun-mal-Blick“ an.

„Dumm nur, dass wir das Geld nicht haben und dass ich ohne Sicherheiten auch nicht so einfach einen Kredit bekommen werde.“ Ich schaute von ihm weg, kippte meinen großen Rest Kaffee vor mir ins Gras und stellte die leere Tasse auf den kleinen Holzhocker neben mir. „Zu viel davon tut mir gerade nicht gut", murmelte ich.

„Vielleicht könnte ich über die Tischlerei einen Kredit aufnehmen, oder du fragst deine Mutter, ob sie…"

„Vergiss es", unterbrach ich ihn. „Die Tischlerei steht gerade endlich auf sicheren Beinen, und meine Mutter will ich da ganz bestimmt nicht mitreinziehen."

„Mamaa? Papaa? Friedas Stimme kam von der Terrasse her und klang etwas aufgeregt.

„Wir sind hier hinten", rief ich zurück, und weil unser kleiner Garten nicht besonders viele Rückzugsmöglichkeiten bot, wusste Frieda sofort, wohin sie gehen musste. Mit hochroten Wangen und völlig aus der Puste trat sie vor uns. Erst wollte ich schimpfen, weil sie nur in Strümpfen durch den Garten lief, aber ihr dramatisches Gesicht hielt mich davon ab.

„Ich brauche ganz dringend Geld", hechelte sie und stützte sich mit den Händen auf ihren Knien ab.

„Ach, noch jemand?", bemerkte Markus ironisch.

Frieda beachtete ihn nicht und redete weiter: „Der Taubenschlag … im Rathaus …" Aus ihren abgehackten Sätzen konnten wir heraushören, dass es um den Taubenschutzverein ging, in dem Frieda aktiv war. Der Verein durfte einen Taubenschlag im Dachgeschoss des Rathauses einrichten, was nicht nur viel Geld, sondern auch jede Menge Arbeit gekostet hatte. Es sollte nicht nur ein Unterschlupf für die Stadttauben sein, sondern es sollte auch dabei helfen, die Überpopulation von Tauben einzudämmen, indem man gelegte Eier gegen Attrappen austauschen wollte. Jetzt durfte der Taubenschlag doch nicht geöffnet werden, weil (O-Ton Frieda) „irgendwelche fetten Sesselfurzer Angst haben, einen Vogelschiss auf ihre dämliche Birne zu bekommen."

Ich wollte sie gerade warnen, aber da war es schon zu spät und Frieda tappte auf das Fleckchen Gras, das ich vorhin großzügig mit Kaffee gegossen hatte. Es störte sie nicht, und in Anbetracht ihrer Verfassung schien es mir mehr als sinnlos, sie jetzt darüber aufzuklären, dass ich sicher Spaß haben werde, Kaffee mit Milch und Grasflecken aus den Strümpfen rauszubekommen. Bin ich eine schlechte Mutter, weil ich mir gerade mehr Gedanken um die Drecksocken meiner Tochter mache als darüber, wie ich sie wieder beruhige?

„Es soll alles umsonst gewesen sein, stellt euch das mal vor!" Friedas Stimme wurde höher, und Tränen schossen aus ihren Augen. Okay, ich bin eine schlechte Mutter, dachte ich und streckte meine Arme nach ihr aus. Aber Frieda fing gerade erst an, sich in Rage zu reden. Wütend stampfte sie mit dem Fuß in den Kaffee-Gras-Matsch, und ich beschloss, dass ich die Socken nicht waschen, sondern lieber gleich wegwerfen würde. Ich versuchte, Frieda wieder aufmerksam zu lauschen, aber das war gar nicht so einfach; selbst wenn man ihr Schluchzen und das Nasehochziehen hätte ausblenden können, wären nur Wortfetzen übriggeblieben: „komischer PVC-Boden … Spezialanzüge … reinigen, und das kann noch mal 5.000 Euro …", stotterte Frieda.

„Na besser als 120.000 Euro", bemerkte Markus, und ich stieß ihn mit dem Ellenbogen in die Seite.

„Mamaa?" Diesmal war es Karlas Stimme, die über die Terrasse in den Garten hallte. Markus rief sie zu uns herüber, und ich forderte Frieda noch einmal mit ausgestreckten Armen auf, sich zu uns auf die Hollywoodschaukel zu quetschen. Tröstend legte ich den Arm um sie – auch auf die Gefahr hin, dass uns Karla deshalb gleich eine Eifersuchtsszene liefern würde.

Doch sie hatte anscheinend auch andere Sorgen.

„Ich brauch ganz dringend Geld. Jetzt." Karla sagte das so, als würde ihr jemand die Pistole an die Schläfe setzen.

„Ach?", antworteten Markus und ich gleichzeitig.

„Wie viel ist es denn bei dir?", fragte Markus, trank seinen letzten Schluck Kaffee und reichte mir die leere Tasse, die ich neben meine auf den Hocker stellte.

„90 Euro", sagte Karla und setzte dabei ihren Dackelblick auf. „Und glaubt mir, das ist echt wenig, neu kosten die das Doppelte." Sie nickte heftig mit dem Kopf, so als wollte sie uns mit ihrer Überzeugung gleich anstecken.

„Wer sind denn ‚die'?", fragte ich, woraufhin Karla ein paar Doc Martens beschrieb, als handelte es sich dabei um ein paar lebensrettende Bluttransfusionen. Ihrem Dackelaugen-Blick zufolge gab es gar keine andere Möglichkeit, als dass ich oder Markus jetzt das Handy zückten und die 90 Euro an „gänseblümchen_verliebt" auf „Vinted", Karlas Lieblings-App, überwiesen. Und da nur ich ein Paypal-Konto hatte und „gänseblümchen_verliebt" wohl schon drei andere Interessenten „extra" wegen Karla vertrösten musste, schaute Karla nur noch mich mit ihrem Dackelblick an.

„Mama, bitte! Du bist die Beste, und ich räume auch immer den Geschirrspüler aus. Versprochen!" Die „Beste" hätte ich ihr fast abgenommen, so wie sie jetzt vor mir stand – die Hände vor ihren Lipgloss-glänzenden Lippen wie im Gebet gefaltet, die Augenbrauen dramatisch hochgezogen –, aber ihr Versprechen mit dem Geschirrspüler hatte ihr Kompliment leider unglaubwürdig gemacht.

Ich machte einen tiefen Atemzug. „Ich überleg's mir, okay?"

„Okayyy? Äh, Mama nichts ist okay. Hast du nicht verstanden, was ich gerade gesagt habe? Es ist dringend!“ Schwupps war Karlas Dackelblick weg. Ruckartig ließ sie die Arme fallen, wobei ihr superweites Top von den Schultern rutschte, sodass ihre BH-Träger zu sehen waren. Es fiel mir echt schwer, Karla nicht zu fragen, ob sie sich nicht lieber ein paar Kleider bestellen wollte, damit sie meine in Zukunft nicht kürzen müsste. Aber außer noch mehr Krach hätte das jetzt nichts gebracht.

„Du willst ja immer nur blöde Schuhe und Tussiklamotten. Aber ich war zuerst da. Ich brauche jetzt Geld für was Wichtiges. Für arme, hilflose Tiere, die ein Zuhause brauchen. Aber davon verstehst du ja nichts.“ Es kam selten vor, dass Frieda laut wurde, aber wenn es um ihre Vögel ging, war sie nicht mehr aufzuhalten. Jetzt verschränkte auch sie die Arme vor der Brust und ließ sich so heftig zurück in die Lehne fallen, dass wir alle drei einmal vor und zurück schaukelten.

„Ach so, Friedalein braucht Geld für irgendwelche Piepmätze, aber eure andere Tochter darf kein Geld für Schuhe haben. Was ist das bitte für eine Familie?“

Meistens hielt Markus sich heraus, wenn es theatralisch zwischen mir und Karla wurde; umso erstaunter war ich, als er sich plötzlich mit beiden Handflächen auf die Knie schlug und ein lautes „Soooo“ in die Diskussion einwarf.

„Jetzt beruhigen wir uns mal alle“, sagte er und drückte sich aus der Hollywoodschaukel heraus. Mit einer Hand deutete er an, dass Karla sich auf den freien Platz setzen sollte. Widerwillig ließ die sich mit ihren verschränkten Armen dort hineinplumpsen. Wieder setze sich die Schaukel unter lautem Quietschen in Bewegung, und ich fragte mich, wie lange sie uns noch würde tragen können.

„Okay, sagte er, klatschte in die Hände und steckte sie anschließend in die Po-Taschen seiner Jeans.

„Also ihr wollt alle Geld, verstehe ich das richtig?"

Karla, Frieda und ich sahen uns jeweils fragend über die Schulter an.

„Papa, was soll das?", fragte Karla.

„Nöö, Mama nicht. Meine Tauben brauchen Geld, und die hier für blöde Schuhe", sagte Frieda und hielt die Nase stolz hoch.

„Mann, hör doch mal auf, du doofe Kuh", zischte Karla zurück. Bevor die beiden sich zerfleischen konnte, wurden sie von Markus unterbrochen.

„Das stimmt nicht ganz, Frieda. Stell dir vor, Mama braucht auch mal Geld." Sprach Markus da gerade von mir? Er sagte das so liebevoll und eindringlich, dass mir Tränen in die Augen schossen.

„Mama, was ist denn los?", fragte Frieda. Oh Gott, vermutlich dachte sie jetzt, dass ich etwas verbrochen hatte oder erpresst werde. „Ach lass, Markus, das ist doch jetzt Quatsch. Das wird doch sowieso nichts", versuchte ich die Stimmung wieder zu beruhigen.

„Mama braucht Geld für ihren eigenen Laden, einen Buchladen."

Er sagte das so überzeugend, dass man annehmen konnte, ein Kaufvertrag sei schon abgeschlossen. Sah ich da etwa so etwas wie Stolz in seinen Augen? Stolz auf seine Frau? Die Tränen liefen weiter, und ich versuchte, sie mit den Händen wegzuwischen.

„Aber Mama, das ist doch cool. Warum weinst du denn da?"

Ich konnte Karla schlecht sagen, dass es sicherlich an den Schwangerschaftshormonen lag. Diese Neuigkeit würde sie heute nicht auch noch verkraften. „Ich weine doch gar nicht“, schluchzte ich.

Karla streckte sich, um über Friedas Kopf zu mir zu schauen. „Kann ich dann als Aushilfe bei dir arbeiten? Bitteeee.“

Plötzlich tauchte meine Mutter hinter Markus auf. Verwundert sah ich sie an.

„Euer Tor stand offen, ich hatte Stimmen von hier hinten gehört“, entschuldigte sich meine Mutter, die mit ihrer weißen Hose, dem hellen Cardigan und den glänzenden Sneakers wieder einmal wirkte wie aus dem Ei gepellt. Erwartungsvoll strahlte sie in unsere kleine intime Runde.

„Waren wir verabredet?“, fragte ich und hievte mich aus der Schaukel.

„Nein, aber ich hatte heute wieder einen Termin bei Dr. Walbach, und in der Tageszeitung im Wartezimmer habe ich von dem Skandal mit dem Taubenschlag im Rathaus gelesen.“ Wegen Dr. Walbach, einer echten Koryphäe im Bereich Kinesiologie, reiste meine Mutter immer extra nach Berlin. „Ich wollte Frieda fragen, ob sie meine Spende an den Verein weitergeben kann. Ihr wisst doch, wie ich mich mit Überweisungen anstelle, und dieses Playball, das hab' ich doch nicht.“

Halt mal schön den Schnabel!

„Entschuldige, mein Schatz“, rief ich, noch bevor ich das Tor zum „Rabennest“ geöffnet hatte. Schmollend stand Matti neben Geli, seiner Erzieherin, die mich aber schnell beruhigte und sagte, dass er bis vor fünf Minuten nicht das letzte Kind im Kindergarten war.

Ich kniete mich vor Matti, um ihn zu umarmen, aber er drückte sich lieber von mir weg. Ich konnte ihn ja ein bisschen verstehen, normalerweise holten wir ihn gegen 15 Uhr ab, inzwischen war es aber kurz nach fünf. Markus hatte heute Morgen niemandem Bescheid gegeben, dass wir Matti heute später abholen würden. Es war auch nicht geplant, heute mit den Mädels und meiner unangemeldeten Mutter über den Buchladen zu reden. Wir hatten dabei einfach völlig die Zeit vergessen – und Matti. Ich hatte eine Idee, wie ich den Zwerg wieder aufmuntern konnte.

Im *Pomodoro* war ganz schön was los. Nicht einmal drinnen gab es einen freien Tisch, sodass wir uns am Tresen auf die Barhocker setzten. Ich mochte sie nicht so, dafür liebte es Matti umso mehr, darauf herumzuklettern. Ein Loch in seinem Kopf hätte mir heute gerade noch gefehlt. Normalerweise war um diese Uhrzeit Doros Aushilfe da, doch es schien so, als wäre sie heute allein. Sie stand gerade halb mit dem Rücken zu uns ganz hinten an meinem Lieblingstisch am Fenster, zwei leere Latte-

Macchiato-Gläser in der Hand, und unterhielt sich mit einer jungen Frau. Besser gesagt, die Frau unterhielt Doro. Ständig strich sie ihre langen blonden Haare hinter ihre zarten Schultern und kicherte. Und genau dieses Kichern verriet mir, dass es Tatjana sein musste. Tatjana Degenhöfer, die Doro und ich von der Uni her kannten und um die wir meistens einen großen Bogen gemacht hatten, während sie uns unaufgefordert folgte wie ein Pudel. Ich hatte sie ewig nicht gesehen. Es hieß, sie wäre nach dem Studium mit ihrem Freund nach München gezogen. Ich drehte mich sofort zurück zum Tresen und blätterte in der Karte, die ich eigentlich auswendig kannte. Matti baumelte wild mit den Beinen und wiederholte zum hundertsten Mal, dass er Schoko-Muffins haben wollte. Endlich hörte ich Doros Stimme näherkommen. Etwas gehetzt fragte sie ein paar Gäste, ob alles in Ordnung wäre, und lief dann weiter um den Tresen zu uns. Genervt rollte sie mit den Augen und deutete dann mit dem Kinn in Tatjanas Richtung.

„Schon gesehen", murmelte ich ihr zu.

Sie grinste, warf mir ein Luftküsschen zu, streckte den Arm über den Tresen und wuschelte Matti kurz durch die Haare. „Na, Großer, was kann ich dir bringen?"

Ich hatte schon gesehen, dass unter den Glasglocken nur noch Quarkkäulchen und Apfelkuchen war, und befürchtete schon das Schlimmste, als Doro nach hinten in die Küche ging und mit zwei großen Schoko-Muffins zurückkam. Verblüfft sah ich sie an. „Kurti kommt nachher noch. Ich hatte sie ihm zurücklegt, aber du weißt doch, dass der Kerl auch alles andere futtert", sagte sie zwinkernd. Matti freute sich über seinen vollen Teller und sollte zumindest für die nächsten fünf Minuten wieder besser drauf sein.

„Wo ist denn Jenny?“, fragte ich Doro.

„Frag lieber nicht. Die hat sich das Bein gebrochen, fällt mindestens vier Wochen aus. Katastrophe!“

„Und was macht *die* hier?“, flüsterte ich.

Doro stöhnte leise. „Na, sich wichtig, wie früher.“ Sie schenkte Johannisbeersaft in zwei Gläser und stellte eins davon vor mich hin. „Magst du noch was anderes haben?“ Ich schüttelte den Kopf. Doro flüsterte weiter: „Sie wird jetzt auch Unternehmerin, musste sie mir gerade lang und breit erklären und dabei mit Busy-Englisch um sich werfen. Sie hat einen kleinen Sohn und damit eigentlich schon genug zu tun, aber sie war ja schon immer ein Powermensch und will zeigen, dass Frauen auch Karriere machen können, wenn sie Kinder haben.“ Mit den letzten Worten versuchte Doro Tatjanas Stimme nachzuäffen, und ich musste aufpassen, dabei nicht laut loszuprusten. „Ist sie nicht voll weit emanzipiert?“, fügte Doro noch sarkastisch hinzu, führte das andere Glas Johannisbeersaft zum Mund und trank es in einem Zug leer.

„Aber egal, was ist mit dir los? Du schaust auch nicht gerade begeistert drein.“

Ein kurzer Kontrollblick zu Matti verriet, dass der sich gerade vollkommen seinem Zuckerrausch hingab. Dann beugte ich mich näher zu Doro hinüber und erzählte ihr die Kurzfassung meines heutigen Tages.

„Und was halten sie davon, dass du bald deinen eigenen Buchladen eröffnest?“ Sie grinste und trocknete ein Glas mit dem Geschirrtuch ab.

„Du hast einen Buchladen, Mama?“, fragte Matti und spuckte dabei aus Versehen einen Großteil des Schoko-Muffins auf den Fußboden.

„Nein, Schatz. Also, na ja, ich überlege es mir gerade."

„Aha", sagte Matti und biss weiter von seinem Muffin ab.

„Wie würdest du es denn finden, wenn Mama einen Buchladen hätte?", fragte Doro etwas spitz.

Matti zuckte mit den Schultern und meinte:

„Ein Spielzeugladen wär cooler."

„Hanni?" Oh Mist, das war Tatjanas Stimme. Doro sah mich mitleidig an, schnappte sich ein Tablett und verschwand wieder zu ihren Gästen. Ein Glück, dass Matti von dem vielen Zucker so aufgedreht und ausdauernd nervig blieb, sonst wäre Tatjana wohl nie verschwunden. Sie wollte wissen, was ich jetzt mache, und konnte kaum fassen, dass ich drei Kinder hatte. Hätte ich verraten, dass das vierte bereits unterwegs war, hätte sie ihren riesigen geschminkten Mund wahrscheinlich überhaupt nicht mehr zubekommen. Dass sie sich selbstständig machen wollte, davon erzählte sie mir nichts. Vermutlich, weil sie dachte, dass ich als dreifache Mutter und Verlagsmitarbeiterin in spe davon keine Ahnung habe. Sie erzählte mir lieber von ihrem großartigen Sohn Luka, der, seitdem sie ihm keine Süßigkeiten mehr gab, ein völlig entspanntes Kind war. Matti redete immer wieder dazwischen: „Mamaaa, mir ist langweilig! Mama, krieg ich dein Handy zum Spielen?" Bevor Tatjana mir noch einen Vortrag über die negativen Auswirkungen von Mobilfunkgeräten auf die Entwicklung von Kindern halten würde, sagte ich ganz pädagogisch: „Matti, ich kann verstehen, dass du jetzt Aufmerksamkeit forderst. Mama unterhält sich nur noch zu Ende, und dann spielen wir ein Kartenspiel, okay?" Matti sah mich verstört an, aber Tatjana schien es zu beeindrucken.

„Na ja, dann lass ich euch mal lieber wieder allein. Wir werden uns jetzt sicher wieder öfter sehen", schmalzte sie mit einem Zähne zeigenden Grinsen und winkte noch zu Doro, die hastig einen Tisch abwischte.

Ich war froh, als Kurti, Doros Jüngster, endlich ins Café kam. Er ging zu Doro, die ihm einen dicken Knutscher verpasste und ihm dann ihr Handy gab, mit dem er zielstrebig auf uns zukam. „Willst du mitspielen?", fragte er Matti, der sich natürlich nicht zweimal bitten ließ und sich gleich neugierig neben Kurti stellte. Ich hatte nichts dagegen, dass die zwei sich in die hinterste Ecke verkrümelten.

Es war schon ruhiger im Café, nur die Fensterbänke draußen waren noch besetzt. Ich schnappte mir den kleinen Eimer mit Spülwasser und Lappen und wischte die Tische ab, die Doro gerade mit einem Tablett leerräumte.

„Danke, du bist ein Schatz!", sagte sie. „Aber jetzt erzähl doch mal, Was hat die Frau von der Buchhandlung denn gesagt?"

„Ach vergiss es, viel zu teuer. Irgendein Schnulli-Dekoladen wird dort einziehen", meckerte ich und wischte hastig weiter über den kleinen Bistrotisch.

„Ein Dekoladen?" Doro kam mit dem vollen Tablett zu mir. Sie zog das Gesicht zurück und formte ein Doppelkinn. „Warte mal, das habe ich doch vorhin schon mal gehört."

Soo, liebe Tatjana, dann zieh dich mal warm an. Deinen Ramsch braucht kein Mensch, meine Bücher schon, redete ich mir in Gedanken gut zu und trat in die Pedale. Matti wollte eben nicht weg von Kurti und Doros Handy, aber meine leicht aufsteigende Wut über Doros Nachricht, dass Tatjana den Laden von der Gröning kaufen könnte, löste klare Blicke und Worte in mir aus, sodass Matti es lieber sein ließ, meine Nerven weiter zu strapazieren. Mucksmäuschenstill saß er hinter mir eingequetscht in seinem Fahrradsitz.

Doro und ich waren uns einig, dass ich mir den Laden auf keinen Fall von einer wie Tatjana vor der Nase wegschnappen lassen konnte, nur weil ihr Mann Schotter hatte. Als Doro die Tageszeitung von einem der Tisch wegräumen wollte, fiel ihr wieder der Artikel von dem Taubenschlag auf, für den der Verein über Crowdfunding zu Geldspenden aufrief.

„Das könntest du doch auch machen", meinte sie, und wenn ich so darüber nachdachte, fand ich die Idee gar nicht mal so schlecht. Zumindest eine Anzahlung für einen Sofortkredit, ohne den es letztlich nicht funktionieren würde, wäre damit vielleicht möglich. Klar gab es das schon von anderen Buchhandelsvisionären in der Stadt, aber Doro meinte, so wie jedes Viertel sein Café braucht, braucht es auch seinen eigenen Buchladen. Wenn ich sie richtig verstand, ging es jetzt darum, die Kunden, die Bärbel Gröning schon hatte, und noch weitere aus dem Umfeld für den Erhalt des Buchladens – „mit neuem Spirit" – zu sensibilisieren. Und das sollte doch eigentlich machbar sein. Etwas beschwingter radelte ich weiter, während ich versuchte, mir eine Gesprächsstrategie für Frau Gröning einfallen zu lassen. Ich musste sie davon überzeugen, dass Tatjana, egal wie viel Geld sie hatte, die falsche Entscheidung wäre.

Auch wenn mir noch nicht jeder die Schwangerschaft ansah, ich spürte die ersten Veränderungen schon sehr deutlich, viel früher als bei Karla, Frieda und Matti. Aber ich war ja auch keine 27 mehr. Als ich den Anstieg unserer Straße erreichte, war ich so aus der Puste, dass ich vom Fahrrad abstieg und Matti weiter den Berg hinaufschob. In dem Moment klingelte mein Handy. Ich wollte es erst ignorieren, weil ich dachte, es sei Markus oder eines der Mädels, um zu fragen, wo wir blieben. Doch es schien wichtig zu sein, denn immer wenn das Klingeln zu Ende ging, setzte ein neues ein. „Jaaa doch!", stöhnte ich und lehnte das Fahrrad an eine der Grundstücksmauern, damit Matti mir nicht aus dem Kindersitz krachte, während ich das Handy aus meiner Tasche kramte. „Claas Willemsen" stand auf dem Display, und ich war kurz davor, das Handy wieder einzustecken. Irgendwie war mir unsere letzte Begegnung zusammen mit Markus immer noch unangenehm, wenngleich er am Ende mit Markus Schnaps zur Versöhnung trank. Was soll's, dachte ich; wenn ich jetzt nicht rangehe, wird es irgendwann nur noch unangenehmer. Und den Kontakt abbrechen wollte ich auf keinen Fall.

„Hey, Hanni, wie geht es dir", fragte er gut gelaunt und klang dabei überhaupt nicht nachtragend. Ich antwortete ihm, dass es mir gut ging und dass ich mich freute, ihn zu hören, und irgendwie fühlte sich das nicht einmal gelogen an. Er erzählte mir, wie gut die Lesetour lief und dass er die Locations richtig gut fand, die ich ausgesucht hatte. Meine neue Vertretung aus dem Verlag sei zwar nicht so taff und engagiert wie ich, gebe sich aber Mühe. Ich musste grinsen. So ein Kompliment tat jetzt echt gut.

„Das freut mich. Mir geht's auch gut."

„Was macht der Buchladen?" Er klang so selbstverständlich, dass ich keine Hemmungen hatte, ihm alles darüber zu erzählen.

„Oh, das ist viel Geld, aber die Idee mit dem Crowdfunding ist gut. Viele Händler in Amsterdam haben damit schon richtig Erfolg gehabt. Du kannst Tickets für Lesungen und Events im Gegenzug anbieten."

„Ja, die Idee ist mir auch schon gekommen." Ich zögerte erst, aber dann fragte ich, ob ich vielleicht auch eine Lesung mit ihm anbieten könnte.

„Eine? So viele du magst, liebe Hanni. Ich komme gern zu dir."

Flatter, flatter, flatter

Am nächsten Tag überlegte ich, ob ich die Gröning nur anrufen oder ob ich sie noch einmal persönlich besuchen sollte. Ich wollte nicht wie ein Bittsteller wirken, aber auch nicht wie eine coole Tatjana Degenhöfer, die einfach nur mit den Scheinen winken musste. Kurz vor Ladenschluss schien mir ein geeigneter Zeitpunkt zu sein, dann wären vielleicht nicht mehr so viele Leute da.

Als ich den Laden betrat, war der Laden voll, und Frau Gröning war gerade in ein Gespräch vertieft. Ich wartete einen Moment, bis hinter mir wieder das Ladenglöckchen ertönte und zwei weitere Frauen mit Babytrage eintraten. Frau Gröning reichte einer Kundin zwei Bücher, die wohlwollend nickte, dann wandte sie sich an den Mann, der schon neben ihnen wartete, um seine Frage loszuwerden. Die jungen Mütter blätterten in einigen Büchern und sahen nicht so aus, als würden sie den Laden so schnell wieder verlassen. Einerseits freute es mich zu sehen, dass der Laden gut lief, andererseits fragte ich mich, warum Bärbel Gröning es dann trotzdem so eilig hatte, ihn zu verkaufen. Wenn man sie so sah, wie sie aufmerksam der Kundschaft zuhörte, wie sie sie geduldig beriet und dabei jedes Buch ehrfurchtsvoll aus dem Regal oder aus einer der Auslagen nahm und weiterreichte, dann fiel es schwer zu glauben, dass sie bereit war, ihren Laden für eine stolze Summe einfach abzugeben, egal ob danach hier drinnen weiter lesenswerte Bücher oder Tatjanas Duftkerzen, Bilderrahmen und Kunstblumen verkauft würden. Aber so wie Bärbel Gröning gestern geklungen hatte, wäre sie vermutlich sogar bereit, an einen Ein-Euro-Shop-Interessenten zu verkaufen, wenn er nur in der Lage wäre, ihre geforderten 120.000 Euro auf den Tisch zu legen.

„Soo“, unterbrach Frau Gröning meine Gedanken. „Wenn sie noch einen Moment hätten, würde ich uns schon mal einen Tee machen. Sie kommen doch wegen des Ladens? Oder suchen sie ein Buch?“

„Nein, nein, also, ich bin wegen des Ladens hier. Tee wäre prima.“

Als Frau Gröning die letzte Kundin abkassiert und die Ladentür abgeschlossen hatte, hatte ich bereits meine erste Tasse Tee ausgetrunken. Etwas müde, aber beseelt erschien sie mir, als sie sich zu mir in ihre Sitzecke setzte.

Meinen Vorschlag, doch noch einmal über eine Ratenzahlung mit der Option, jährlich eine größere Tilgung zu leisten (wie mir Claas über seinen Mann Adam heute Morgen noch als Tipp mitgegeben hatte) nachzudenken, lehnte Bärbel Gröning kopfschüttelnd ab.

„Aber Sie haben doch gesagt, dass es Sie freuen würde, wenn es ein Buchladen bliebe?“ Ich versuchte nicht theatralisch zu klingen und richtete den Oberkörper auf. „Ich glaube kaum, dass es möglich ist, einen Literaturliebhaber und -kenner wie mich zu finden, der noch dazu über so viel Geld verfügt.“ Dass Tatjana auf jeden Fall die falsche Entscheidung wäre, behielt ich lieber für mich.

Frau Gröning nippte an ihrem Tee und lehnte sich auf ihrem Zebrastuhl zurück.

„Ich habe gesagt, dass es schön wäre, das ist richtig. Ich habe aber nicht gesagt, dass es eine wichtige Bedingung für mich ist." Kurz blieb es still zwischen uns. Ich hoffte, sie würde noch etwas sagen, zum Beispiel dass sie noch einmal drüber nachdenken werde, aber sie sagte nichts, sah mich nur fragend an. Ich wollte nicht betteln, aber sie zu überzeugen – das konnte ich versuchen. Also fragte ich sie direkt:

„Könnten Sie sich denn vorstellen, mir noch etwas Zeit einzuräumen?"

Sie atmetet tief ein und aus und sah nicht so aus, als ob sie mir auch nur einen Zentimeter entgegenkommen würde.

„Nun, bitte verstehen Sie mich nicht falsch, aber warum sollte ich das tun?"

„Die Frage habe ich mir auch schon gestellt. Ich weiß es nicht", sagte ich schulterzuckend. „Ich weiß nur, dass ich für Ihren Laden und alle die Bücher hier brenne und dass ich mir nichts Schöneres vorstellen kann, als hier weiterhin Bücher zu verkaufen, Menschen für Geschichten zu begeistern, Autoren und Autorinnen vorzustellen und Lesungen zu veranstalten, mit den Menschen ins Gespräch zu kommen bei einer guten Tasse Kaffee." Wieder bleib es kurz still zwischen uns. Hatte ich sie verstimmt? Klang ich wie eine naive Träumerin?

Wieder machte sie einen tiefen Atemzug und zog die Augenbrauen weit über den Rand ihrer Brille hoch. Bevor sie etwas sagen konnte, redete ich einfach weiter.

„Zugegeben, ich habe nicht die größte Ahnung von Geld. Ich bin aber auch nicht auf der Wurstsuppe hierher geschippert. Ich habe eine Familie, ein Haus. Ich bin mir über das finanzielle Risiko bewusst. Und ich habe mir auch schon Gedanken gemacht, wie ich Geld zusammenbekommen könnte." Ich fragte sie nicht, ob sie sich meine Crowdfunding-Idee anhören wollte, sondern redete einfach weiter, und ich merkte, dass Bärbel Gröning mir sogar interessiert zuhörte.

„Also schön“, sagte sie, „ich kann mir vorstellen, noch, sagen wir … zwei Monate zu warten, bis ihr Plan konkret wird und wir ein paar Zahlen haben.“ Meine Augen weiteten sich vor Begeisterung. „Aber“, warf sie schnell ein, „nur wenn es mir gelingt, bei der Interessentin, die ich bereits ins Auge gefasst hatte, eine Bedenkzeit zu erbitten.“

Als ich aufwachte, war es ganz still im Haus. Ich schaute auf mein Handy. Schon 9.38 Uhr. Ich sprang auf, flitzte in die Kinderzimmer, doch in jedem fand ich nur ein zerwühltes Bett und alle möglichen Sachen auf dem Boden vor. Auf dem Küchentisch lag ein Zettel mit Markus' Handschrift. *Guten Morgen meine Sonne! Bringe Matti zur Kita. Wird heute sicher später bei mir. Telefonieren später nochmal. Knutschi!* Dahinter war noch ein aufgemaltes Herz. Ich freute mich über seine Zeilen. Wenngleich meine Freude sehr schnell wieder getrübt wurde, als ich mich in der Küche umsah. Wie konnte man es bloß schaffen, eine abends zuvor von mir picobello verlassene Küche, allein durch Frühstücken und Pausenbroteschmieren in ein Schlachtfeld zu verwandeln? Ich seufzte, zog mir einen Kaffee, den ich mit viel Milch verdünnte und nahm die Tasse mit hoch, um mich fertig zu machen. Innerlich hoffte ich, dass sich Frau Gröning am besten heute noch bei mir meldete, und hoffentlich hatte sie es sich nicht schon wieder anders überlegt. Sie könnte heute ebenso gut Tatjana anrufen und sagen, dass die den Laden haben kann. Diese Ungewissheit machte mich nervös, und bevor ich mich total verrückt machen würde, lenkte ich mich wieder einmal mit Hausarbeit ab.

Einmal in der Küche angefangen, verbrachte ich den Rest des Tages damit, Wäsche im Haus einzusammeln, sie zu waschen, die Betten frisch zu beziehen, Staub zu saugen und kleine Dinge wie Smarties, Legobausteine oder Vogelfedern aus der Staubsaugerdüse herauszufitzeln.

Das Handy trug ich die ganze Zeit bei mir in der Hosentasche, außer jetzt auf dem Klo. Erschrocken zuckte ich zusammen, als es neben mir auf dem Heizkörper zu vibrieren begann. Damit es mir von dort nicht gleich herunterfallen würde, griff ich nach dem Handy und wischte aus Versehen über das Display. Ich hörte eine Stimme aus dem Lautsprecher und fragte intuitiv nach.

„Hallo?“

„Hallo, Frau Liebig. Ich wollte mich doch nochmal bei Ihnen melden.“

„Oh, äh ja, das ist nett“, presste ich zwischen den Zähnen hervor. Meine Blase war einfach zu voll, aber jetzt laufen lassen konnte ich auch nicht.

„Also nach Rücksprache mit der anderen Interessentin, kann ich Ihnen nur sagen …“

„Kein Problem, Frau Gröning, das habe ich mir schon fast gedacht“, schnitt ich ihr das Wort ab. Ich wollte ihr nicht unhöflich zuvorkommen, aber es war klar, was sie mir sagen wollte, und es tropfte. Ich wusste, nicht, wie lange ich den Strahl noch zurückhalten konnte, und aufstehen, um den Wasserhahn als Nebengeräusch aufzudrehen, wollte ich jetzt auch nicht riskieren. Das Bad hatte ich schließlich eben erst gewischt.

„Soso“, pustete Frau Grönig ins Telefon. „Also ganz so einfach war es nicht, ihre Mitstreiterin zu beruhigen und sie von einer Bedenkzeit zu überzeugen."

„Wie jetzt? Tat… also sie hat sich wirklich darauf eingelassen? Heißt das…?"

„Ganz genau. Zwei Monate kann ich Ihnen einräumen. Will mir ja nicht vorwerfen, ich hätte einer Buchliebhaberin nicht zumindest die Chance gegeben." Es klang zwar nicht so, als glaubte Frau Gröning ernsthaft daran, dass ich das Geld in der Zeit zusammenbekäme, aber ja – eine Chance war es.

Da meine Blase dem Druck nicht mehr standhalten konnte und es unter mir plätscherte und strullerte, fiel mir leider nichts Besseres ein als: „Super. Klasse, ich … ich gieße gerade die Blumenvasen, wissen Sie?" Ich klatschte mir mit der Hand auf die Stirn.

„Na dann", antwortete Bärbel Gröning ganz souverän, „machen Sie mal fleißig weiter. Einen schönen Tag noch für Sie."

Am liebsten hätte mich sofort darangesetzt, einen Pitch für den Buchladen zu formulieren, aber jeden Moment würden die Großen aus der Schule kommen, hungrig wie immer, und Matti musste auch vom Kindergarten abgeholt werden.

Trotzdem nutzte ich ab jetzt jede Gelegenheit, um auf dem Handy zu recherchieren und mir Notizen einzutippen mit Ideen, die ich sonst bis heute Abend wieder vergessen hätte.

Es war heiß, und Matti wollte unbedingt Eis essen und mit seinem Kita-Freund Joschi auf unserem gewohnten Spielplatz in der Nähe vom Kindergarten spielen, aber nach Bärbel

Grönings Anruf heute Mittag hatte ich beschlossen, das Umfeld der Buchhandlung neu zu erkunden. Wie ich mitbekommen hatte, gab es dort einen Spielplatz, auf dem wir noch nie gewesen waren.

„Hier ist es langweilig“, maulte Matti. „Hast du was Süßes mit?“ Außer einer großen Trinkflasche voll Wasser hatte ich nichts mitgenommen. Ich schaute mich um, die Anlage war schön, eine große Grünfläche mit Parcours für Skater, daneben ein Matschspielplatz, an dem sich die Mütter mit ihren halbnackten Kindern tummelten, und das alles eingebettet in eine Grünfläche mit vielen jungen Bäumen und zwei großen Sonnensegeln. Wäre ja auch zu schön gewesen, wenn jetzt noch ein Eiswagenverkäufer klingeln würde, dachte ich, als ich plötzlich eine Frau mit zwei Eistüten entdeckte, ein kleines Mädchen neben sich. Zielstrebig ging ich zu ihnen. Irgendwie kam mir die Frau bekannt vor.

„Entschuldigen Sie, verraten Sie uns, wo es das Eis zu kaufen gibt?“

„Na klar. Seht ihr da, wo die Leute auf der Wiese liegen?“, sagte sie freundlich und zeigte mit dem Eis in der Hand in eine Richtung. „Da steht so ein Pavillon unter der Kastanie. Dort gibt es Eis und Kaffee.“

„Gott sei Dank.“ Ich lächelte und legte die Hand auf die Brust.

„Sie sind doch die Frau, die Bärbels Laden übernimmt? Oder?“ Ich sah sie unsicher an. „Ich meinte natürlich Frau Grönings Laden. Die Buchhandlung?“ Sie lächelte freundlich und leckte einmal an der tropfenden Schokoladeneiskugel, bevor sie die Eistüte dem kleinen Mädchen neben ihr in die Hand gab. Jetzt fiel es mir wieder ein. Da war die junge Frau, die mich neulich in Frau Grönings Buchhandlung gemustert hatte; die, die schon ewig mit im Haus von Frau Gröning wohnte. Wie hieß sie noch gleich?

„Matti magst du nicht mal rüber zu dem Matschplatz gehen?", versuchte ich meinen Sohn liebevoll abzulenken.

„Erst will ich ein Eis!"

„Ja. Gleich."

Er verschränkte die Arme vor der Brust und stapfte zu der Bank, an die ich mein Fahrrad angelehnt hatte. „Immer *gleich*", rief Matti bockig und setzte sich auf die Kante der Sitzfläche.

„Das kenn ich", sagte die Frau. Grinsend rollte ich mit den Augen.

„Ich bin Hanni, Hanni Liebig, sagte ich und nickte ein wenig verlegen. „Und ja es stimmt, ich hätte gern den Laden von Frau Gröning."

„Ich bin Sophia." Sie nickte und zeigte dann auf das kleine Mädchen. „Und das ist Marla, meine Tochter. Wir kennen Bärbel, also Frau Gröning, schon unser ganzes Leben. Ich wohne in ihrem Haus. Ich fände es richtig gut, wenn es ein Buchladen bliebe."

Ich spürte, wie mein Herz einen kleinen Hopser machte.

„Das freut mich, aber ich will lieber ehrlich zu Ihnen sein", sagte ich.

„Ach bitte, wollen wir uns nicht duzen?", unterbrach sie mich kurz.

Es fühlte sich ein bisschen so an, als wäre ich gerade dabei, eine nette Verbündete zu treffen.

„Gern", sagte ich und erzählte ihr, dass es noch gar nicht feststand, dass ich die Buchhandlung übernähme. Ich war unsicher, wie viel ich ihr wirklich anvertrauen konnte, weil ich nicht einschätzen konnte, wie eng das Verhältnis zwischen ihr und Bärbel Gröning war. Aber irgendwie wirkte Sophia wohlwollend auf mich. Interessiert hakte sie nach und schien zu verstehen, dass es nicht leicht sein würde, so viel Geld auf einmal aufzutreiben. Als sie mich fragte, was ich nun vorhätte, erzählte ich ihr von meinem Plan mit der Crowdfunding-Aktion.

„Die Idee finde ich richtig gut. Da kommt bestimmt was zusammen, wenn sich das hier erstmal herumgesprochen hat."

1-2-fly

„Ach schitt“, fluchte ich, als ich mit dem einfachen Grafikprogramm, das ich hatte, versuchte, einen Flyer zu gestalten. Der Einfall kam von Sophia. Sie hatte mir dazu geraten, welche in der Umgebung zu verteilen. Es war schon nach 1 Uhr und ich saß noch immer vor dem Laptop an unserem Esstisch. Ich konnte nicht aufhören. Ich hatte eine Vorstellung, aber irgendwie wollte es mir nicht gelingen, sie umzusetzen. Jedes Mal wenn ich ein neues Element einfügen wollte, verschwanden die anderen. „Dann mach es doch nicht so kompliziert“, meinte Markus und gähnte. Er war vorhin schon auf dem Sofa eingeschlafen und wollte mich überreden, jetzt mit ins Bett zu gehen.

„Aber ich muss das hier fertig machen und das ist nun mal nicht so leicht für mich. Soll ja auch schön aussehen“, murmelte ich.

„Dann lass es doch gleich von einem Profi machen.“ Er schaute auf den Bildschirm und kratzte sich am Kopf.

„Du bist vielleicht witzig. Ich muss Geld sammeln und nicht ausgeben. Weißt du, was ein Grafiker kostet?“

Markus stöhnte. „Okay, schon gut. Gute Nacht“, sagte er und gab mir einen Kuss auf die Wange.

Eigentlich hatte Markus recht. Ich überlegte, wen ich um Hilfe bitten konnte, ohne dabei gleich ein Vermögen bezahlen zu müssen.

„Und was kriege ich dafür?“ Karla schaufelte weiter Schokomüsli in sich hinein. Wie immer hielt sie es dabei nicht für nötig, sich an den Tisch zu setzen. Stehend und den Rucksack über eine Schulter gehängt, wirkte das Frühstück bei ihr eher wie eine lästige Form der Nahrungsaufnahme, die es schnell hinter sich zu bringen galt. Da Karla aber immer in Eile oder bei einer Schulfreundin war, blieb mir nichts anderes übrig, als sie jetzt zwischen Tür und Angel zu fragen, ob sie mir meinen Flyer gestalten würde. Warum war ich nicht gleich auf sie gekommen? Schließlich tat Karla nichts anderes als TikToks zu produzieren, in denen sie ihren Followern im Zeitraffer zeigte, wie gut sie zeichnen und malen konnte. Das Talent hatte sie von Markus. Da konnte es ihr doch nicht so schwerfallen, mir bei meinem Flyer zu helfen.

„Über eine Bezahlung habe ich ehrlich gesagt noch gar nicht nachgedacht", sagte ich und setzte dabei dieselbe Unschuldsmiene auf wie sie, wenn sie vergaß, den Geschirrspüler auszuräumen oder Bescheid zu geben, dass sie später nachhause käme.

„Weißt du, wie viel Zeit das kostet? Zeit ist Geld, Mama", fuhr sie mich an.

„Schon gut, ich habe ja auch nicht gesagt, dass du dafür kein Geld bekommen sollst."

„Wieso soll die schon wieder Geld bekommen?" Frieda, wie immer die Ruhe in Person, schlurfte zu uns in die Küche.

„Halt du dich da raus", zischte Karla, „und zieh lieber mal deinen Pullover richtig rum an." Das stimmte, Frieda trug ihr Lieblings-Shirt auf links, sodass man den Schriftzug der NABU kaum erkennen konnte. Im Gegensatz zu Karla trug sie aber ein bedeckendes Oberteil. Karlas bauchfreie Spaghetti-Shirts ließen in mir schon öfter den Wunsch nach einer Schuluniform aufkeimen.

„Also, was ist jetzt? Hilfst du mir?“ Bittend sah ich Karla an. Die rollte mit den Augen. „Ja Mann, wann brauchst du das denn?“ Ich zog die Stirn hoch und knietschte die Augen zusammen: „Heute Abend?“

„Das wird teuer“, drohte sie mir. Dann stellte sie ihre Müslischüssel *auf* den Geschirrspüler und stolzierte mit gehobener Nase zwischen mir und Frieda, die immer noch mit ihrem Shirt zu tun hatte, vorbei Richtung Haustür.

Auch wenn sie in meinen Augen eine kleine Meise hatte (eigentlich sogar eine sehr große Meise), wusste ich, dass ich mich auf Karla verlassen konnte, und das war es schließlich, was zählte. Meine beleidigte und verschlafene Frieda beruhigte ich damit, dass sie sich auch gern etwas dazuverdienen konnte, wenn sie mir helfen würde, die Flyer zu verteilen.

Nicht für ihre gereizte Art und Weise, wohl aber für das Ergebnis hätte Karla von mir einen Orden verdient. Den bekam sie von mir schon heute Nachmittag in Form von frischen Cupcakes und ihrem Lieblingssalat und Frühlingsrollen, die ich zum Abendessen in ihr Zimmer brachte.

„Bücher sind wie Kekse. Hat man einmal angefangen, kann man nicht mehr aufhören“ Wenn auch Sie der Büchersucht verfallen sind oder sich gern von guten und neuen Geschichten verführen lassen wollen, dann unterstützen Sie meine Crowdfunding-Aktion zum Erhalt und Neueinzug einer Buchhandlung in der Buchhandlung Gröning.

Der weiße, moderne Schriftzug auf dem braunen Hintergrund gefiel mir sehr gut. Ein Stapel bunte Bücher neben einem Turm braun-weißer Doppelkekse, alles im Comic-Style, fand ich eine klasse Idee. Ich knutschte Karla auf die Wange.

Karla war selbst so zufrieden mit ihrem Ergebnis, dass

sie mir sogar noch dabei half, alles bei „1-2-fly" im richtigen Format hochzuladen. Als Karla sah, wie teuer der Druck kam, gewährte sie mir doch tatsächlich Ratenzahlung für ihr Design und sogar einen Preisnachlass, wenn ich ihr hoch und heilig versprach, ihr in meinem Buchladen einen gut bezahlten Aushilfsjob für die Ferien anzubieten.

Die fertigen Flyer gaben mir die nötige Motivation, gleich am nächsten Vormittag die Texte für die Crowdfunding-Seite vorzubereiten. Nachdem ich jedoch immer mehr über andere Buchhandlungen recherchierte, die auch Crowdfunding nutzten, wurde ich zunehmend unsicher, was die Formulierungen betraf. Andere Crowdfunder brauchten Geld, um einen Umzug, eine neue Leseecke oder Reparaturen finanzieren zu können. Ich wollte 20.000 Euro Startkapital, um einen ganzen Laden zu bezahlen. Warum sollten mir die Leute Geld geben? Ich telefonierte mit Doro. Die meinte, dass das doch klar sei: Ein Buchladen sei tausendmal wichtiger als ein neuer Ramschladen und die x-te Dönerbude. Das sah ich auch so, aber das konnte ich doch so nicht schreiben. Ich brauchte eine Geschichte, um überzeugen zu können.

Nach mehreren gescheiterten Versuchen beschloss ich, erst einmal mit den Angeboten als Gegenleistung für die Spender weiterzumachen. Ich telefonierte noch einmal mit Claas, um mich zu vergewissern, dass ich Lesungen mit ihm tatsächlich anbieten durfte.

„Natürlich. Ich komme gern und auch öfter", sagte er. „Mach dich nicht so verrückt. Schreib die Geschichte so, wie es ist. Bleib authentisch. Am wichtigste sind sowieso immer die Bilder. Lass ein paar gute Fotos machen."

„Ja, so ist schon gut, aber halt den Kopf noch ein bisschen schräger. Ja gut so. Schultern etwas zurück. Super. Wir haben's, glaube ich", meinte Jutta und wechselte ihren Blick vom Sucher auf das Display ihrer Kamera. „Ja ... doch, schau mal, das finde ich sehr hübsch." Mit beiden Händen hielt sie die Kamera in meine Richtung. Ich trat aus dem kleinen Scheinwerferlicht und ging zu ihr. Neugierig schaute ich über ihre Schulter mit auf das Display und entdeckte ein Bild, auf dem ich mich selbst kaum wiedererkannte, so strahlend wie ich darauf rüberkam.

Jutta war der einzige Mensch, der mir einfiel, um möglichst günstig und schnell an gute Fotos zu gelangen. Als gerade sie vorhin vor unserer Haustür stand, um mir das Paket von 1-2-fly zu bringen, das der Postbote bei ihr abgegeben hatte, musste ich die Gelegenheit einfach nutzen – auch wenn es mich Überwindung gekostet hatte. Jutta fotografierte schon immer gern, nicht nur mit dem Handy, auch mit richtig professionellem Fotoapparat und Stativ und so. Die Bilder von ihren Kindern, die auf großen Leinwänden über ihrem Sofa hingen, hatte sie bei sich zuhause fotografiert. Sie hatte extra im Gästezimmer ein kleines Fotostudio eingerichtet.

„Wofür brauchst du die Bilder eigentlich?", fragte sie schüchtern und drehte den Kopf zu mir.

Ihre Augen wurden groß, als ich ihr erzählte, dass ich einen eigenen Buchladen eröffnen wollte.

„Wow! Wollen wir dann noch ein paar Aufnahmen vor dem Bücherregal machen?" Sie zeigte zur Seite auf die deckenhohe Bücherwand im Zimmer. Mir war gar nicht klar, dass Jutta eine Leseratte war. Zumindest schlussfolgerte ich anhand der Buchrücken, vorwiegend von Frauenromanen, dass es ihre Bücher und nicht die von Maik waren. Die Idee mit dem Hintergrund war gut, nur ein bisschen spontan. Für ein Porträt reichte mein geblümtes Blusenoberteil, aber in Baumwollshorts, die ich zuhause gern trug, konnte ich nicht vor die Kamera.

„Ich kann dir gern was von mir geben", sagte sie, als sie meinen unsicheren Blick auf meine Beine erkannte.

„Das ist lieb, aber ich fürchte, das wird mir alles nicht passen." Eigentlich hatte ich nicht vor, ihr auch noch die Schwangerschaft zu offenbaren, aber auch das würde sie früher oder später mitbekommen, wenn sie es nicht sogar schon ahnte, weil sie die Rundungen unter meiner Bluse wahrnahm. Frauen rochen doch meistens sehr schnell, wenn eine andere Frau schwanger war.

„Na, Glückwunsch", sagte sie, als ich es ihr eröffnet hatte, „das freut mich für euch. Wirklich." Ihre Worte klangen ehrlich, und ich war froh, dass es raus war.

„Weißt du Hanni, du musst wissen …" Langsam legte Jutta die Kamera auf einem Hocker neben sich ab und schaute wieder zu mir.

„Da war wirklich nichts zwischen mir und Markus. Und ja, ich gebe zu, ich hatte zuvor etwas getrunken. Es ging mir nicht gut zu der Zeit. Maik hat mich betrogen mit einer … mit einer zehn Jahre Jüngeren. Sie kennen sich von der Arbeit. Das mit Markus … das hatte nichts zu bedeuten gehabt. Markus liebt nur dich."

Wow, den Mumm hätte ich ihr gar nicht zugetraut. Zugegeben, ich hätte die Sache jetzt nicht angesprochen, aber sie hatte ja recht. Sich weiterhin aus dem Weg gehen, nur weil man nicht in der Lage war, sich auszusprechen, war auch keine Lösung.

„Okay. Gut, dass du das sagst. Es hat mich wirklich verletzt, aber inzwischen bin ich mir auch sicher, dass es nie so weit gekommen wäre und", ich stockte, „ich war in letzter Zeit auch nicht immer fair."

Sie lächelte mich so herzzerreißend an, dass mir gar nichts anderes übrig blieb, als ihre angedeutete Umarmung anzunehmen.

Wenig später brachte mir Jutta einen Rock aus sehr dehnbarem Jersey Stoff. Er passte gut zur Bluse, und zusammen mit den Ballerinas, die sie mir auch noch lieh, fühlte ich mich nun ein wenig sicherer vor der Kamera. Sie machte noch ein paar Aufnahmen von mir, mit und ohne Bücher, lesend und nicht lesend, und schoss zwischendurch noch ein paar Detailbilder von Buchseiten, die ich zwischen meinen Fingern wie ein Daumenkino flattern ließ; von ihrer grünen Leselampe und ein paar schönen Lesezeichen.

„Magst du noch was trinken? Ich fürchte, ich brauche hier noch einen Moment." Jutta ließ die Bilder gerade auf ihren PC einlesen.

Ich sah auf die Uhr. Mist, schon wieder so spät.

Viel zu früh, das Vögelchen …

Tatsächlich folgten unseren neuen Social-Media-Profilen „BUCH_den_Laden_" schon über 400 Fans. Es gab auch schon ein paar erste Investoren. Die Karten für Claas' Leseabende und „Eine Nacht im Buchladen" wurden bereits gebucht und bezahlt. Als ich die ersten Zahlungseingänge aus meinem E-Mail-Postfach angezeigt bekam, machte mein Herz einen Purzelbaum. Gleichzeitig wurde mir bewusst, dass ich mich auch noch über die rechtlichen und steuerlichen Verpflichtungen informieren musste. Die Aktion lief zwar über einen begrenzten Zeitraum, und im schlimmsten Fall müsste ich den Leuten ihr Geld zurückzahlen, trotzdem notierte ich mir den Punkt „Rechtliches" als neues To-do auf meiner immer länger werdenden Liste für das Projekt „Buchladen". Ich war mitten im Flow und fühlte mich pudelwohl dabei.

Nur die Hitze machte mir echt zu schaffen. Ja, es war Sommer, aber im Vergleich zu den letzten, verregneten Jahren meinte es der Sommer in diesem Jahr besonders ernst mit sich. Mit meinen geschwollenen Beinen sah ich jetzt schon aus wie eine Elefantenkuh, und auch der Kreislauf machte mir echt zu schaffen. Die Frauenärztin riet mir bei der letzten Routineuntersuchung dringend zu mehr Ruhe, schließlich zählte ich zu den Spätgebärenden, auch wenn ich das nicht gerne hörte. Nur mit Ruhe war es gerade echt schwierig. Jetzt stand erstmal „Flyer verteilen" auf meiner To-do-Liste, und Frieda und Karla halfen mir dabei. Den größten Schwung hatten wir schon in den letzten Tagen verteilt, in den Briefkästen und Geschäften in unserem Viertel, bei Doro im Café, in den Häusern rund um den Buchladen, beim Eis-Pavillon, und jetzt wollten wir die letzten Handzettel einfach so unter den Leuten, die wir im Park und auf der Straße trafen, verteilen. Erst kostete es mich ein wenig Überwindung, die Leute einfach so anzusprechen, aber nach den ersten positiven Reaktionen machte es sogar Spaß, mit Spaziergängern und Passanten ins Gespräch zu kommen. Es war Samstagnachmittag, die Leute waren entspannt und hörten uns gerne zu. Karla postete zwischendurch immer mal ein Foto oder Reel von unserer Aktion, und diese kleinen Videos kamen echt gut an bei den Followern.

„Na endlich." Mit offenen Armen lief Bärbel Gröning mir entgegen. „Die Leute fragen mich schon nach Ihnen. Heute Morgen habe ich gesehen, dass die Apotheke nebenan schon Infoblättchen zu ihrer Aktion ausliegen hat." Neugierig blickte sie in meinen Fahrradkorb, in dem ein letzter Packen für sie lag.

„Puuhh" stöhnte ich schmunzelnd und wischte mir mit dem Handrücken kleine Schweißperlen von der Stirn. „Es war so viel los in den letzten Tagen und … na, jetzt bin ich ja hier." Ich nahm den großen Stapel aus dem Korb und gab ihn ihr.

Bärbel Gröning zog sich einen Flyer aus der Papierbanderole heraus und hielt ihn weiter weg vom Gesicht. Was hatte dieser ernste Gesichtsausdruck bloß zu bedeuten? Bitte sag jetzt nicht, dass ein Tippfehler darauf ist, dachte ich und rieb mir nervös die feuchten Hände.

„So so, na dann schauen wir mal“, sagte sie mit hochgezogenen Augenbrauen, bevor sie endlich lächelte und mich ein wenig musterte. Bitte sprich mich jetzt nicht auf meine Rundungen an. Das erzähle ich gern ein anderes Mal, betete ich innerlich. Sie sagte nichts dazu, fragte nur sehr höflich, fast mitleidig, ob sie mir ein Glas Wasser anbieten dürfte. Ich musste aussehen wie kurz vor der Notschlachtung. Ich bereute es, dass ich kein Haartuch trug. Einzelne Haarsträhnen, die sich aus meinem kleinen Zopf gelöst hatten, klebten an meiner Stirn und im Nacken. Mein Gesicht fühlte sich heiß an, und meine Beine waren ganz schwer. Vielleicht hätte ich Frieda und Karla doch noch nicht vorschicken sollen. Markus wollte mit den Kindern noch ins Freibad. Andererseits, was sollte es ändern, wenn sie noch bei mir wären? Ich trank das Glas Wasser, das Frau Gröning mir gebracht hatte, in einem Zug leer und beschloss, mich gleich draußen im Park erst einmal auf einer Bank auszuruhen, bevor es nach Hause ging.

Langsam schob ich mein Fahrrad Richtung Pavillon. Eine große Portion Eis hatte ich mir jetzt wirklich verdient. Ich überlegte gerade, welche Sorte ich nehmen sollte, als ich ein starkes, schmerzhaftes Ziehen im Unterleib spürte. Ich blieb stehen und klammerte meine Hände an den Griffen des Lenkrads fest. Oh nein, das Baby … Angst breitete sich in mir aus. Das konnten doch unmöglich schon Wehen sein.

„Hanni? Ist alles in Ordnung bei dir? Ich drehte mich um und sah Sophia mit Marla an der Hand. Ich traute mich nicht, das Fahrrad loszulassen, stand nur wie angewurzelt da.

„Alles okay … die Hitze“, sagte ich und spürte, wie meine Stimme zitterte. Sophia führte Marla zu der Sitzbank, die nur ein paar Meter entfernt war, und kam dann auf mich zu.

„Warte, ich nehm' dir das ab", sagte sie, als ich versuchte, mich langsam zu ihr hinzuschleppen. Sophia schob das Rad zur Bank und stellte es ab. Der Schmerz hatte nachgelassen, trotzdem war ich dankbar, als Sophia wieder zu mir kam und mir helfend ihren Arm anbot.

„Es geht schon wieder. Ich muss mich nur ein bisschen ausruhen", schnaufte ich und ließ mich neben Marla auf der Bank nieder. Ich muss unbedingt Markus anrufen, dachte ich. Er muss mich abholen … und Montag früh gehe ich gleich zur Frauenärztin.

„Gehen wir jetzt Eis essen?", fragte die Kleine

„Geht nur", sagte ich, und in dem Moment durchfuhr mich wieder ein ziehender Schmerz, dieses Mal im unteren Rücken. Ich stöhnte und legte die Hände auf die schmerzende Stelle.

„Was ist?", fragte Marla.

„Alles gut, mein Schatz. Die Hanni hat ein Aua im Rücken, und deshalb rufe ich jetzt ganz schnell den Papa an, damit er sie zum Arzt fahren kann." Mit schmerzverzerrtem Gesicht blickte ich zu Sophia hoch, die vor uns stand und ihr Handy bereits ans Ohr hielt. Ich bekam kaum mit, was sie ihrem Mann sagte. Meine Augen wurden glasig. Was, wenn das Baby jetzt schon auf die Welt will? Es ist doch viel zu früh. Tränen liefen mir über das Gesicht und meine Beine fingen an zu zittern.

„Alles gut, Hanni. Gunnars Auto steht direkt hier am Park, er kommt jetzt runter und wir fahren dich in die Klinik", sagte Sophia mit beruhigender Stimme, aber die Sorge stand auch ihr ins Gesicht geschrieben. Sie setzte sich zwischen uns und legte den Arm um mich.

„Ich hab' Angst, Mama", sagte Marla, und Sophia beruhigte sie sanft. Und alles wegen mir, dachte ich. Wie konnte ich nur so egoistisch und unvorsichtig sein? Was, wenn dem Baby etwas passiert ist? Was, wenn ich es verliere? Im Kopf ging ich die kürzeste Route zur nächsten Klinik durch. Es würde alles viel zu lange dauern. Obwohl Sophia bei mir war, fühlte ich mich schrecklich allein mit meiner Angst. Ich schaute hinüber zu der großen Wiese, auf der Kinder Fußball spielten und Erwachsene auf Picknickdecken saßen, laut lachten oder Zeitung lasen. Das fühlte sich paradox an. Während alles um mich herum normal und harmonisch weiterlief, stand ich gerade Todesängste aus. Sophia streichelte mir sanft den Rücken und in dem Moment hörten wir das Knirschen von Reifen auf dem Kiesweg hinter uns. Wir drehten uns um. Das musste Gunnar, Sophias Mann, mit dem Wagen sein; er war tatsächlich in den Park hineingefahren. Die Wege waren Gott sei Dank breit genug. Ich schöpfte etwas Mut und ließ mich von Sophia zum Auto begleiten. Gunnar stieg aus und öffnete uns eine der hinteren Autotüren, und ich war froh, dass er einen SUV hatte, bei dem der Einstig nicht so tief war. Vorsichtig schob ich mich auf die Rückbank, Sophia stieg auf der anderen Seite ein, und Marla kam nach vorn auf den Beifahrersitz. Nach einem Zwischenstopp vor der Buchhandlung, in der Gunnar Marla absetzte, fuhr er zügig durch die Stadt. Ich spürte die Geschwindigkeit, hörte Gunnars leises Fluchen, wenn ein Auto vor uns zu langsam fuhr, und merkte, wie er sie überholte, und trotzdem fühlte sich alles an wie in Zeitlupe. Wie in einem Film, der von allein ablief und auf den ich kein bisschen Einfluss nehmen konnte.

Rabenmutter hoch zehn

„Was machst du denn für Sachen?“ Vorsichtig ließ Doro mit einer Hand die Tür ins Schloss gleiten, in der anderen hielt sie ein kleines Gartenblumensträußchen. Sie schlich auf mich zu, obwohl ich das Zimmer für mich allein hatte und sie niemanden stören konnte.

„Ist alles okay?“ Sie streichelte meinen Arm, in dem noch ein Zugang für die Kanüle steckte, und sah mich unsicher an.

„Das ist nur Flüssigkeit, weil ich etwas dehydriert bin und mein Kreislauf noch nicht ganz stabil ist“, erklärte ich ihr.

„Und das Baby?“, fragte Doro vorsichtig.

„Es ist Gott sei Dank alles in Ordnung. Es waren Frühwehen, aber die Ärzte haben das wieder in den Griff bekommen. Ich darf mich aber die gesamte Schwangerschaft so gut wie gar nicht mehr bewegen. Absolute Bettruhe“, sagte ich lächelnd und zog die Stirn hoch. Mitfühlend sah Doro mich an und hielt mir ihre Blumen vor die Nase.

„Mhhh, die duften herrlich. Aus eurem Garten?“

Doro nickte und grinste

„Schau mal, da drüben steht noch eine Vase, da kannst du sie reinstellen.“ Ich zeigte auf den Tisch am Fenster, auf dem lauter Geschenke der Kinder lagen: Tüten mit Gummibärchen, Nüsse, ein selbstgemalter Pirat von Matti, der mich beschützen sollte, und zwei Romane, die Karla und Frieda im Klinikshop für mich ausgesucht hatten. Doro nahm die Vase und ging ins Bad.

„Ich weiß gar nicht, wann ich das alles lesen und essen soll, wahrscheinlich komme ich übermorgen schon wieder raus", rief ich ihr hinterher.

„Ja, aber dort wirst du dann ja auch genug Zeit zum Lesen haben", sagte Doro mit mahnender Stimme, nachdem sie den Wasserhahn wieder ausgestellt hatte und mit der Vase zurück zum Tisch ging. Auf meinem Beistelltischchen war kein Platz mehr für ihre Blumen, nachdem Markus mir vorgestern einen riesigen Strauß Wiesenblumen vom Markt und Frieda und Karla ein Väschen mit Gänseblümchen dort abgestellt hatten.

„Süß", sagte Doro zu den Blumen und den Geschenken und kam wieder zu mir ans Bett.

„Ja. Sie haben sich alle solche Sorge gemacht." Ich rückte auf meinem Bett etwas zur Seite, damit Doro sich auf die Bettkante setzen konnte. „Für die Kinder war es ja auch ein doppelter Schock: Erst müssen sie erfahren, dass ihre Mama im Krankenhaus ist, und dann auch noch dass sie ein neues Geschwisterchen bekommen."

„Ach herrje. Wie haben sie es aufgenommen?"

„Na ja, Karla wollte wissen, warum wir nicht aufpassen konnten. Frieda hat gefragt, ob wir nicht schon viel zu alt dafür wären, und Matti freut sich auf ein Brüderchen. Sollte er noch eine Schwester bekommen, zieht er zu meiner Mutter." Ich seufzte und ließ den Kopf auf das große Kissen sinken, auf dem ich immer viel zu schnell ins Schwitzen kam.

„Und was sagt die?"

„Meine Mutter? Die ist froh, dass es mir und dem Baby gut geht. Trotzdem konnte sie sich nicht verkneifen, mich daran zu erinnern, dass es mit vier Kindern sportlich für mich wird."

„Sie macht sich halt Sorgen."

„Ich doch auch“, sagte ich ernst und richtete den Kopf wieder auf. „Doro, wenn etwas mit dem Baby passiert wäre … das hätte ich mir nie verzeihen können.“ Durch meine glasigen Augen nahm ich Doros mitfühlenden Blick wahr. Sie breitete die Arme aus, und es tat einfach nur gut, sich ihrer Umarmung hinzugeben.

„Ach, Mensch, meine Kleene. Ich hätte auch besser auf dich aufpassen sollen.“

„Ach, Nonsens, ich hätte nicht so übertreiben dürfen. Es war dumm, mich derart in diese Sache mit dem Buchladen reinzustürzen, die ja doch aussichtslos ist.“ Langsam löste ich mich aus Doros Umarmung und gab einen langen Seufzer von mir.

„Aber warum denn aussichtslos? Als ich vorhin auf deiner Seite war, wurden schon über 2.000 Euro Einnahmen angezeigt.“

„Ja, ich weiß. Das ist schon eine Menge Geld, und die Aktion ist ja erst ein paar Tage online. Trotzdem …“ Ich zuckte mit den Schultern.

„Was *trotzdem*? Der Taubenverein hat auch schon seine Kohle zusammen. Stell dir das mal vor. Und bei dir funktioniert das auch.

„Ja, das ist wirklich klasse. Aber ein Taubenschutzverein ist kein Buchladen, und 5.000 Euro sind keine 20.000 Euro.“

„Na und!? Im Café habe ich auch schon ganz vielen Menschen von dir erzählt. Die wollen alle dein Projekt unterstützen, und als Karla heute Mittag Essen bei mir abgeholt hatte, hat sie mir stolz berichtet, dass sie irgendein Kleid von dir dass sie noch aufgehübscht hat, für 100 Euro über so ne App verkauft hat und dass sie und Frieda noch mehr Sachen verkaufen wollen.“

„Soll ich mich jetzt freuen oder muss ich Angst um meinen Kleiderschrank haben", murmelte ich.

„Och, jetzt sei nicht fies. Sie glauben an dich. Ich glaube an dich. Markus glaubt an dich." Doro legte mir die Hand auf die Schulter, und ich griff mit meiner Hand nach ihrer.

„Du hast recht. Alle bemühen sich um mich, und ich…? Ich bin so eine schlechte Mutter, meine Kinder mussten so viel wegstecken wegen mir."

„So ein Quatsch!", sagte Doro entschieden.

„Aber weißt du, was das Schlimmste ist?" Immer noch klammerte ich mich an ihrer Hand fest und sah sie verzweifelt an.

„Dass ich trotzdem immer noch einen Buchladen haben will." Erneut baute sich eine Welle von Tränen in mir auf, die mir fast den Atem raubte.

„Schsch … ganz ruhig", sagte Doro.

„Ich ersticke fast bei dem Gedanken daran, wieder zuhause zu sein, alles geben zu müssen, meine Energie, meinen Schlaf. Alles teilen zu müssen, keinen eigenen Ort, keine noch so kleine Ecke im Haus für mich allein zu haben." Die Worte brachen aus mir heraus. Ich holte tief Luft und mein Atem vibrierte. „Ich weiß, dass klingt furchtbar. Ich sollte lieber dankbar sein, dass alles gut gegangen ist, aber ich kann mich einfach nicht freuen", schluchzte ich. Ich zuckte mit den Schultern und wischte mir über mein verheultes Gesicht.

Suchend blickte Doro um sich, dann stand sie auf und ging wieder ins Bad. Sie brachte einen Packen Trockentücher aus dem Kasten über dem Waschbecken und legte ihn vor mir auf die Bettdecke. „Hier bitte", sagte sie liebevoll und setzte sich wieder neben mich auf das Bett. Ich zog an einem der rauen Tücher, das sich erst nicht lösen wollte von den anderen, und schnäuzte mich ausgiebig hinein.

„Hey, Schätzchen, du bist die Mutter, die man sich nur wünschen kann, und dass du dich nach etwas Eigenem und nach etwas mehr Freiheit sehnst, ist doch völlig normal. Wer sagt denn, dass du den Laden jetzt nicht mehr haben sollst?"

„Na, du bist witzig!", blaffte ich. „Bis zur Geburt darf ich mich so gut wie gar nicht bewegen. Danach heißt es stillen, abpumpen, wunde Brustwarzen und schlaflose Nächte. Ich habe schon drei Kinder im Nest, die mich brauchen, und ich gehe auf die Vierzig zu!"

Doro beugte sich mit dem Oberkörper näher zu mir und sah mich eindringlich an.

„Dann lern endlich fliegen, Hanni!"

„Wer will hier aufgeben?" Bärbel Gröning stand plötzlich im Zimmer. Sie hatte einen großen Strauß Sonnenblumen dabei und schaute mich erwartungsvoll an.

„Frau Gröning?", flüsterte ich und richtete mich so gut es ging auf.

„Ach", meinte Doro ebenso überrascht. Sie erhob sich von meiner Bettkannte, begrüßte Bärbel Gröning und fragte sie, ob sie ihr die Blumen abnehmen dürfe.

Dankend überließ sie Doro den Strauß und fragte mich, ob sie sich einen der beiden Stühle nehmen könnte. Ich nickte und sie schob den Stuhl an die andere Seite des Bettes. Sie fragte, wie es mir ging, und wirkte dabei ernsthaft besorgt.

Doro kam aus dem Bad zurück und stellte die Vase mit den Sonnenblumen neben ihren Strauß auf den Tisch.

„Soll ich euch lieber allein lassen?“ Doro zeigte mit dem Daumen über ihre Schulter in Richtung Tür.

„Also wegen mir auf keinen Fall“, meinte Bärbel Gröning, und wenn ich ehrlich war, fühlte es sich für mich besser an, wenn Doro bei mir blieb. Ich schüttelte den Kopf, und Doro setzte sich wieder zu mir.

„Woher wissen Sie, dass ich hier bin?“, fragte ich, noch immer verdutzt über ihren Besuch.

„Sophia hat mir erzählt, dass ihr Mann sie ins Krankenhaus fahren musste. Bitte sehen Sie es ihr nach. Sie hat sich große Sorgen gemacht und mich gefragt, ob ich ihr Ihre Nummer geben könnte. Nun, Frau Liebig, ich bin hier, um Ihnen zu sagen, dass Sie den Laden haben können – vorausgesetzt, Sie wollen ihn unter den jetzigen Umständen überhaupt noch haben.“

Ich brauchte einen Moment, bis ihre Worte in meinem Kopf ankamen. Mit leicht geöffnetem Mund starrte ich erst sie, dann Doro an.

„Ja, aber …“, stotterte ich, „aber Sie haben doch gesagt, dass Sie das Geld dringend brauchen. Ich habe das Geld nicht, und wenn wir ehrlich sind, ist die Crowdfunding-Aktion eine gute Sache, aber ich werde damit niemals in sechs Wochen Ihre geforderte Summe zusammenkriegen.“ Ungläubig und mit hochgezogenen Schultern starrte ich sie an.

„Das müssen Sie auch nicht. Und entschuldigen Sie bitte, dass ich Sie so unter Druck gesetzt habe. Wenn ich gewusst hätte, dass Sie schwanger sind ...“ Sie beugte sich vor und stützte sich mit den Händen auf den Knien ab.

„Dann?“, fragte ich zögernd und ließ die Schultern wieder sinken.

„Ich weiß nicht. Vielleicht hätte ich Ihnen gleich den Grund dafür genannt. Wissen Sie …“, sie machte einen tiefen Atemzug und streckte den Rücken durch, „ich habe Krebs, und die Ärzte geben mir nicht mehr viel Zeit.“

Erschrocken legte ich die Hand auf den Mund.

„Es ist schon in Ordnung“, sagte sie in beruhigendem Ton, „Ich weiß es nicht erst seit gestern.“

Doro und ich sagten nichts, schauten Bärbel Gröning nur fragend an.

„Ich habe vor, meine letzten Tage in Nairobi zu verbringen“, erklärte sie. Deshalb die Zebrastühle, kam mir als erster Gedanke in den Sinn.

„Als mein Mann noch lebte, waren wir sehr oft dort. Mein Mann als Mitglied von „Ärzte ohne Grenzen“ sogar noch öfter. Sein Herz hat für dieses Land geschlagen, und er hat eine Hilfsorganisation für verwaiste Kinder gegründet. Nach seinem Tod geriet das Projekt ins Wanken. Man braucht dort unten meine Hilfe und natürlich Geld.“

Mein Kopf ratterte. Dann war es doch nur verständlich, dass sie den Laden so schnell wie möglich verkaufen wollte. Was heißt, wollte? Sie muss den Laden an jemand anderen verkaufen, von mir aus auch an Tatjana. Ich wollte ihr das gerade sagen, doch Bärbel Gröning schnitt mir das Wort ab.

„Deshalb habe ich mir überlegt, ob wir beide nicht eine Vereinbarung treffen können, die über meinen Tod hinausgehen wird.“ Sie zog die Augenbrauen hoch, und ich blickte sie erwartungsvoll an.

„Wie ich gesehen habe, läuft Ihre Crowdfunding-Aktion gar nicht so schlecht.“

„Na ja … es kommt was rein, aber ohne einen Kredit wird

es nie reichen, Sie auszuzahlen.“

„Das sollen Sie auch gar nicht.“

Ich zog die Stirn in Falten.

„Wissen Sie, ich habe mir überlegt, Sie stattdessen zu verpflichten, eine weitere Crowdfunding-Aktion zu initiieren – für ein Hilfsprojekt zugunsten der Straßenkinder in Nairobi. Ich habe ein paar Ersparnisse, die mich über meine letzten Tage nach Afrika bringen und dort erstmal für Starthilfe sorgen können. Wenn Sie mir versprechen, Ihr Bestes zu geben, das Projekt noch weitere zehn Jahre finanziell über kreative Spendenaktionen zu unterstützen, wäre das doch quasi eine Win-win-Situation, oder?“

Ein paar Monate später …

Es klingelte an der Haustür, als ich gerade versuchte, den Reißverschluss meines Stiefels zuzuziehen, was mit einem Bauchumfang von einem Meter zehn nicht so einfach war. Ich hatte es eilig. Ich musste in die Buchhandlung – in *meine* Buchhandlung, die ich mithilfe von Bärbel Grönings Angebot und den ersten Einnahmen der Crowdfunding-Aktion hatte neu einrichten können. Beziehungsweise einrichten *lassen* können. Markus hatte extra einen neuen Mitarbeiter eingestellt, um sich für ein paar Monate aus der Tischlerei herausnehmen zu können. Er kümmerte sich nicht nur um den Laden, sondern auch um den Haushalt. Und er machte das richtig gut. Nach fast fünf Monaten Brutzeitverordnung, an die ich mich streng gehalten hatte und während der ich nur über Videobotschaften und Fotos vom Sofa aus an den Renovierungsarbeiten beteiligt war, durfte ich inzwischen wieder ab und zu aufstehen Das Baby war bereits vollständig entwickelt, und auch wenn der Geburtstermin erst in drei Wochen sein sollte, könnte es auch jetzt schon ohne Risiko zur Welt kommen. Wie in Zeitlupe richtete ich mich auf und tappte wie ein Pinguin zur Haustür.

„Hallo, ich bin Max. Ich wollte zu Karla“, murmelte der großgewachsene junge Mann mit Nickelbrille und braunen Locken in seinen dicken Wollschal. Ich schätzte ihn auf mindestens 15, eher 16 Jahre.

„Ähm, ja, warte kurz, ich hole sie.“ Hatte meine große Tochter etwa einen Freund, von dem ich nichts wusste? Oh Gott, mussten wir bald gemeinsam zum Frauenarzt? Ich rief nach Karla, die Haustür ließ ich einen kleinen Spalt offen. Einen wildfremden Kerl, wenngleich er freundlich aussah, wollte ich nicht einfach ins Haus lassen.

„Kaaarla! Besuch für dich." Mühevoll versuchte ich, den anderen Stiefel über meine Wollstrumpfhose zu schieben.

„Charly?", rief Karla.

„Ähm, nein, ein Max", rief ich etwas außer Atem zurück.

Karla antwortete nicht, aber meine empfindlichen Ohren vernahmen ein hysterisches „Oh Gott!"

„Karla, ich muss los. Könntest du jetzt ..." Ich wollte nicht unhöflich sein und überlegte, Max doch einfach hereinzubitten. Draußen war es kalt, und es lag Schnee. Wir hatten Mitte Dezember, und auch wenn ich mich sonst immer über Schnee in der Vorweihnachtszeit freute, dieses Jahr hätte er meinetwegen ausbleiben können. Ich machte mir Sorgen wegen des Verkehrs. Nicht dass nachher nur die Hälfte der Gäste kommen würden. Meine Mutter und meine Schwester Saskia, die extra aus München gekommen war, waren mit dem Werkstatt-Transporter unterwegs. Sie wollten die letzten Getränke und Baguettes besorgen, und Markus sollte längst wieder zurück sein von Joschi, Mattis Kindergartenfreund, bei dem Matti heute übernachten durfte. Ich öffnete die Haustür ganz und winkte Max herein. Die Tür war noch nicht wieder geschlossen, als ich ein paar wilde Flügelschläge hörte. Erschrocken zog Max den Kopf ein und fragte: „Ups, sollte der raus?"

Oh Gott, auch das noch!

„Nein, nein, nein, nein, nein. Halt ihn fest!" Doch es war zu spät. Koko war schon draußen im Vorgarten.

Karla tippelte die Treppe herunter, dicht gefolgt von ihrer Schwester. Mit nur einem geflochtenen Zopf und weit aufgerissenen Augen versuchte Frieda, sich an Karla vorbeizuschieben.

„Koko! – Macht die Tür zu!" Friedas Stimme überschlug sich.

„Mensch, Frieda, warum lässt du den Vogel auch …?" Schnell biss ich mir auf die Zunge.

„Das ist nur deine Schuld!", fauchte Frieda Karla an. „Ich darf auch nicht ins Bad, wenn du drin bist! Wenn du nicht reingekommen wärst, wäre Koko auch nicht rausgeflogen!"

„Hey, komm wieder runter! Kann ja keiner wissen, dass du deinen Vogel zum Frisieren mit ins Bad nimmst!" Frieda rannte hinaus und wir alle gingen hinterher.

„Koko, komm, komm, mein Kleiner!" Frieda schnalzte mit der Zunge. Mit seinem leuchtend blauen Gefieder war Koko gut zu erkennen auf dem schneebedeckten Ast unseres Apfelbaums. Aufgeplustert saß er da, während Frieda ihm den Arm entgegenstreckte. Doch Koko regte sich nicht. Auch Karla und sogar Max, der Größte von uns, versuchten, den kleinen Vogel zu packen, aber der saß einfach ein paar Zentimeter zu weit oben. Na klasse! In weniger als zwei Stunden sollten die ersten Gäste in meine Buchhandlung kommen! Doch statt mich endlich um meinen großen Abend kümmern zu können, stand ich fröstelnd und aufgeregt unter unserem Apfelbaum – nur um einen Wellensittich zu bequatschen, zurück ins warme Haus zu flattern.

Markus bog in die Einfahrt ein.

„Mach dich rein, Schatz, du sollst dich noch schonen", schimpfte Markus. Nachdem er Koko und den Grund unserer unfreiwilligen Versammlung erkannte, holte er eine Leiter aus der Garage, doch kaum hatte er sie an den Baum gelehnt, flatterte Koko herunter. Max reagierte schnell und wollte den Vogel gerade mit beiden Händen fassen, doch Koko war schneller. Er flog weiter auf den Zaun und von dort auf die rote Mütze von Jutta die gerade herüberkam, um mich abzuholen. Ich war froh, dass sie mein Angebot, als Verkäuferin in meinem Laden zu arbeiten, angenommen hatte. Als Buchliebhaberin konnte sie sich gerade nichts Schöneres vorstellen. Zusammen mit meiner Mutter, die vorerst samstags den Laden mit Karla übernehmen würde, würden sie in den ersten Wochen ein gutes Team abgeben. Doch dafür musste das Team inklusive meiner Wenigkeit schleunigst in den Laden kommen, um letzte Hand bei den Vorbereitungen mit anlegen zu können. Die Büffet-Verantwortlichen warteten sicher schon auf uns.

„Geh einfach ganz langsam weiter", sagte Frieda mit zittriger Stimme. „Koko liebt Rot." Kerzengerade stolzierte Jutta weiter Richtung Haustür. Alle hielten gerade die Luft an – da war ich mir sicher. Koko flatterte kurz mit den Flügeln und ließ sich auf Juttas Kopf nieder, aber Jutta zuckte kein bisschen zusammen, nur ihre aufgerissenen Augen und der verzogene Mund verrieten ihre Anspannung, aber niemand hätte es gewagt, jetzt zu lachen.

Jutta erreichte die Haustür, Koko auf ihrem rot bemützten Kopf balancierend, trat über die Schwelle und ließ die Tür hinter sich ins Schloss fallen.

Puhh, das wäre geschafft.

Bereit zum Abflug?

Der Laden war genauso geworden, wie ich ihn mir vorgestellt hatte. Markus hatte mir Regale aus schwarz gebeiztem Holz gebaut, in denen sich die Bücher, die ich zum Teil aus dem Bestand von Bärbel Gröning übernommen hatte, wunderbar farblich absetzten. Der Verkaufsraum hatte 90 Quadratmeter, was völlig ausreichte. Rechts die Reihe mit Belletristik, links die Regale mit Kinder- und Jugendliteratur und ein Extrafach mit Büchern über Tiere und Naturthemen – Frieda hatte wunderschöne Bildbände dafür entdeckt. In der Mitte stand ein großer Tisch für Neuerscheinungen und aktuelle Empfehlungen. Heute lagen darauf Stapel von Claas' Büchern, die er nachher, nach seiner Lesung, signieren würde. Gott sei Dank war er mit Adam schon gestern, vor dem Schneeeinbruch, aus Amsterdam angereist. Extra für mich.

Ich trug ein schlichtes blaues, eng geschnittenes Umstandskleid mit kleinen weißen Punkten und mit Schluppe. Dazu legte ich knallroten Lippenstift auf. Karla gefiel es. Und sogar Max, den ich heute zum ersten Mal unter typisch Familie-Liebig-chaotischen Zuständen kennenlernen durfte, meinte vorhin ganz höflich: „Steht Ihnen sehr gut."

Ohne Karla vorher zu fragen, hatte ich den netten Kerl auch zur Eröffnung eingeladen. Die beiden kümmerten sich um die Fotos, die Karla später auf Facebook veröffentlichen und den lokalen Tageszeitungen und Anzeigenheftchen mailen wollte. Als meine Werbeassistentin machte sie sich hervorragend.

In einer Stunde sollten die ersten Gäste kommen. Ich musste Markus versprechen, mich zurückzuhalten und mich so oft es ging hinzusetzen. Also ließ ich mich auf einem der Zebrastühle von Bärbel Gröning nieder, die hervorragend zum neuen Ambiente passten. Während meine Schwester vorsichtig Sektgläser mit dem Küchentuch polierte, richteten Doro und meine Mutter das Büffet her. Sie verteilten Antipasti, Aufstriche und einen Kessel Kürbissuppe mit Birne und Feta – alles aus Doros Bistro – auf die drei dunklen Tische in meiner gemütlichen Café-Leseecke, die Markus zusammen mit der Sitzbank vor dem Schaufenster getischlert hatte.

Ich war allen so dankbar – besonders meiner Mutter, die uns in den letzten Wochen tatkräftig unterstützt hatte. Sie kümmerte sich rührend um Matti und Frieda, reiste mit den beiden sogar für ein paar Tage an die Ostsee. Dass Karla nicht mitwollte, konnte ich jetzt, wo ich sie händchenhaltend mit ihrem Max sah, gut verstehen.

Und ich war froh, dass Saskia gekommen war, um mir, ihrer großen Schwester, heute beizustehen. Auch sie hatte uns gestern nach ihrer Ankunft beim Abendessen mit Neuigkeiten überrascht: Sie hatte in ihrer Kanzlei gekündigt. „Ich nehme mir eine kleine Auszeit. Muss mir erstmal über ein paar Dinge klar werden und dann mal sehen, wie es weitergeht", hatte sie erzählt. Ich erkannte Saskia kaum wieder, oder besser gesagt, ich erkannte, dass wir uns wohl ähnlicher waren, als wir uns immer eingestehen wollten.

Claas und Adam waren auch schon da, und die ersten neugierigen Gäste trudelten ein. Es fiel mir echt schwer, wie auf einem Thron hier hinten sitzen zu bleiben. Aber jeder, der kam und meinen Bauch sah, bat mich von sich aus, mich wieder hinzusetzen. Ich entdeckte viele Bekannte und Freunde, unter ihnen die schnelle Taxi-Gerdi, die von der Eröffnung im Stadtmagazin gelesen und mich auf dem kleinen Werbefoto erkannt hatte. „A Stammkundin ist dir g'wiss, Schatzl", sagte sie. Und sollte ich je ein Taxi für weitere Star-Autoren in meinem Buchladen brauchen, könnte ich mich jederzeit an sie wenden.

Ich entdeckte Svea vom Verlag. Sie überreichte mir einen großen Blumenstrauß vom Hartmann Verlag, der sich natürlich freute, dass ich auch seine Bücher anbieten würde, und ein persönliches Geschenk von ihr: eine handgetöpferte Tasse mit einer Schwalbe darauf. Darunter stand der Spruch: *Zahme Vögel träumen von Freiheit. Wilde Vögel fliegen.* Ich war überwältigt von so viel Zuspruch und dass alle gekommen waren, von denen ich es gehofft hatte. Ich entdeckte den Besitzer vom Eispavillon, und zwei Mamas vom Spielplatz, die alle zu mir kamen, um mich zu begrüßen und mir kleine Geschenke zu überreichen. Nur Bärbel Gröning konnte nicht kommen. Dafür ließ sie mir eine große Pflanze von Sophia überreichen, die soeben mit ihrem Mann gekommen war. Schon gestern hatte sie mir eine Videobotschaft aus Nairobi geschickt. Im Hintergrund tobten lauter Kinder auf einem Platz und wirbelten Staub auf. „Das sind die Kinder, die sich auch in Zukunft über Ihre Spenden freuen, Frau Liebig. Alle Gute und viel Erfolg!", rief sie freudestrahlend in die Kamera. Ich hatte im Eingangsbereich schon eine Spendenbox aufgestellt und Flyer für die neue Aktion *BUCH Dir Dein Kinderlachen* ausgelegt.

Einige Gäste hatten sich schon auf die im Halbrund aufgestellten Stühle gesetzt, andere suchten, das Sektglas in der

Hand, noch einen Platz. Claas ging hinüber zu seinem Lesetisch, schlug sein Buch auf und trank einen Schluck Wasser. Im Hintergrund dudelte „Last Christmas". Mit einem bittenden Blick bedeutete ich Doro, die gerade mit dem Büffet fertig wurde, die Musik auszustellen. Ich überlegte, wo ich mit meiner dicken Murmel noch einen anderen Platz finden könnte, da erblickte ich Tatjana Degenhöfer an der Tür. Sie hielt einen wunderschönen Strauß rote Amaryllis in der Hand. Ich hätte mit jedem gerechnet, aber nicht mit ihr. Ich stand von meinem Zebrastuhl auf und ging auf sie zu.

„Herzlichen Glückwunsch zur Eröffnung, Hanni!", sagte sie, strahlend wie immer. „Oh! Wow! Glückwunsch auch dazu!", ergänzte sie, als sie meinen Bauch sah. „Ich hab's auf Facebook entdeckt. Ist das klasse!" Neugierig reckte sie den Hals und schaute über meine Schulter ins Geschehen.

Ich lächelte ein wenig unsicher und nahm die Blumen entgegen.

„Ich habe jetzt auch einen Laden, gar nicht weit weg von hier, ganz tolle Deko-Sachen, würden super hier reinpassen", schnatterte sie weiter. Dann sah sie mich wieder an. „Vielleicht können wir ja mal gemeinsam was anbieten. Bücher und Deko – das passt doch!", sagte sie eifrig.

Ich rang mit mir, doch schließlich fragte ich sie: „Sag mal, wolltest du den Laden hier nicht auch haben?"

„Ich?" Sie sah mich erstaunt an. „Nee, der wäre doch viel zu klein für mich", antwortete sie.

Meine Mutter nahm mir die Amaryllis ab und stellte sie für mich ins weihnachtlich geschmückte Schaufenster, direkt auf Doros Eröffnungsgeschenk: einen cremefarbenen Nachttisch aus den 60ern und die dazu passende Nachttischlampe. Das, liebe Tatjana, nennt man coole Deko, dachte ich etwas gehässig, während ich beobachtete, wie sich Tatjana auf einen Stuhl setzte und mit vorgehaltener Hand auf Doro neben ihr einredete. Unauffällig drehte sich Doro zu mir und rollte mit den Augen. Außer Tatjana waren alle still. Jemand hustete verhalten. Claas saß am Lesetisch, räusperte sich und sah mich an, als würde er auf etwas warten. Warum fing er nicht endlich an? Markus trat zu mir. „Willst du noch ein paar Worte sagen, bevor Claas zu lesen anfängt?“, flüsterte er mir ins Ohr. Wie schick mein Mann aussah! In seinem Jackett, das er heute extra angezogen hatte.

„Oh Gott, daran habe ich ja gar nicht gedacht. Was soll ich denn sagen?“ Zärtlich legte mir Markus die Hände auf die Schultern. Ich dachte, er würde mich in den Arm nehmen, doch er drehte mich und schob mich sanft nach vorn.

Claas zwinkerte mir zu und formte mit seinen Lippen ein langgezogenes „Komm!“ Ich stellte mich neben ihn, er stand auf, umarmte mich und sagte leise: „Bereit zum Abflug, schöne Frau?“

Die Gäste klatschten. Ich musste an unseren „Flug“ im Kletterwald denken, und grinste. „Ja, kann losgehen.“ Der Beifall beflügelte mich, und plötzlich fiel es mir leicht, mich bei allen zu bedanken: „Für Ihr Kommen, für Ihre Unterstützung in den letzten Wochen und dafür, dass Sie an mich geglaubt haben.“ Oh Gott, Hanni, jetzt bloß nicht heulen! Doch meine Augen füllten sich mit Tränen, und meine Stimme begann zu zittern. Bevor ich schluchzend vor meinem Publikum zusammenbrechen würde, übergab ich das Wort an Claas. Der Beifall wurde stärker. Mit roten Wangen und mit einem Lächeln ging ich, beide Händen um meinen Bauch gelegt, zurück zu Markus, der mich mit einem zarten Wangenkuss empfing und mir half, mich neben ihn zu setzen.

Applaus brandete auf, nachdem Claas geendet hatte. Ich stand auf, um ihm zu danken. „Hanni? Isse alles in Ordnung mit dir?“

Ich lächelte. Natürlich, mir ging es prächtig. Claas sah mich prüfend an.

„Hanni, dein Kleid ist ganz nass“, flüsterte Markus, der mir nachging und sich schützend hinter mich stellte. Wie jetzt? Nass? Das konnte doch unmöglich ... Ich merkte ein Ziehen im unteren Rücken. Ups! Ich krümmte mich leicht vor Schmerzen. Der kleine Mann in meinem Bauch hatte es offenbar doch eiliger als gedacht.

Claas zückte seinen Kugelschreiber und sagte laut: „Kommen Sie, meine Damen!“ Sofort scharten sich die Fans um seinen Tisch.

Außer meiner Familie bekam niemand mit, wie Markus meinen Mantel um mich legte, mich fürsorglich stützte und langsam mit mir durch den glitzernden Schnee zum Auto stapfte.

Danke!!!

Ich danke von HERZen Anke Engelmann vom Büro für angewandte Poesie für den Zuspruch, die Geduld und die Inspirationen. Ohne sie wäre diese Geschichte eine Idee und später ein nicht zumutbarer Rohentwurf geblieben. Ein herzliches Dankeschön auch an die Literaturagentur *Scripta*: Liebe Frau Hofko, ihre gnadenlosen Anmerkungen im Manuskript haben mich oft zur Weißglut gebracht, mich letztlich aber so viel Wertvolles gelehrt.

Angenehmer empfand ich die Auseinandersetzung mit Dir, liebe Sabine! Danke fürs Puschen, fürs Lesen, fürs gemeinsame Spinnen an der Geschichte. Und wo ich gerade beim Thema „spinnen“ bin: Tausend Dank an meinen Mann und meine Kinder, die meine Launen und Nervenkollapse ertragen mussten (müssen?). Ihr seid großartig! Und Oma, also Schwiegermama, auch!

Ein ganz großer Dank gilt Ramona Hoidn-Stock, Maik Stock und allen Beteiligten im Proof Verlag dafür, dass sie Hanni endlich liebevoll aus dem Nest geschubst haben.

Und Lisa: Danke, dass du meine Vorstellungen vom Buchcover sofort umgesetzt und getoppt hast.

So, ich glaub‘, jetzt habe ich's …

Über die Autorin

Julia Herz wurde 1980 in Erfurt geboren. Nach einem für sie weniger interessanten Studium der Kommunikations- und Wirtschaftswissenschaften absolvierte sie ein umso spannenderes Volontariat bei der „Ostthüringer Zeitung“ und arbeitete danach als Journalistin in verschiedenen Redaktionen, insbesondere in den Ressorts Kultur und Gesellschaft. Mit ihrem Mann, vier Kindern und einem lebhaften Münsterländer lebt sie in ihrer Heimatstadt Erfurt. Dort arbeitet sie freiberuflich als Texterin. „Mama lernt fliegen“ ist ihr erster Roman.